HELEN CARTER

ROCKSTAR

EROTISC

www.blue-panther-books.de

BLUE PANTHER BOOKS TASCHENBUCH
BAND 2190
1. AUFLAGE: MÄRZ 2013

VOLLSTÄNDIGE TASCHENBUCHAUSGABE
ORIGINALAUSGABE

UMSCHLAGGESTALTUNG: WWW.HEUBACH-MEDIA.DE
GESETZT IN DER TRAJAN PRO UND ADOBE GARAMOND PRO
PRINTED IN GERMANY
ISBN 978-3-86277-255-1
WWW.BLUE-PANTHER-BOOKS.DE

Prolog

Der hünenhafte Mann eilte mit langen Schritten über den nassen Asphalt. Seine dunklen Umrisse wurden lediglich von ein paar weit auseinanderstehenden Straßenlampen in mattes Licht getaucht. Die Schöße seines fast bodenlangen Mantels flatterten hinter ihm wie die Schwingen einer Fledermaus.

Ein zweiter Mann folgte ihm ein paar Schritte entfernt. Sein Gesicht war gerötet und er schwitzte trotz der nächtlichen Kälte. Sein gedrungener Körper mit den vergleichsweise kurzen Beinen hatte alle Mühe, mit dem Hünen mitzuhalten und so griffen seine Arme wieder und wieder ins Leere, als er ihn eingeholt zu haben glaubte und zum Verlangsamen seiner Schritte bewegen wollte. »Bones! Mach keinen Scheiß!«, mahnte er hilflos und erreichte zumindest, dass der Hüne stehen blieb und sich zu ihm umwandte.

»Was?«, knurrte er in tiefem Bariton. Sein Gesicht, umrahmt von einem Meer aus schwarzem Haar, war von klassischer Schönheit. Er ähnelte einem griechischen Gott, der von seinem Podest gestiegen war und menschliche Form angenommen hatte. Nur sein etwas zu energisches Kinn brach die feinen Linien.

»Das ist Wahnsinn, was du vorhast!« Der Kleinere stand jetzt nach vorn gebeugt, keuchte und presste seine Hand in die offensichtlich heftig stechende Seite.

»Wahnsinn? Meinst du, ich lasse mich von so einem kleinen Wichser übers Ohr hauen?«

»Er ist ein Dealer, Bones. Ein mieser Straßendealer. Ich hab dir gesagt, du sollst dich an Sparkles halten. Der ist korrekt. Aber du musstest ja wieder deinen Quadratschädel durchsetzen.«

Der Zorn des Hünen drohte, sich von jenem Straßendealer auf seinen Begleiter zu übertragen. Seine tiefgrünen Augen verengten sich zu schmalen Schlitzen. »Ich mache, was ich will!«

»Ja. Und wir sehen gerade, wo das hinführt. Um wie viel hat er dich abgezockt?«

»Fünfhundert Pfund.« Er sagte es verhalten, so als schäme er sich insgeheim für die Summe. Doch sofort fasste er sich wieder, griff in sein schwarzes Haar, das fast bis zu seinen Hüften wallte, und warf es über seine Schulter. »Ich werde den Wichser finden und ihm die Fresse einschlagen!«

Der Kleinere schien keinen Moment an der Echtheit dieser Drohung zu zweifeln, zumal der Hüne nicht nur groß, sondern auch breit und muskulös war. »Du bist noch immer besoffen, Bones. Warte, bis du nüchtern bist und dann ...«

»Nix und dann ... Jetzt! Jetzt werde ich der Ratte eine Lektion erteilen!«

Der Gehweg, über den er jetzt seinen Lauf fortsetzte, war so schmuddelig wie die ganze Gegend. Leer stehende Läden reihten sich an solche, an deren schmutzigen Scheiben scheinbar eilig mit Klebstreifen angebrachte »SALE«-Zettel hingen. Leuchtreklamen, die nicht mehr funktionierten, oder ersterbend vor sich hin blinkten.

An einem Laternenpfosten stand eine junge Hure. Sie hatte ein Bein hinter sich gestemmt und sah ihn müde an, als er sich ihr näherte. »Mit Küssen zwanzig Pfund«, sagte sie und versuchte, ihrem Gesicht etwas wie ein Lächeln abzuringen.

»Ich such einen Freund ...«, stieß Bones hervor.

»Suchen wir nicht alle einen Freund?«, gab sie zurück. Sie musterte ihn. »Sei du mein Freund!« Ihre Blicke wanderten über seine breiten Schultern. »Ich mach dir's auch umsonst ...«

»Er nennt sich Pauly. Pauly die Ratte.«

»Ich kenn keinen Pauly«, sagte sie gelangweilt.

»Ist ein Dealer!«

»Bones ... Lass gut sein. Sie hat keine Ahnung!«

Ein feuriger Blick traf den kleineren Mann. Dann wandte sich der Hüne wieder der Frau zu und brüllte so unvermittelt, dass die Hure zusammenschreckte. »Sag mir, wo die Sau ist!« Seine mächtige Faust schloss sich um ihre Kehle.

Sofort riss sie vor Schreck die Augen auf und röchelte.

»Ich frage dich jetzt ein letztes Mal: Wo – ist – Pauly?« Sein Gesicht war dem der Hure bedrohlich nahe. Beinahe berührten sich ihre Nasenspitzen.

»Er ...«, würgte die junge Frau, »...er ist im ... im ›Walnut Close‹ ...«

Er löste die Faust von ihrer Kehle und stieß sie dabei ein wenig zurück.

»Bones ...«, zischte sein Begleiter. »Das ist Mist, was du vorhast. Lass uns lieber in den Club zurückgehen. All die hübschen Mädels ... Die warten nur auf dich! Denk doch nur an Lily Munster mit den niedlichen kleinen Titten ... Die war doch so heiß auf dich, dass sie dir direkt an die Hose gegangen ist ...«

Bones ignorierte ihn.

Auf einem mit Graffiti beschmierten Schild stand kaum leserlich »Walnut Close«.

Für einen Moment verharrte der Hüne. Er schien zu lauschen, dann ging er los.

»Das ist 'ne Sackgasse, Bones. Ne verdammte Sackgasse ...«

Doch er wurde nicht gehört, denn Bones hatte bereits sein Ziel ausgemacht: Pauly, der Dealer. Er stand mit einem Kunden verborgen in der Dunkelheit eines Hauseingangs, halb verdeckt von einem überquellenden Müllkübel.

Bones war so schnell bei ihnen, dass die beiden Männer nur noch erschrocken auseinanderspringen konnten. Der Hüne aber packte die Tonne und schleuderte sie so heftig beiseite, dass sich ihr Inhalt überall verteilte.

»Du Drecksau!«, schrie er Pauly an.

Es war die einzige Gelegenheit für ihn, zu verschwinden – was er auch vorhatte. Mit einer blitzartigen Bewegung warf der Dealer sich herum und sprang über die umgeworfene Tonne, doch er stolperte und bewahrte sich gerade noch vor einem Sturz.

»Hey – wir können doch reden, Mann«, rief er und klammerte sich an einen Lattenzaun. Sofort versuchte er, darüber zu klettern, doch Bones erwischte ihn am Gürtel und zog ihn mit Macht herunter. Drohend beugte der Hüne sich über Pauly. »Ich bin nicht zum Reden gekommen, du mieses kleines Stück Dreck!«

»Was ist dein Problem, Mann?«, stammelte der Dealer.

»Du hast mich beschissen. Das ist mein Problem!«

»Ey – das muss echt 'n Missverständnis sein. Ich bescheiße keine Kunden! Ich hab dir drei Beutel verkauft ...«, wimmerte er.

»Ja, und in einem war reinstes, sauberstes ... Backpulver!«

Der Dealer sackte in sich zusammen. »Dann bin *ich* beschissen worden ...«

»*Du*? Willst du mich verarschen?«, bellte Bones. Er hielt den Dealer am Kragen gepackt und drückte ihm seine Knöchel gegen den Kiefer.

»Hey – Mann ... Ich geb dir deine Kohle wieder. Jeden einzelnen Penny.«

»Klar wirst du das, und zwar mit kalten Händen!« Er unterstrich seine Drohung, indem er den wesentlich kleineren Mann so anhob, dass dessen Füße ein Stück über dem Boden zu schweben begannen.

Als Bones Gefährte »Vorsicht! Messer!«, rief, war es schon zu spät. Pauly hatte ihm die Klinge bereits in die Seite gerammt. Es war kein tödlicher Stich, doch er genügte, damit Bones den Dealer losließ. Dieser stolperte und rannte dann davon.

Bones keuchte auf und schlug seinen Mantel zur Seite, um die Wunde zu begutachten. Perplex stieß er hervor: »Die kleine Ratte hat mich erwischt ...« Er atmete kurz und heftig durch und sackte dann zu Boden.

»Oh, verdammt ... Bones!«

***

Der letzte Patient war bereits lange gegangen, doch Dr. Ivy Newman saß noch immer an ihrem Schreibtisch und arbeitete sich durch scheinbar unendliche Stapel von Papier. Lediglich ihre Schreibtischlampe warf einen hellen Lichtkegel in das ansonsten dunkle Büro.

Sie hatte sich schon vor Stunden eine Kanne Kaffee gekocht, von deren Inhalt sie unermüdlich trank, um sich wach zu halten. Es gab wenig, was sie so sehr hasste, wie die Büroarbeit. Endlose Berichte, Abrechnungen, neue Gesetze, Behördenergüsse, Rechnungen. Und dazu noch der Antrag für einen Kredit, um das Ultraschallgerät anzuschaffen, das sie so dringend benötigte. Die Bank würde Ärger machen, das wusste sie. In Zeiten der Krise schienen sie jeden Penny umzudrehen, bevor sie ihn einer Selbständigen gaben. Selbst wenn diese Ärztin war. Leider war sie keine der schicken Society-Ärztinnen, die sich durch Botoxbehandlungen und Schönheits-OPs eine goldene Nase verdienten. Ihre Praxis lag an der Grenze zum Eastend und sie versorgte hauptsächlich Migranten und Londoner, die erst dann zum Arzt gingen, wenn es fast schon zu spät war, wodurch sich die Behandlungskosten exorbitant erhöhten.

Es gab ihr ein gutes Gewissen, aber schlechte Geschäftszahlen. Und ein gutes Gewissen stellte für eine Bank keine belastbare Sicherheit dar. Wie sie auch rechnete, die monatliche Belastung für das Gerät war zu hoch, zumal ihre Miete für die Praxis erhöht worden war.

Ivys Laune wurde auch dadurch nicht besser, dass es plötzlich an ihrer Tür klingelte. Sie rieb mit beiden Händen über ihr müdes Gesicht, reckte sich und gähnte dabei.

»Halb drei?«, murmelte sie, nachdem sie auf die Uhr geschaut hatte. Über all ihren finanziellen Problemen hatte sie die Zeit vergessen. Sie ärgerte sich, dass sie den Rollladen nicht heruntergelassen hatte. So hatte wohl dieser Patient das Licht in ihrem Büro gesehen. Für einen Moment überlegte sie, »Toter Mann« zu spielen und einfach nicht aufzumachen.

Es klingelte abermals. Diesmal hartnäckiger als zuvor.

»Ach verflucht!«, knurrte sie und erhob sich von ihrem Stuhl. Noch einmal dehnte sie ihre steifen Glieder, nahm mit beiden Händen ihr blondes, schulterlanges Haar zusammen und drehte es um sich selbst. Dann ging sie hinaus in den Flur, schaltete das Licht ein und trat an die Gegensprechanlage.

Es war gefährlich, in dieser Gegend nachts jemanden in die Praxis zu lassen. Ivys Chance auf einen Überfall stand gut. In ihrem Medikamentenschrank gab es genügend Substanzen, die für einen Dealer oder einen Süchtigen hochinteressant waren.

Gerade, als sie den Finger auf den Knopf der Gegensprechanlage legte, klingelte es abermals. Diesmal ohne Pause. Ein aufdringliches, zorniges Klingeln.

Sie presste die Lippen aufeinander. »Was?«, rief sie gedehnt gegen den metallenen Rost, hinter dem sich der Lautsprecher verbarg.

»Wir brauchen einen Arzt!«, kam es metallisch zurück.

Wir ... Das war schlecht. Also mindestens zwei Typen.

»Bitte, Miss ... Es ist dringend! Er verliert viel Blut ...«

Ivy hatte Erfahrung mit den Menschen und wer auch immer dort an der Tür stand – er war wirklich einer Panik nahe.

»Gehen Sie ins ›St. Peter's‹. Die haben eine Notfallstation. Auch nachts.« Es war ein letzter, halbherziger Versuch, den Patienten loszuwerden.

»Er schafft's nicht mehr weiter, Miss. Sagen sie dem Doktor, es ist wirklich dringend. Bitte!«

Ivy drückte auf den Türöffner. Vorsichtig zog sie die Tür zur Praxis einen Spalt auf. Wenn die Typen ihr bedrohlich vorkämen, so konnte sie noch immer abschließen und im Zweifel die Polizei rufen.

Der Anblick, der sich ihr aber jetzt bot, war mehr als bedrohlich. Ein gedrungener Typ mit Bart, der König Edward VII. ähnelte, schob sich ächzend den Flur entlang. Halb über sich einen riesenhaften Mann, der sich seine Seite hielt und von dessen Gesicht sie nichts sah, da eine unglaubliche Masse schwarzer, welliger Haare es verdeckte. Dazu trug er einen fast bodenlangen schwarzen Mantel, der ihn nicht vertrauenerweckender machte.

Der Gang hallte wider vom Ächzen der beiden.

Ivy war ein wenig erleichtert, dass der Große so gebeugt lief, sonst – so fürchtete sie – hätte er sich vermutlich den Kopf am Türrahmen gestoßen.

»Wo ist der Doktor?«, fragte der kleinere Mann, als er seinen Freund auf einem der schäbigen hölzernen Stühle im Praxisflur abgesetzt hatte.

Dieser saß nun vornüber gesunken und atmete flach.

»*Ich* bin der Doktor!«, sagte Ivy mit entschlossener Stimme. »Und wer sind Sie, wenn ich fragen darf?«

Der Typ hatte zwei Fehler begangen: Erstens hatte er mitten

in der Nacht geklingelt und zweitens hatte er sie unterschätzt. Ersteres konnte sie noch verzeihen, vor allem, da es diesem Vampir offensichtlich wirklich schlecht ging. Letzteres nicht.

»Ich bin Terrence Woodrow und das ist Jeff Armstrong. Ich bin sein Manager – und sein Freund.«

»So etwas habe ich mir gedacht …«, murmelte sie. »Was hat er?« Da sie nicht einmal das Gesicht des Jeff Armstrong sehen konnte, wusste sie nicht, ob er einfach nur zu viel von irgendwas Ungesundem konsumiert hatte oder ob es etwas anderes war.

»Wir bringen ihn ins Behandlungszimmer.« Ivy hatte ihren Chefarzt-Ton angeschlagen.

Sofort schob Woodrow seinen Arm unter die Achsel seines Schützlings und zog ihn hoch. Ivy unterstützte ihn auf der anderen Seite des Patienten. Unter dem Leder des Mantels spürte sie seine Muskeln. Doch diese schienen nicht in der Lage, bei dem Transport in das entfernt gelegene Zimmer helfen zu können. Beinahe schlaff hing der große Mann zwischen ihnen und machte nur unsichere Schritte.

Als Ivy mit der anderen Hand seine Seite zu stützen versuchte, spürte sie die warme Feuchtigkeit. Doch sie schwieg, bis sie ihn im Behandlungszimmer hatten. »Wir müssen seinen Mantel ausziehen …«, sagte sie ein wenig atemlos.

Als das Kleidungsstück zu ihren Füßen lag, betrachtete sie das weiße Hemd, das er trug. »Das muss auch weg.«

Ehe Woodrow eingreifen konnte, begann sie schon, die Knöpfe zu öffnen. Vorsichtig stützte sie seinen Kopf, als Armstrong sich mit verzerrtem Gesicht auf die Liege legte. Sein Haar glitt seitlich herab und hing bis zum Boden.

Ivy schluckte hart, als sie ihn so liegen sah. Er kam ihr beinahe unwirklich vor. Hätte er plötzlich zwei gewaltige Flügel gehabt, sie hätte sich nicht gewundert. Das Gesicht, so bleich und wächsern es jetzt auch war, hatte eine fast überirdische Schönheit. Dichte, schwarze Brauen lagen über den von langen Wimpern beschatteten Augen, dazu eine gerade, schmale Nase, die die Blicke des Betrachters geradewegs zu jenen sinnlichen Lippen lenkte. Sein Kinn war in seiner energischen Stärke vielleicht ein wenig zu ausgeprägt, um perfekt zu sein, doch genau das gab seinen Zügen etwas Besonderes. Seine muskulösen Arme waren tätowiert.

Ivy zwang sich, sein Gesicht und seinen Körper fachlich zu analysieren. Armstrongs Alter schätzte sie auf Anfang oder Mitte dreißig. Der Körper war trainiert. Praktisch keine Fettanteile. Er wirkte stark und gesund. Das machte die Wunde an seiner Seite weniger problematisch. Allerdings blutete sie noch immer stark.

»Er muss ins Krankenhaus. Mit dem Blutverlust kann ich hier nicht umgehen. Die Gefahr ist zu groß, dass er mir kollabiert«, stellte sie sachlich fest.

Das Wort Krankenhaus schien Armstrong zu alarmieren, denn er öffnete plötzlich seine Augen und sah Ivy direkt an. »Kein Krankenhaus!«, stieß er hervor.

Sie zuckte weniger unter seinen Worten, als mehr unter dem Blick aus seinen tiefgrünen Augen zusammen. Beinahe schienen sie sich in sie zu bohren. Nie zuvor hatte sie einen Menschen mit solcher Augenfarbe gesehen. Wahrscheinlich trägt er grüne Kontaktlinsen, sagte sie sich, wie um sich selbst wieder auf den Boden der Wirklichkeit zu befördern.

»Ich kann das hier nicht verantworten«, insistierte sie.

»Scheiß drauf …«, knurrte Armstrong. »Nähen Sie das verdammte Loch zu und gut!« Die Art, wie er redete, passte wenig zu seinem erzengelgleichen Aussehen.

Sie schüttelte bockig den Kopf. Mit schnellen Schritten ging sie zu dem Telefon, das an der Wand hing, nahm den Hörer ab und wollte gerade auf die erste Taste drücken, als Woodrow bei ihr war und den Finger auf die Gabel legte.

»Was tun Sie da?«, fragte er scharf.

»Ich rufe die Polizei an. Das da ...«, sie zeigte auf Armstrong, »... ist eine Stichwunde!«

»Es war ein Unfall«, versetzte Woodrow.

»Ein Unfall? Hat er sich beim Gemüseputzen geschnitten?«

Woodrow sah sie beinahe flehend an und schüttelte den Kopf, woraufhin Ivy – sie wusste selbst nicht, warum – den Hörer wieder auflegte.

Mit zusammengepressten Lippen richtete sie ihre Instrumente, reinigte die Wunde und zog dann die Betäubungsspritze auf.

»Was ... tun Sie?«, fragte Armstrong und blickte ein wenig unsicher auf die Metallschale an seiner Seite.

»Ich werde jetzt die Wunde nähen. Aber zuvor bekommen Sie eine Spritze, damit Sie es besser aushalten.«

Er sah nicht begeistert aus, doch zeigte er auch keinen Widerstand mehr.

Ivy fädelte den medizinischen Faden ein und begann, die Wunde sauber zu verschließen. Als sie fertig war, klebte sie ein Wundpflaster auf die Naht. »Setzen Sie sich auf. Ich muss den Verband anlegen«, kommandierte sie und Armstrong richtete sich sofort auf. »Nicht so hastig. Ihnen wird schwindelig.«

Schon verdrehten sich seine Augen und er sank wieder zurück. Es war ein merkwürdiges Gefühl, diesen großen, kraftvollen Körper zu spüren, die warme glatte Haut und trotzdem zu wissen, wie schwach er in diesem Moment war.

»Noch mal«, sagte Ivy ruhig, als sie sah, dass wieder etwas

Farbe in seine Wangen zurückgekehrt war. »Aber diesmal langsam …« Ihre Stimme schwankte zwischen Fürsorglichkeit und Kommandoton.

Mit ihrer Hilfe setzte er sich vorsichtig auf und diesmal wurde ihm auch nicht schwindelig.

»Heben Sie jetzt die Arme an …«

Armstrong streckte seine Arme wie ein Gekreuzigter zur Seite und Ivy war überrascht von ihrer Länge. Dennoch passten sie zu seiner Gesamtgröße.

»Heben Sie ihr Haar hoch, sonst wickle ich es mit ein …«

Er tat wie ihm befohlen, und sie begann mit dem Verband.

Als Ivy fertig war, setzte sie sich an ihren Schreibtisch und warf ein paar Zeilen auf ein Briefpapier mit der Adresse der Praxis.

»Was ist das?«, fragte Woodrow misstrauisch.

»Meine Rechnung.«

»Ihre – was? Jeff ist …«

»Zahlbar sofort«, fügte Ivy ungerührt an.

»Das ist doch wohl ein Witz«, knurrte der Manager und baute sich vor dem Schreibtisch auf, wobei er einen Blick auf das Papier warf.

»Ihr Freund hat offensichtlich eine Ader dafür, sich in Schwierigkeiten zu bringen. Lebensbedrohliche Schwierigkeiten. Und ich habe keine Lust, auf meinen Kosten sitzen zu bleiben.« Ungerührt blickte sie zu Armstrong, der sein Hemd ignorierte und nur seinen Mantel überzog. Der Verband um die Brust gab ihm etwas Verwegenes.

»Und wenn Ihr Freund wieder nüchtern ist, sollte er zur Nachuntersuchung kommen.« Sie hatte in seine Augen gesehen und wusste genug, um zu erkennen, dass er nicht nur Alkohol konsumiert hatte.

Während Woodrow knurrend die Pfundscheine auf den Tisch blätterte, sagte Ivy lächelnd: »Das muss nicht unbedingt hier sein.«

Ein böser Blick traf sie, doch das kümmerte sie nicht. Sie zählte die Scheine und schob sie dann in die Schublade. Plötzlich fiel ein mächtiger Schatten auf sie.

Armstrong hatte sich neben ihr aufgebaut. Er hielt den Geldbeutel seines Begleiters in der Hand und warf ihr eine Zwanzig-Pfund-Note hin. »Für Ihre Bemühungen.« Damit wandte er sich ab und ging mit langen Schritten hinaus.

Ivy schluckte. So schnell sie konnte, fasste sie sich, suchte eine Schachtel Tabletten aus dem Medikamentenschrank und gab sie Woodrow. »Falls die Schmerzen losgehen.«

Als die beiden Männer verschwunden waren, räumte sie das Behandlungszimmer auf und ging dann in ihr Büro. Mit leerem Blick sah sie auf die Papiere, an denen sie zum Schluss gearbeitet hatte, doch sie konnte sich nicht mehr konzentrieren.

»Das muss warten«, murmelte sie und erhob sich, um zu gehen.

***

Die Band besaß ein Wohnmobil, das in seinen Ausmaßen einer mehr als geräumigen Wohnung alle Ehre gemacht hätte. Für jeden der Musiker, sowie den Manager, gab es eine Schlafkabine, dazu eine Küche, ein Bad und einen Aufenthaltsbereich, der von einem großen Esstisch und mehreren Stühlen dominiert wurde. Die größte Koje allerdings hatte Bones bekommen, nicht zuletzt wegen seiner Körperlänge.

Er war verschwitzt und ausgelaugt von der Bühne gestiegen, hatte nichts und niemanden mehr zur Kenntnis genommen und war zum Wohnmobil gegangen, das in einem abgesperrten und bewachten Bereich hinter der Halle geparkt war.

Auf Tour sein, war die Hölle, fand er. Im Moment wusste er nicht einmal, wo sie sich befanden.

Für seinen Spruch: »Es ist großartig, hier in ... zu sein«, ließ er sich immer einen kleinen Zettel schreiben und an den Mikrofonständer kleben. Er nannte dann den Ort und vergaß ihn wieder. Da er sowieso nicht mehr als die Halle zu sehen bekam, spielte es auch keine Rolle. Früher hatte er immer versucht, wenigstens ein paar Stunden durch die jeweilige Stadt zu fahren, aber das hatte er aufgegeben. Die Zeitpläne waren so eng, das Budget so gering, dass er nur das sah, was an ihm vorüberzog, wenn der Bus fuhr.

Sein Haar klebte nass an seinem Kopf und seine Ohren waren noch taub vom Schreien der Menge und der Lautstärke der Musik. Seine Nerven waren angespannt wie die Saiten seiner Gitarre, doch innerlich fühlte er sich vollkommen leer. Er hatte alles gegeben. Es war nichts mehr übrig. Kurz schloss er die Augen, atmete die kühle Nachtluft ein und drückte dann die Klinke runter.

Unter die Dusche und dann schlafen, bis sie am nächsten Ort auf der Liste ankamen. Sein Magen knurrte, doch er war zu erschöpft, um zu essen. Seine Arme zitterten vom intensiven Gitarrenspiel. Und die Wunde an seiner Seite schmerzte wieder.

Als er den Bus bestieg, war er leer. Bones war der Erste, der zurückgekommen war. Er liebte diese wenigen ruhigen Minuten, bevor das Inferno hereinbrach. Wenn seine Bandkumpels mit Anhang johlend und grölend einfielen wie der Hunnensturm.

Er betrat das Bad, das mit hellem Holz verkleidet war wie das ganze Wohnmobil. Modernste Technik überall. Leise Musik erfüllte die Luft. Mit müden Griffen zog er sein schweißnasses T-Shirt über den Kopf. Solange er noch den Verband tragen musste, konnte er nicht wie gewohnt mit freiem Oberkörper auf die Bühne. Die Schlagzeilen und Spekulationen konnte er sich vorstellen. Die brauchte er weiß Gott nicht auch noch. Er öffnete seinen Gürtel und stieg aus der Jeans. Dann wickelte er vorsichtig den Verband ab und betrachtete die Wunde. Ein gelbliches Sekret überzog die Naht und er wusste nicht, ob das so sein sollte.

Als er das Wasser kontrolliert hatte, wegen der richtigen Temperatur, stieg er in die Duschkabine.

Unter der Dusche wurde die Taubheit in seinem Kopf, die vom Bier während des Auftritts kam, langsam vom sprudelnden Wasser aufgelöst. Er begann, sich besser zu fühlen. Für Minuten stand er starr unter dem Strahl. Sein Haar klebte wie schwarzer Lack an Schultern und Rücken. Dann stützte er sich mit beiden Händen an den Kacheln ab und ließ seinen Kopf sinken, sodass sein Nacken massiert wurde.

In Wahrheit war er am Ende. In jeder Hinsicht. Die Sache mit dem Dealer hatte ihn in diesem Wissen bestätigt. Er wurde die Leere nicht los. Und auch jetzt konnte er nur an den nächsten Gig denken. Einer nach dem anderen. Keine Pause. Und nach der Tour zurück ins Studio. Und von dort auf Promo-Tour und dann wieder Auftritte.

Wie ein riesiger schwarzer Berg lag das alles vor ihm. Er kletterte und kletterte und kam niemals oben an. Immer die gleichen Songs, das gleiche Geschrei. Ein schwarzes Meer aus Gesichtern zu seinen Füßen. Die leuchtenden Displays der Handys, die sich ihm entgegenreckten. Er ertrug dieses Leben nicht mehr. Vor Wochen schon hatte er Woodrow gefragt, wann er mal ein paar Tage frei machen könnte, doch dieser hatte ihm nur seinen Kalender vor die Nase gehalten und Blatt für Blatt gewendet. Jede Seite vollgekritzelt mit Terminen.

»Mensch, Bones ... Im Moment läuft es saugut für euch ... Willst du das etwa kaputtmachen?«

Und er hatte akzeptiert. Es gab Rechnungen zu bezahlen. Viele Rechnungen. Und jede einzelne ging ihm durch den Kopf. Geld verdienen ließ sich nur mit dem Touren.

Plötzlich öffnete sich die Tür der Duschkabine. Bones blickte blinzelnd durch den Wasserstrahl hindurch. Vor ihm stand eine junge Frau. Ihr schwarz gefärbtes Haar war straff zurückgebunden und sehr weit oben auf dem Kopf zu einem langen Zopf geflochten. Sie trug ein schwarzes Lack-Korsett, das genauso aussah wie ihr Haar. Darunter einen Lederminirock, der an beiden Seiten bis zum Gürtel geschlitzt war.

Er beobachtete das Duschwasser, das jetzt aus der Kabine floss und den Boden um ihre Plateaustiefel herum überschwemmte.

Sie lächelte mit strahlend roten Lippen, die etwas über den Mund hinaus gemalt waren, um ihn größer wirken zu lassen. »Na?«, sagte sie gedehnt.

Bones drehte das Wasser ab und stieg aus der Dusche, indem er sich an ihr vorbeischob. Er brauchte nichts sagen, sie folgte ihm auch so bis in seine Schlafkoje. Nackt und nass wie er war, legte er sich hin, die Füße auf dem Boden. Sie leckte ihre tiefroten Lippen und kniete sich zwischen seine Schenkel.

»Ich liebe deinen Schwanz«, gurrte sie und der Triumph stand ihr ins Gesicht geschrieben.

»Dann zeig, was du kannst ...«, erwiderte Bones.

Ihre Zunge glitt über die gesamte Länge seines Schafts. Eine tiefe Ruhe kam über ihn. Er beobachtete sie, wie sie bis zu seiner Eichel leckte. Seine Eier spannten sich an und Blut pumpte unaufhörlich in seinen Ständer, bis er prall und hart auf seinem Bauch ruhte. Sie presste ihre Lippen zusammen und drückte seinen Schwanz langsam durch die enge Öffnung.

Bones begann, schwer zu atmen. Die warme Feuchtigkeit erregte ihn. Ihre Zunge spielte mit seinem Helm, indem sie ihn unablässig zu umkreisen schien. Dann begann sie, ihn mit dem Mund zu ficken. Ließ ihn herausgleiten und saugte ihn wieder ein.

Sie war wirklich gut.

Er ignorierte die Tür des Wohnmobils, die geöffnet wurde und einen Pulk aus aufgedrehten Menschen einließ. Sie drängten lachend und gestikulierend in das Innere des Busses und es dauerte nicht lange, bis der Erste Bones ausgestreckte Beine entdeckt hatte und auch die Frau, die zwischen ihnen kauerte und seinen Ständer bearbeitete.

»Hey! Schaut mal ... Bones ist schon bei der Nachspeise!«

Grölendes Gelächter.

»Hey, zieh mal deine langen Stelzen ein ... Da fällt man ja drüber!« Ein schwerer Motorradstiefel trat gegen seine Wade.

»Die Stelze kann er nicht einziehen ... Die hat die Lady ja im Mund!«

Aus den Augenwinkeln sah er, wie sie den Arm nach hinten ausstreckte und den Sprechern den Mittelfinger zeigte.

»Los – steig auf!«, sagte er gepresst, denn er wollte sie vögeln. Verwundert stellte Bones fest, dass sie keinen Slip trug. Etwas ungeschickt kletterte sie auf das Bett und setzte sich über seinen Schwanz, den er mit einer Hand nach oben hielt. Ihre Pussy war rasiert und ihre inneren Schamlippen waren sichtbar. Nachlässig befeuchtete er seinen Zeigefinger und schob ihn zwischen ihre Schamlippen. Sie stöhnte und ließ sich langsam auf ihn herabsinken.

Er liebte dieses Gefühl, wenn seine Vorhaut herabgeschoben wurde. Wenn die Reibung einsetzte und er die Muskeln der Frau spürte. Ohne zu überlegen, packte er ihre Pobacken und bohrte seine Fingerkuppen hinein. Sein Unterleib begann sich zu bewegen und langsam wuchs die Gier in ihm.

Ihr Arsch war stramm und glatt. Indem sie über sich griff und an der Querstrebe des Einstiegs festhielt, konnte sie seinen Schaft fast vollkommen aus sich herausgleiten lassen.

Tommy, der Gitarrist, kam den Gang entlang. Er streckte seinen Kopf neben ihr vorbei in die Koje und feixte: »Na, wie ist sie?«

»Verpiss dich!«, knurrte Bones.

Doch Tommy packte ihre Brust und presste seine Lippen auf ihre. Sie erwiderte gierig seinen Kuss.

Bones hatte keine Lust auf einen Dreier an diesem Abend. »Los – hau schon ab. Heute wird nicht geteilt«, zischte er.

Tommy gab dem Mädchen einen Klaps auf den Po und verschwand.

Inzwischen hörte er das rhythmische Quietschen des Bettes in der Koje nebenan. Also hatte auch Declan was am Laufen. Bones grinste breit. Der Rest, das war nicht zu überhören, sprach inzwischen den Alkoholreserven aus der Bordbar zu. Jemand spielte den immer gleichen Akkord auf der Gitarre. Der süßliche Geruch von Dope erfüllte die Luft und drang bis zu ihm in die Koje. Er würde auch ein paar Züge nehmen, wenn er mit ihr fertig war.

»Knie dich hin!«, sagte er und rutschte in eine Ecke des Bettes, um ihr Platz zu machen.

Ihre Pussy war rot und geschwollen. Wie ein dickes, geschlitztes Kissen sah sie aus. Bones hasste es, in der engen Koje zu ficken, wo er sich kaum bewegen konnte. Es drängte ihn, die saftige Auster zu lecken, die sich ihm darbot und so überkreuzte er die Unterschenkel und drückte das Mädchen soweit es ging nach vorn.

Sie stieß einen lauten Schrei aus, als seine Zunge sich tief in sie hineinbohrte. Er züngelte sie schnell, zog sich dann aber zurück, als er spürte, wie sie sich zu verkrampfen begann. Noch sollte sie nicht kommen. Noch musste sie gereizt werden. Mit einer raschen Bewegung leckte er die gesamte Länge ihrer Spalte. Sie stöhnte und stieß ihm ihren Hintern ins Gesicht.

Dann begann er, ihren Kitzler zu bearbeiten. Womit er allerdings nicht gerechnet hatte, war, dass sie spritzte. Mitten in sein Gesicht. Es trieb ihn beinahe in den Wahnsinn, die Nässe tropfen zu sehen. Bones ächzte, richtete sich auf und stieß seinen Schwanz in ihr nasses Loch. Vornübergebeugt, mit einer Hand ihren Zopf wie einen Zügel haltend und mit der anderen nach ihrer Brust greifend, rammte er in sie hinein, hämmerte sie und ertrug kaum noch, wie sie dabei brüllte.

Er merkte, dass sie mit dem Kopf bei jedem Hub gegen die Wand krachte, aber es interessierte ihn nicht. Er wollte nur noch kommen. Der Druck in seinen Lenden war unerträglich. Diese Leere in ihm musste sich füllen mit Gier und Geilheit. Seine Eier klatschten gegen ihre Schenkel. Beinahe verzweifelt riss er an ihrem Haar. Immer tiefer wollte er in sie hinein. Sein Schwanz war groß, verdammt groß und er würde ihr den Fick ihres Lebens verpassen.

Ein kurzer Blick zur Seite und er sah ihre ruckenden, kleinen Titten, die aus dem Korsett gerutscht waren. In diesem Moment wünschte er sich, sie wären größer. Prachtmöpse hätte sie haben sollen. So Dinger, in denen man seinen Ständer begraben konnte. Aber egal! Er schlug mit der flachen Hand auf ihre Arschbacke, dass sie bebte.

»Ja! Jaaaa ... Fick mich härter!«, brüllte sie.

Bones holte aus und stieß ihr seinen Rammbock in die Möse, dass er dachte, sie müsse zerreißen.

Sie verkrampfte ihre Muskeln, die seinen Schwanz beinahe strangulierten. Immer schneller stieß er zu. Keuchte und stöhnte dabei. Schweiß lief ihm über sein Gesicht und sein Haar schien überall zu kleben. Nur noch einen Stoß – dann würde er kommen.

»Dreh dich um!« Seine eigene Stimme klang so fremd, dass er nicht wusste, ob sie reagieren würde, aber sie drehte sich um und sah ihn an. Ihr dickes, schwarzes Make-up war verlaufen, der Lippenstift verschmiert. Bones hielt seinen feuchten Ständer wie eine Waffe. Er rieb ihn so schnell, als müsse er allein wichsen.

Und dann spritzte er ab.

Die Explosion war fast noch unerträglicher, als die Anspannung, die durch seinen Orgasmus aufgelöst wurde. Er wand sich bei dem Anblick seines Samens, der in ihren Mund spritzte, in ihr Gesicht, in ihr Haar. Er bebte, schwankte. Und als der letzte Schuss abgegeben war, schloss er die Augen.

Es waren ihre Lippen, die ihn dazu brachten, wieder hinzusehen. Vor ihm kniend, ließ sie seinen Samen aus ihrem Mund auf seinen Schwanz tropfen, nur um ihn sodann wieder abzulecken. Das wiederholte sie so lange, bis sie den letzten Tropfen geschluckt hatte. Dann rieb sie sich mit dem Handrücken über den Mund. Sobald sie die Hand fortnahm, überzog ein Lächeln ihr Gesicht. »Du bist ein irrer Ficker, Bones.« Mit unsicheren Bewegungen rutschte sie aus der Koje. »Kann ich dein Bad benutzen?«

Sie verschwand und so brauchte er nicht mehr zu antworten. Stattdessen legte er sich auf den Rücken und schob einen Arm unter seinen Kopf. Die Leere, die Grübeleien hatten geendet. Für den Moment. Aber er spürte sie bereits zurückkehren. Sie lauerten schon.

Nackt wie er war, stieg er aus seiner Koje und begab sich zu den anderen. Sie saßen dicht gedrängt um den Tisch herum. Jemand zog auf einer Spiegelplatte Linien aus Kokain. Dann ging die Platte reihum. Bones nahm das silberne Röhrchen und zog das weiße Pulver in die Nase. Was den Rotwein anging, den jemand geöffnet hatte, so nahm er sich kein Glas, sondern setzte die Flasche direkt an.

Die anderen waren bereits abgefüllt. Wildes Lachen hatte sich breit gemacht. Tommy saß, die Beine gespreizt, auf seinem Stuhl und hielt ein brennendes Feuerzeug an seinen Schritt. Sein Furz erzeugte eine Flamme, was die Stimmung beinahe zum Überkochen brachte.

Bones grinste breit und nahm den Joint, der ihm angeboten wurde. Langsam, ganz langsam, begann sein Hirn sich zu vernebeln. Die Wirklichkeit schwand langsam dahin und in ihm entstand eine seltsame, losgelöste Ruhe. Er erkannte das Mädchen, zumindest glaubte er, dass sie es war, die an einem Schrank lehnte und rauchte, während sie ihn nicht aus den Augen ließ. Vielleicht war es auch eine andere. Eine, die auch noch von ihm gefickt werden wollte. Aber in dieser Nacht wollte er keine mehr flachlegen. Er wollte sich nur noch die Lichter ausschießen. Und so schraubte er den Deckel von einer Flasche Whiskey ab und setzte sie an. Schon lange spürte es das Brennen des Alkohols nicht mehr. Er leerte die halbe Flasche und setzte sie dann ab. Entweder drehte *er* sich, oder der Tisch. Jemand griff nach seinem Schwanz. Ein Mädchen kniete vor ihm und saugte an seinem weichen Teil. Müde bewegte er den Kopf von einer Seite zur andern, nahm den Rotwein und leerte die Flasche.

»Du kriegst ihn nicht hoch!«, murmelte er. »Nicht mehr heute Nacht. Ich bin besoffen.«

Und da sie offensichtlich merkte, dass er recht hatte, ließ sie von ihm ab und wandte sich einem Typen zu, den Bones nicht mal kannte. Der Typ wiederum war sofort hart, wie der Sänger aus glasigen Augen erkannte, denn er erhob sich, ließ seine Hose rutschen, und drückte dann das Mädchen mit dem Bauch auf den Tisch. Bones konnte gerade noch den Whiskey retten, bevor sie gestoßen wurde.

Niemand schien Notiz davon zu nehmen, dass mitten zwischen ihnen eine Frau auf dem Tisch gefickt wurde. Und ihm war es auch egal. Er hatte seinen Abschuss für diese Nacht gehabt und kümmerte sich nur noch um den Schnaps, den er Schluck für Schluck austrank. Der Nebel wurde immer dichter und sein Geist bettete sich ins Vergessen. Alles andere spielte keine Rolle.

***

Sie saß an ihrem kleinen Schreibtisch im Sprechzimmer und lauschte den Ausführungen von Mrs Khan zu den Rückenschmerzen ihres Mannes. Dieser sprach kein Englisch und konnte deswegen auch nicht erklären, was ihm fehlte.

Als Ivy sagte, er solle das Hemd ausziehen und die Hose öffnen, sah seine Frau die Ärztin erschrocken an.

»Mrs Khan – ich muss ihren Mann untersuchen ...«

»Er wird das nicht verstehen, Miss.«

»Sonst muss ich ihn an einen Fachkollegen überweisen.« Ihre Stimme klang müde ... Und das war sie auch.

»Kostet das extra?«, fragte die Frau besorgt und tiefe Furchen gruben sich in ihr Gesicht.

»Nein. Die Kasse bezahlt auch einen Spezialisten. Allerdings werden Sie sehr lange auf einen Termin warten müssen.«

»Es wird gehen«, sagte Mrs Khan leise.

Ivy seufzte. Sie hatte den Mann beobachtet. Seine Schmerzen mussten höllisch sein, doch wenn er sich von ihr nicht helfen lassen wollte...

»Ich schreibe ihm hier ein Schmerzmittel auf ... Wenn es aufgebraucht ist, und Sie noch keinen Termin hatten, kommen Sie wieder her. Dann gebe ich Ihnen ein neues Rezept.«

Mrs Khan erklärte ihrem Mann die Situation und er nickte Ivy gefasst zu.

Sie ging mit den beiden bis zur Tür, so konnte sie gleich den nächsten Patienten aufrufen. Das Wartezimmer war wieder voll. Zwei Patienten hatten sich sogar auf den Flur gesetzt.

»Mr Rowlins ist der Nächste ...«, sagte Jenny, ihre Sprechstundenhilfe, als Ivy an den Tresen trat, um die Akte des Patienten zu holen.

»Er kann reinkommen«, erwiderte sie und ging in ihr Büro.

Charles T. Rowlins war Pharmavertreter und immer auf dem Sprung, ihr sein neuestes Wundermittel zu offerieren. Er war Ende vierzig, hatte aber den sportlich-trainierten Körper eines zehn Jahre jüngeren Mannes.

»Guten Tag«, sagte er gut gelaunt und man merkte ihm nicht an, dass er bereits seit einer Stunde im Wartezimmer gesessen hatte.

Ivy wusste, dass andere Ärzte die Pharmavertreter sofort zu sich baten, sobald sie durch die Tür traten, aber sie war der Meinung, dass sie sich genauso hinten anzustellen hätten, wie jeder Patient.

Er öffnete seinen Aktenkoffer und entnahm ihm einen Stapel Broschüren. »Also ich weiß ja, dass ich Ihnen kein X für ein U vormachen kann, und das will ich auch gar nicht. Sie haben doch auch Migränepatienten ...«

So begannen fast alle Gespräche mit ihm. Mal waren es Rückenpatienten, mal solche mit Brüchen. Die Spezialität von

»Newitt-Pharma« waren Schmerzmittel. Diesmal also Migräne.

Rowlins hielt ihr einen kleinen Vortrag über die psychischen und physischen Auswirkungen der Migräne, ihre Ursachen und das phänomenale neue Produkt, das er anzubieten hatte.

Sie betrachtete die Informationen zur Wirkstoffkombination und es klang nicht schlecht. Im Prinzip ging es bei den Besuchen von Mr Rowlins nur darum, den Arzt dazu zu bringen, ihr Medikament zu verschreiben und nicht das eines Konkurrenten.

Als es klopfte, hob Ivy überrascht den Kopf, denn normalerweise störte Jenny nicht, wenn jemand bei ihr war. Es musste also etwas passiert sein.

»Ja, bitte?«, rief sie.

Die Tür ging auf. »Darf ich kurz stören?«, fragte Jenny.

»Ja. Wir sind soweit fertig«, sagte Mr Rowlins munter, klappte seinen Koffer zu und stand auf. »Dann wünsche ich noch einen guten Tag und vielen Dank für Ihre Zeit!«

Das war eine neumodische Floskel, die Ivy hasste!

Er schob sich an Jenny vorbei, die sofort mit Verschwörermiene die Tür hinter ihm ins Schloss drückte. »Ivy, weißt du, wer bei uns im Flur steht?« Ihr Gesicht hatte eine hektische Röte angenommen.

»Nein, aber ich schätze, du wirst es mir gleich sagen.« Sie lächelte amüsiert, als Jenny sich in ihrer Aufregung sogar auf den Stuhl ihr gegenüber setzte und sich weit über den Schreibtisch beugte.

»Bones Armstrong!« Sie ließ den Namen fallen wie einen Stein in den Teich und wartete auf die Reaktion ihrer Chefin.

»Nein!«, stieß Ivy in gespielter Überraschung hervor.

»Doch!« Jenny richtete sich sehr gerade auf. »Der Echte!«

»Liebes – ich habe keine Ahnung, wer das ist.« Wobei das

nicht ganz stimmte, denn bei dem Namen Armstrong läutete etwas bei ihr.

Während Jenny noch nach Worten für ihre Empörung über die Ahnungslosigkeit ihrer Chefin suchte, kam Ivy etwas in Erinnerung: das blutige Hemd ... Jetzt wusste sie wieder, wer Armstrong war. Sie hatte das Kleidungsstück sorgfältig zusammengefaltet und aufbewahrt, um es ihm bei Gelegenheit zurückzugeben. Dann hatte sie es vergessen.

»Ach so ... der!«, sagte sie gedehnt. »Ist er wieder da?«

Jetzt kannte Jennys Verblüffung keine Grenzen mehr. »Wie? Was meinst du damit? War er schon mal hier?« Sie rutschte aufgeregt auf ihrem Stuhl hin und her.

»Ja. Vor ein oder zwei Wochen. Aber da hieß er noch Jeff.«

»Das ist sein richtiger Name. Aber alle Fans nennen ihn Bones.«

Ivy fand, der Spitzname passte ... und passte auch wieder nicht. Er war, ihrer Erinnerung nach, weniger knochig, als vielmehr muskulös. Da er aber in jener Nacht ausgesehen hatte wie der Tod auf Urlaub ...

»Und warum war er hier?«

»Frag lieber, *wann* er hier war. Mitten in der Nacht!«

»Du warst hier mit ihm ... nachts? ... Allein? Oh mein Gott! Wie hat er ausgesehen? Was hat er gemacht? Hat er was zu dir gesagt?«

»Hat er. Er sagte: Scheiß drauf! Nähen Sie das verdammte Loch zu und gut.«

»Das Loch?«, echote Jenny.

»Er hatte eine Stichwunde an der Seite.«

»Oooh«, seufzte Jenny.

Eine Stichwunde zu haben, trug offensichtlich sehr zu seinem Image bei. »So. Und jetzt sollten wir endlich weitermachen«, beschied Ivy und stand auf, um ins Sprechzimmer zu gehen.

Als sie die Tür öffnete, erblickte sie Armstrong. Er stand an die Wand gelehnt und hielt den Kopf gesenkt. Seine schwarze Mähne hatte er zu einem Zopf zusammengebunden. Als er sie bemerkte, sah er sie kurz an, nickte knapp und schaute dann wieder zu Boden.

Ivy behandelte die Patienten schneller als gewöhnlich. Sie unterhielt sich auch nicht so lange wie sonst mit ihnen. Warum, wusste sie nicht. Eine innere Anspannung hatte sich in ihr breit gemacht. Als sie darüber nachdachte, schrieb sie es Armstrongs Prominenz zu und ärgerte sich darüber. Sie hatte immer alle gleich behandelt. Wobei sie sich eingestehen musste, dass in ihre Praxis nun nicht gerade viele VIPs kamen.

Als er an der Reihe war, bemerkte sie, dass er diesmal ohne seinen Beschützer da war. Als Begrüßung nickte er nur.

»Setzen Sie sich. Was kann ich für Sie tun?«

Er trug ein olivgrünes T-Shirt und ein Jackett in derselben Farbe, dazu schwarze Lederhosen. Seine Hände waren – zum Körper passend – groß und ausdrucksstark.

»Wegen der Wunde ... Da stimmt was nicht«, sagte er unsicher.

»Ich sehe sie mir mal an. Wenn Sie sich bitte frei machen würden ...«

Er erhob sich zu seiner vollen Größe. Ivy fand sich winzig im Angesicht dieses Riesen. Seine Schultern allein waren doppelt so breit wie ihre. Sie war froh, dass er sich beim Nähen der Wunde nicht gewehrt hatte, denn mit Sicherheit hätte er sie mit einem Schlag an die Wand donnern können.

Er legte sein Jackett ab und zog dann das Shirt über den Kopf. An seinen Bewegungen erkannte sie, dass er Schmerzen hatte, diese aber unterdrückte. Es waren Ausweichbewegungen.

Jetzt, da er sein Haar zurückgebunden trug, wirkte er nicht mehr ganz so geheimnisvoll, aber die beinahe makellose Schönheit seines Gesichts raubte ihr fast den Atem. Ivy verstand, warum Jenny so aufgeregt gewesen war. Er wäre auch ein Ereignis, wenn er kein Prominenter wäre, dachte sie.

Vorsichtig entfernte sie den Verband, den offensichtlich ein Laie bereits gewechselt hatte.

»Es kann jetzt ein bisschen brennen ...«, sagte sie rücksichtsvoll und zog die angeklebte Kompresse ab.

Armstrong verzog das Gesicht.

»Ja, da haben wir es!«, verkündete Ivy, als sie die eiternde Wunde sah. »Warum kommen Sie damit erst jetzt?« Sie gab sich nicht einmal die Mühe, den Vorwurf in ihrer Stimme zu mildern.

Er zuckte mit den Schultern.

»Ich werde das jetzt reinigen und desinfizieren. Dann machen wir einen neuen Verband.« Sie dirigierte ihn zu der Liege, wo er sich hinlegte, und machte sich an die Arbeit.

Seine Brust war rasiert, das hatte zunächst einmal den Vorteil, dass sie ihm keine Haare ausgerissen hatte, als sie die Kompresse entfernte. Während sie nun mit einem Tupfer die Wunde bearbeitete, hatte sie eine Hand auf seine Seite gelegt. Er fühlte sich mehr als gut an, schoss es ihr durch den Kopf und sie merkte, wie sie errötete.

»So lange dürfen Sie nicht noch einmal warten! Übermorgen brauchen Sie wieder einen Verbandwechsel!«

»Das schaffe ich nicht«, sagte er teilnahmslos.

»Es muss sein ... Das kann sonst übel ausgehen.«

»Ich bin den ganzen Tag auf Presseterminen.« Seine Stimme klang matt, gerade so, als würde er gleich einschlafen.

»Dann müssen Sie entweder einen ausfallen lassen oder abends ins Krankenhaus gehen.«

Er sagte nichts, sondern schüttelte nur verneinend den Kopf.

»So. Fertig. Jetzt setzten Sie sich bitte hin, damit ich den ...«

Er war eingeschlafen!

Ivy konnte es nicht fassen. Da lag dieser lange Kerl auf ihrer Liege und – schlief! So etwas hatte sie noch nie erlebt!

»Mister Armstrong?«, fragte sie vorsichtig, doch er reagierte nicht.

»Bones?«, versuchte sie es, doch wieder ohne Erfolg. Wobei sie sich etwas dämlich vorkam, diesen albernen Spitznamen zu verwenden.

Ivy atmete tief durch. Sie überlegte, was sie machen konnte. Die beiden anderen Patienten, die sie noch im Wartezimmer gesehen hatte, mussten nicht untersucht werden, also konnte sie mit denen auch in ihrem Büro sprechen. So beschloss sie, ihn schlafen zu lassen und verließ das Behandlungszimmer, wobei sie nur hoffen konnte, dass er sich im Schlaf nicht drehte und von der Liege fiel. Das hätte ihr noch gefehlt ... von einem Promi wegen so etwas verklagt zu werden. Nach allem, was sie so las, war das nicht abwegig.

Es beschäftigte sie während der ganzen Zeit, in der sie die beiden Patienten behandelte und auch danach noch, als sie an ihrem Schreibtisch saß und Kaffee trank. Selbst eine Prellung konnte von einem geschickten Anwalt zu einer ganz ordentlichen Sache aufgeblasen werden. Was, wenn er behauptete, nicht mehr auftreten zu können mit solch einer Blessur?

»Ist er noch da?«, fragte Jenny, während sie in ihren Mantel schlüpfte. »Ich habe ihn nicht gehen sehen ...«

»Ja, er ist noch im Behandlungszimmer.«

Jenny legte ihren Kopf zur Seite. »Was tut er da?«

»Schlafen«, versetzte Ivy trocken.

»Was???«

Ivy zuckte mit den Schultern. »Er schläft halt. Auf der Liege.«

»Und jetzt?«

»Ich warte, bis er aufwacht und werfe ihn dann raus.«

Jenny wandte sich ab und murmelte: »Bones Armstrong liegt in unserer Praxis und … schläft …«

Als ihre Helferin die Tür hinter sich zugezogen hatte, begab sich Ivy sofort ins Behandlungszimmer. Sie hatte beschlossen, neben ihm zu wachen. Eine Klage konnte sie sich nicht leisten. Sie gab sich keine besondere Mühe, leise zu sein. Sollte er doch wach werden, umso schneller wäre sie ihre Sorge los.

Er lag noch immer auf der Liege, hatte sich aber auf seine unverletzte Seite gedreht und schnarchte leise.

Ivy musste bei dem Anblick schmunzeln. Sie griff nach einem Stuhl und stellte ihn neben Armstrong. So konnte sie rasch eingreifen, falls er eine ungeschickte Bewegung machen sollte. Er hatte seine Hand flach unter seine Wange geschoben und sein Mund stand ein wenig offen. Seine Lippen waren voll und ausgesprochen sinnlich, wie sie feststellen musste. So ruhig und entspannt schien er ihr noch schöner. Eine Schönheit, die schmerzte. Sie wollte ihn berühren. Aber das durfte sie nicht. Noch nie hatte sie bei einem Mann das Bedürfnis empfunden, ihn einfach nur anfassen zu wollen, sich zu versichern, dass er wirklich war, dass er keine Fatamorgana war.

Ein Haar spannte sich über seinem geschlossenen Lid. Sie streifte es vorsichtig beiseite. Sein Arm war angespannt und sie sah die Sehnen, die sich unter der Kugel seiner Schulter spannten. Kurz darunter trug er einen tätowierten Phönix, der mit seinem prachtvollen Gefieder aus Flammen stieg. Das war zwar ein gewisser Bruch mit dem Mythos, aber Flammen wirkten einfach besser als Asche.

Ivy ertappte sich dabei, nachdem sie das Haar entfernt hatte, dass sie irgendeinen Grund suchte, ihn abermals berühren zu können. Ihn einfach so anfassen, war undenkbar. Was hätte sie sagen sollen, wenn er plötzlich wach geworden wäre?

Mit jeder Sekunde, die verging, hoffte sie mehr, dass er so schnell wie möglich verschwinden würde. Einfach nur weg. Etwas schien unter ihren Füßen zu beben, aber sie konnte es nicht einordnen.

War sie wirklich fünfunddreißig Jahre alt geworden, eine gestandene Ärztin, um sich jetzt wie ein Teenager aufzuführen?

Bitte, wach auf und verschwinde!, dachte sie und wiederholte den Satz wie ein Mantra. Das waren ihre Gedanken, doch ihre Augen gehorchten ihr nicht. Sie wanderten über seinen Körper, prägten sich sogar die kleinen dunklen Löckchen ein, die von seinem Bauchnabel abwärts liefen. Mit erhitztem Gesicht dachte sie daran, wo diese Löckchen endeten ...

Ihre Kehle war wie zugeschnürt. Schwer atmend hatte sie plötzlich das Bild eines erigierten Penis vor Augen. Was löste dieser Mann nur in ihr aus? Ivy überlegte, wie lange sie schon keinen Sex mehr gehabt hatte ...

Ewig!, war ihr Resultat.

Auf einer Fortbildung hatte sie mit dem Hauptreferenten geschlafen. Einer international bekannten Koryphäe. Natürlich hatte sie damals gewusst, dass sie für ihn nur ein Zeitvertreib gewesen war, aber als er dann nach ein paar Wochen voller Telefonate, SMSen und E-Mails plötzlich nicht mehr auf ihre Nachrichten reagiert hatte, hatte sie sich benutzt und elend gefühlt. Danach hatte sie sich geschworen, keinem Mann mehr zu vertrauen. Ivy hatte sich in ihre Arbeit gestürzt und so versucht, das Thema »Liebe« ein für alle Mal zu begraben. Es hatte sehr schön funktioniert, stellte sie fest. Bis jetzt!

Es ärgerte sie, dass dieser Kerl einfach in ihre Praxis marschierte und kurzerhand alles über den Haufen warf, was sie an Regeln aufgestellt hatte. Zudem war er wohl kein angenehmer Zeitgenosse, wenn sie sich an den Ton erinnerte, in dem er mit ihr gesprochen hatte. Und eine Stichverletzung bekam man nicht unbedingt beim Schafehüten.

Ein Mann wie er hatte sicherlich keinen Mangel an Sex. Sie dachte an all diese Groupies, von denen man las. Und so wie er aussah ...

Ivy ging zum Schreibtisch und nahm sich ein Buch, in dem sie gerade las. Ein neues Werk zur Behandlung von Bandscheibenvorfällen. Die nüchternen Ausführungen würden ihren Verstand wieder einsetzen lassen, so hoffte sie zumindest.

Irritiert blickte sie auf, als er sich, leise ächzend, zu bewegen begann. Sie ließ das Buch beinahe fallen, um bereit zu sein ...

Er drehte sich auf den Rücken und verzog dabei das Gesicht. Dann hob er, noch immer im Halbschlaf, den Kopf, griff in seinen Nacken und zog das Gummiband von seinem Zopf ab, das ihn offensichtlich gestört hatte. Sofort ergoss sich ein Meer aus schwarzem Haar über die Liege.

Ivy hielt den Atem an.

Seine Brust wölbte sich und sein Bauch hob und senkte sich zu den gleichmäßigen Atemzügen seiner Lungen.

Sie kam nicht umhin, festzustellen, dass seine Hose ein wenig gerutscht war und die Spitze seiner Eichel freigab. Die Vorhaut wurde von seinem Gürtel gedrückt und hatte sich in kleine Fältchen gelegt.

Ein heißes Prickeln überzog schlagartig ihren Körper. So konnte es nicht weitergehen, beschloss sie. *Einfach nicht mehr hinsehen!*, befahl sie sich selber und nahm ihr Buch wieder zur Hand, aber die Sätze ergaben keinen Sinn mehr. Die Buchstaben hüpften vor ihren Augen, ihre Gedanken schweiften ab. Ohne es verhindern zu können, stellte sie sich vor, wie sie seine Hose öffnete und sich über seinen Schwanz beugte. Man brauchte nicht viel, um sich ausrechnen zu können, wie prachtvoll er ausgestattet war …

Wenn ich noch ein bisschen weitermache, dachte sie, *werde ich über ihn herfallen, sobald er wach wird. Ich werde ihn hier auf der Liege vergewaltigen …*

Sie saß neben ihm und musterte ihn. Umso mehr erschrak sie, als er plötzlich seine Augen aufschlug und sie direkt ansah.

Sie waren wahrhaftig so grün … Es waren keine Kontaktlinsen, stellte sie fest.

»Bin ich eingeschlafen?«, murmelte er.

Ivy nickte und raffte all ihre Reste von Selbstbeherrschung zusammen.

Er räusperte sich. Doch anstatt aufzustehen, wie sie erwartet hatte, drehte er sich auf die Seite und stützte seinen Kopf mit der Hand. Seine Blicke wandte er nicht ab. »Haben Sie bei mir Wache gehalten?«

»Ich wollte nicht verklagt werden, nur weil Sie von der Liege fallen.«

Im ersten Moment schaute er verblüfft, aber dann grinste er breit. »Das ist cool!«, sagte er. »Aus dem Grund ist noch nie eine Frau neben mir wach geblieben …«

Ivy musste ebenfalls lächeln. »Ich würde jetzt gern den Verband machen?«, sagte sie.

Er nickte und setzte sich auf. »Eigentlich war es sehr gemütlich so«, teilte er zufrieden mit.

»Ja. Nur leider ist die Praxis längst geschlossen … Und die letzten beiden Patienten habe ich Ihretwegen in meinem Büro behandelt.«

Seine Miene verdüsterte sich. »Sie hätten mich doch wecken können …«

»Das habe ich ja versucht. Aber Sie waren total weg.«

Er kratzte sich an der Wange. »Verdammt. Das tut mir leid. Nächstes Mal klatschen Sie mir einfach einen nassen Lappen ins Gesicht.«

»Es gibt kein nächstes Mal«, versetzte sie entschieden. Damit hatte sie eine unsichtbare Grenze überschritten, sie sah es an seinen Augen. Schnell griff sie nach der breiten Mullbinde und begann, sie um seinen Oberkörper zu wickeln. Er sollte nicht sehen, wie verunsichert sie war.

»Tsch ...«, machte er, als sie das Ende festklebte.

»Das kann nicht wehgetan haben!«, sagte sie.

»Ich bin eine Memme«, versetzte Armstrong lachend. Er stand auf und sie reichte ihm sein T- Shirt.

»Der Schlaf hat Ihnen aber scheinbar gutgetan.«

Es war ein merkwürdig misstrauischer Blick aus seinen tiefgrünen Augen, der sie traf und den sie nicht verstand. Er durchbrach die plötzlich eingetretene Spannung und sagte: »Ja. Sicher. Das sollte ich öfter machen.« Damit zog er sein Jackett an.

Als Ivy an der Tür stand, griff er mit einer Hand nach hinten und zog seinen Geldbeutel aus der Gesäßtasche und blätterte in den Scheinen. »Was bin ich schuldig?«

Sie schluckte. »Nichts. Das geht auf die Kasse.«

Schweigend gingen sie bis zum Eingang der Praxis.

»Also, übermorgen muss der Verband unbedingt gewechselt werden. Und wenn Sie vorher Probleme haben, gehen Sie sofort zu einem Arzt!«

Er nickte und sein Haar rutschte ihm ins Gesicht. »Ach äh, weil Sie kein Geld wollen ...« Er drückte ihr schnell eine Karte in die Hand und verschwand.

Es war ein VIP-Ticket für ein Konzert in der Albert Hall. Mit Zugang zu allen Bereichen, wie Ivy las. Sie fragte sich, ob er diese Tickets immer mit sich rumtrug oder ob er es nur für sie eingesteckt hatte ...

***

»Ihr spielt nur noch die großen Hallen ... Am Freitag in der Albert Hall ... Wieso?«

Armstrong blickte von dem Podest, auf dem sie hinter einem langen Tisch saßen, auf die Journalisten herab, die sich entweder Notizen machten oder ihre Kameras hochhielten.

Er warf sein Haar nach hinten und antwortete: »Es gibt inzwischen zu viele Leute, die uns sehen wollen. Da müssen wir zwangsläufig in die großen Locations.«

Der Journalist notierte noch nichts. Er kannte diese Antwort offensichtlich und hatte sie erwartet. Ein paar Blogger saßen auch im Publikum und tippten eifrig in ihre Laptops.

»Ihr habt früher in sehr vielen Clubs gespielt ... Da war die Atmosphäre besser ... Oder wie siehst du das?«

Obwohl er wusste, dass er der *Frontman* war, nervte es Bones, dass sie neunzig Prozent der Fragen an ihn richteten.

»Ich weiß nicht ... Die Leute gehen in den großen Hallen genauso mit, wie in den Clubs.«

»Aber die Clubs bringen weniger Kohle ...«

Er spürte, wie sich der Druck in ihm aufbaute. Das war nicht gut. Schnell trank er von dem Bier, das man ihm hingestellt hatte. Er musste dringend ruhiger werden. »Wir alle müssen Rechnungen bezahlen«, erwiderte er lachend und die meisten Journalisten lachten mit.

»Schon. Aber ... was ist mit der Qualität?«

»Willst du damit sagen, dass wir heute nicht mehr die gleiche Qualität bringen, wie früher?«, fragte Bones lauernd.

Woodrow, Bones Manager, der neben ihm saß, beugte sich zu ihm hinüber und legte die Hand vorsorglich auf das Mikrofon.

»Reiß dich zusammen, Bones!«, mahnte er.

»Vielleicht eine andere«, lenkte der Sänger ein.

»Qualität ist Qualität. Du redest Scheiße, Mann!«, rief der Blogger.

Tommy fiel ein: »Also ich denke mal, wir spielen zwar vor mehr Menschen, aber unsere Musik ist noch die Gleiche.«

»Ihr habt euch also nicht weiterentwickelt?«

Der Typ war gerissen und das schmeckte Bones nicht.

»Klar haben wir das«, versetzte er. »Oder siehst du das anders?« Er leerte das Bier und der Nebel verdichtete sich. Bones dachte an die Schmerztabletten, die er genommen hatte, und dass diese Mischung nicht gerade zuträglich war. Zumal er sie mit Wodka runtergespült hatte.

»Sagen wir mal so ... Die Kritik zu eurem letzten Album war sich ziemlich einig darin, dass ihr verdammt kommerziell geworden seid.«

»Die müssen halt Rechnungen zahlen«, rief einer der Blogger gut gelaunt, doch dass er in diesem Moment die Lacher auf seiner Seite hatte, machte Bones wütend.

»Wenn dir unsere Musik nicht passt, kannst du ja Justin Bieber hören!«, knurrte er mit den Lippen dicht am Mikrofon.

Jetzt lachten sie mit ihm.

»Nein, du siehst das falsch«, warf Woodrow beschwichtigend ein, der merkte, dass die Dinge eine ungute Wendung zu nehmen drohten. »Die Jungs haben im letzten Album einfach eine emotionalere Seite vorgekitzelt. Wer weiß, was beim nächsten passiert.«

»Hast du eine feste Freundin?«, wollte eine Journalistin wissen, woraufhin Dave zischte: »Das musste ja kommen ...«, und den Kopf in den Nacken warf, wobei er die Augen verdrehte.

Bones grinste breit und antwortete: »Zurzeit nicht ... Es

werden also Bewerbungen angenommen ... Bitte mit Foto.«

Woodrow atmete hörbar erleichtert neben ihm aus. Die Kuh war vom Eis.

»Wo kommt dann die plötzliche Emotionalität her?«

Weil ich mit diesem Scheiß-Leben nicht mehr klarkomme. Weil eine Stadt inzwischen aussieht wie die andere. Weil ich zu viel saufe und zu viele Pillen einschmeiße. Weil ich bei jeder Frau, die ich sehe, nur noch ans Ficken denke und nachts nicht mehr schlafen kann. Weil meine Zukunft für mich nur noch ein Haufen Probleme bedeutet und weil ich keine gescheiten Ideen mehr habe. Weil mein Hirn zu vernebelt ist, um noch die Wut zu spüren, die ich früher hatte.

»Wir werden alle älter«, sagte er grinsend.

»Du hast dich aber verdammt gut gehalten für so viele Jahre on the Road«, sagte die Journalistin.

»Reichst du gerade deine Bewerbung ein?«, bemerkte Bones feixend, woraufhin sie errötete, was alle sehen konnten.

Er warf sein Haar zurück, um die Wirkung wissend. Sie sah nicht schlecht aus. Bürgerlicher zumindest als die Mädels, die nach Gigs vor seinem Schwanz Schlange standen. Sie trug sogar ein helles Kostüm, mit schön knapper Jacke, damit ihre Titten besser zur Geltung kamen. Bones ließ seine Gedanken schweifen und stellte sich vor, wie sie alle zusammen die Dame auseinandernahmen ... Einen Gangbang ... Hatte er schon lange nicht mehr gehabt. Spätestens jetzt war sie feucht, dachte er und schenkte ihr einen starren Blick aus seinen grünen Augen. Meistens ermüdete es ihn, wie leicht Menschen zu manipulieren waren. Aber manchmal war es auch wirklich von Vorteil.

»So. Dann bedanken wir uns für Eure Zeit ...«, sagte Woodrow, »... und hoffen, Ihr schreibt schöne Sachen. Bis Freitag in der Albert Hall.«

Allgemeiner Aufbruch und Stühlerücken.

Bones nickte der Journalistin zu. Die Tasche schon über der Schulter, blieb sie stehen. Er stieg vom Podest und ging mit langen Schritten auf sie zu. Sie schien einen Tick bleicher zu werden, als er sich vor ihr aufbaute.

»Für welche Zeitung schreibst du?«, fragte er unverbindlich.

»Lovely Music«, sagte sie gepresst.

»Du bist auch ziemlich ... lovely.« So viel Mühe gab er sich selten. Zudem war der Spruch an Plumpheit kaum noch zu überbieten.

Sie lächelte verschämt, senkte den Kopf und schenkte ihm ein waschechtes *Princess-Diana-Lächeln*.

»Du hast doch sicher noch ein paar Fragen, die du mir stellen willst ...«, ermunterte er sie.

»Ja. Klar doch«, sagte sie eifrig und übersah dabei offensichtlich seine Hintergedanken.

Er führte sie aus dem Raum, in dem die Pressekonferenz stattgefunden hatte und schob sie in das angrenzende Zimmer. Sobald die Tür hinter ihnen ins Schloss gefallen war, packte er sie und drückte sie gegen die Wand. Er beugte sich zu ihr herab und küsste sie gierig, wobei er an den Knöpfen ihrer Jacke riss, um an ihre Titten zu kommen.

»Du bist echt heiß, Süße«, murmelte er und knetete dabei ihre Brust, während seine Zunge in ihrem Mund arbeitete.

»Haaaa ...«, stieß sie hervor, als seine freie Hand unter ihren Rock griff und ihr Höschen zerriss.

Dann bohrte er seinen Daumen in ihr Loch. Sie lief förmlich aus. Da sie so zierlich war, hob er sie locker hoch und legte sie auf den Konferenztisch. Sie spreizte ihre Schenkel und er öffnete seine Hose.

»Du hast eine geile Möse ... Nass und geschwollen ...«

Sie riss ihre Bluse auf und drückte ihre Brüste zusammen. Bones drang in sie ein und begann gleichzeitig, tief über sie gebeugt, ihre Titten zu saugen und zu lecken. Er musste sie festhalten, da sie mit jedem Stoß wegzurutschen drohte.

»Stehst du drauf, wenn man dich hart fickt?«, knurrte er und sie schrie: »Jaaa! Jaaa!«

Daraufhin rammte er ihr seinen Ständer bis zum Anschlag in die Pussy. Das war ein Fehler. Denn gerade, als er abermals zustoßen wollte, rutschte er aus ihr heraus und begann unkontrolliert zu spritzen. Ihren Rock, ihre Pussy, sogar ihre Strümpfe erwischte es. Dicke weiße Tropfen fielen zudem auf die blankpolierte Tischplatte. Bones nahm sie unter den Achseln und hob sie über die Flecken auf dem Tisch weg, dann stellte er sie auf den Boden.

»Himmel! Wie sehe ich denn aus?«, murmelte sie und blickte auf ihren bespritzten Rock.

»Geh drüben ins Klo. Vielleicht kannst du ihn rausreiben«, sagte er, während er seine Hose zumachte.

Als sie den Flur überquerten, begegnete ihnen Woodrow, der nur knurrte: »Du hast da 'nen Fleck auf deinem Rock, Lady.«

Als sie im WC verschwunden war, sagte er zu Bones: »Wenigstens die schreibt jetzt sicher was Nettes über euch.«

»Was willst du damit sagen?«, gab Bones lauernd zurück, doch gerade als Woodrow antworten wollte, kam die Journalistin zurück.

»Ich muss wieder in die Redaktion. Man sieht sich Freitag.« Dabei schenkte sie ihrem Liebhaber einen großen Augenaufschlag.

Bones nickte und lächelte.

Als sie gegangen war, nahm der Manager ihn am Arm und zog ihn ins Konferenzzimmer. Sofort fiel sein Blick auf die trocknenden Flecken auf der Tischplatte. »Bones, du bist eine Sau!«

Er zog ein Kleenex aus einer Pappschachtel und wischte den Samen weg. Dann warf er das Tuch in einen Mülleimer. Als er sich auf dem Tisch niederließ, achtete er darauf, sich nicht auf die Stelle zu setzen, die er gerade gesäubert hatte. »Hör zu! Eben bei der Pressekonferenz bist du um Haaresbreite an einem riesen Eklat vorbeigeschrammt.«

»Blödsinn«, knurrte Bones.

»Du warst so auf Krawall gebürstet, dass es wirklich jedem aufgefallen ist. Außer dir selbst. Was Miller schreibt, weiß ich jetzt schon. ›Bones schnappt sich den Knochen ...‹ Oder irgend so 'nen Mist.«

»Das ist doch Bullshit und das weißt du auch.«

»Nein, das weiß ich nicht. Du sahst aus, als wolltest du den Kerl mitten im Zimmer verprügeln!«

»Wieso fragt er mich auch so eine Scheiße? Er hat mich provoziert!« Damit nahm er sich eine Zigarette und zündete sie an. Tief inhalierend ging er ans Fenster.

»Hier ist Rauchverbot«, murmelte Woodrow und nestelte an seinen Manschetten.

»Leck mich!«, erwiderte der Sänger.

»Bones, sieh mich an!«

Er reagierte nicht, sondern starrte weiter aus dem Fenster in den herbstlichen Londoner Nachmittag.

»Du bist doch schon wieder breit ...«

»Ich hab nur die Tabletten von der Ärztin genommen. Die knallen eben.«

»M-hm. Vor allem, wenn man sie mit Alk runterspült.« Woodrow nickte heftig. »Du bringst uns alle in Teufels Küche. Nicht nur, dass du all diesen Dreck in dich reinkippst, nein, du vögelst auch noch alles, was nicht bei Drei auf dem Baum sitzt.«

Bones schloss gelangweilt die Augen und presste seine Stirn gegen das kühle Glas. »Drei«, murmelte er.

»Das ist nicht witzig!« Woodrow verlor die Beherrschung. Er sprang von dem Tisch und versetzte dem Schrank einen Tritt. »Was, wenn eine von diesen Schlampen dir was anhängt?«

»Wir müssen alle sterben«, erwiderte Bones.

»Ich rede nicht von irgendwelchen abgefuckten Krankheiten, ich rede von einem Kind. Du fickst ja offensichtlich nicht mit Gummi. Und was machst du dann? Hä? Spielst du dann den liebenden Papa, statt den harten Rocker?«

»Leck mich. Ich habe andere Probleme, als 'ne Tussi mit aufgeblasenem Bauch.«

»Oh – glaubst du, das wüsste ich nicht?« Woodrow zündete sich selbst eine Zigarette an, was ihm einen Seitenblick seines Sängers eintrug.

»Die Verkaufszahlen gehen runter, mein Freund! Und so ein Ding wie die Albert Hall – das ist Prestige. Die ist so teuer in der Miete, dass am Ende unterm Strich kaum noch was bleibt.«

»Heul mir nicht die Ohren mit deinem Kaufmannsgewäsch voll«, brummte Bones.

»Dieser Kaufmann hat dir aber deinen hübschen Arsch gerettet, als du dich von einem kleinen Straßendealer hast aufschlitzen lassen.«

Bones dachte an die Ärztin und fragte sich, ob sie das Ticket nutzen würde. Er schmunzelte bei dem Gedanken, wie sie sich unter all den Gothic-Chicks machen würde. Sicherlich würde sie ein schwarzes T-Shirt anziehen und sich sehr düster dabei vorkommen.

»Was grinst du? Das ist nicht komisch. Ich sag dir eins:

Wenn ihr nicht mehr bringt, was die da oben«, er deutete gegen die Decke, »von euch erwarten ... dann seid ihr ganz schnell draußen. Und das ist kein Was-wäre-wenn-Gelaber ... Es gibt schon Gespräche wegen euch.«

Der Sänger stieß sich vom Fenster ab und wandte sich zum Gehen.

»Was tust du? Verflucht, ich rede mit dir!«

»Ich gehe nach Hause«, murmelte Bones.

»Du hast kein Zuhause«, versetzte Woodrow, noch bevor Bones ihm die Tür vor der Nase zuschlug.

Wer hätte das besser gewusst, als er selbst? Er wohnte zur Miete in einem Haus mit möblierten Zimmern. Mehr oder minder Ferienwohnungen. Er hatte auch eine Zeit lang in einem Hotel gelebt, aber das war zu teuer geworden. Aus diesem Haus konnte er von heute auf morgen verschwinden.

Er warf den Schlüssel auf den Tisch und setzte sich vor den Fernseher. Das war der Moment, vor dem er sich bei jedem Atemzug zu Tode fürchtete. Der Moment, wenn all der Trubel weg war. Wenn die Stille kam. Da konnte er den Fernseher Tag und Nacht laufen lassen, oder die Anlage. Die Stille blieb. Er schnaubte kurz auf, als er daran dachte, wie ernüchtert seine Fans sein würden, wenn sie sahen, wie er wirklich lebte. Wirklich! Nicht die Home-Stories, für die Woodrow extra Häuser mietete, gern auch alte Villen, die er dann aus dem Fundus einer Filmfirma bestücken ließ und wo es dann in den Artikeln hieß: »So lebt der Fürst der Finsternis!«

Stattdessen lebte der »Fürst der Finsternis« in einer Bude, in der Möbel aus den frühen achtziger Jahren die ausgebleichten Tapeten verstellten.

Er legte den Kopf zurück und hob ächzend sein Becken an. Ob sie kommen würde?

***

Ivy fühlte sich wie von einem schwarzen Meer umwogen. Sie kannte ja die bizarr-skurrilen Aufmachungen der Jugendlichen aus ihrer Gegend um die Praxis herum, aber so viele auf solch engem Raum zu erleben, empfand sie als atemberaubend.

Manche tanzten stumm zur Musik aus ihren Smartphones, während andere umherflanierten, um sich gebührend bewundern zu lassen, während sie darauf warteten, dass sie eingelassen würden. Obwohl es erst dämmerte, war die Albert Hall bereits angestrahlt und wirkte dabei wie ein viktorianisches Nadelkissen im Herzen der modernen Großstadt.

Ivy kam nicht umhin, sich einzugestehen, dass sie nervös war. Es war so viele Jahre her, dass sie auf einem Konzert gewesen war, dass sie nicht einmal wusste, wo sie hin musste ...

Die Menschenmenge wurde mit jeder Minute unübersichtlicher. Alle schienen größer zu sein als sie selbst und sie konnte nicht mehr tun, als den Weg an der Seite der Schlange zu suchen, um überhaupt noch Luft zu bekommen. Es dauerte nicht lange, da begann sie sich selbst zu verfluchen, dass sie überhaupt hergekommen war. Die Leute um sie herum hätten locker ihre Kinder sein können und sie fühlte sich so deplatziert, dass es beinahe körperlich wehtat.

So in ihren Zweifeln versunken, in Gedanken bereits wieder zu Hause, noch vor dem Konzert, erschrak Ivy umso mehr, als ihr jemand plötzlich auf die Schulter tippte.

»Sie haben ein rotes Ticket?« Ein Kerl wie ein Kleiderschrank hatte sich vor ihr aufgebaut.

Ivy nickte verwirrt und hob die Karte wie zum Beweis hoch.

»Dann brauchen Sie hier nicht anzustehen, Miss. Kommen Sie bitte mit!« Im nächsten Moment teilte der menschliche Kleiderschrank die wartende Masse vor ihr wie Moses das Rote

Meer. Vollkommen ungehindert passierten sie alle Wartenden und betraten sodann die Halle durch einen abgesperrten Bereich, der von zahlreichen Artgenossen ihres Begleiters bewacht wurde. Er nickte einem vierschrötigen Typen zu, der, die Hände vor seinem Gemächt verschränkt, die Tür sicherte, woraufhin dieser sofort zur Seite trat und sie für Ivy und seinen Kollegen aufhielt.

»Wie ist Ihr Name?«, fragte eine zierliche junge Frau in Jeans und T- Shirt, die um den Hals eine in Plastik verschweißte Karte trug und einen Klemmblock in der Hand. Sie lächelte überaus gewinnend.

»Newman. Ivy Newman.«

»*Doktor* Ivy Newman?«, las die Frau von ihrer Liste ab.

Ivy nickte und hoffte, man hielt sie jetzt nicht für jemanden, der zum Rotekreuzteam gehörte und sich um in Ohnmacht gefallene Fans zu kümmern hatte ... Es war schließlich ihr freier Abend ...

»Wir haben Anweisung, Sie in Mr Armstrongs Garderobe zu begleiten.«

Ihr wurde heiß. Sie spürte, wie sich unter ihren Achseln Schweiß bildete. Er würde sie verführen. Sich auf sie stürzen und missbrauchen. Jetzt konnte sie noch weg ...

Ivy zwang sich, ruhig zu bleiben und folgte dem Bodyguard durch eine schier endlose Flucht von Korridoren. Menschen eilten hin und her. Kabel wurden geschleppt, Instrumente herumgetragen. Als sie vor einer Tür stehen blieben, an der ein auswechselbares Schildchen mit der Aufschrift »Bones« prangte, setzte bereits weit entfernt Musik ein.

Sie würde den Anfang verpassen. Oder sollte sie nur hier auf ihn warten, bis er nach dem Konzert zurück in seine Garderobe kam? Alles schien ihr möglich und kein Gedanke zu abwegig.

Und dann sah sie ihn. Groß und imposant stand er mitten in der Garderobe, rauchte und studierte einen Zettel, den er in Händen hielt.

Als sie eintrat, sah er sie direkt an. Er trug eine schwarze Jeans und eine schwarze Motorradjacke.

»Dr. Newman ...«, sagte er mit einem Lächeln.

Hörte sie eine feine Ironie in seiner Stimme?

»Guten Abend.«

Die Stille, die eintrat, war für Ivy schwer zu ertragen. Sie fühlte sich unendlich fehl am Platz.

Er legte den Zettel beiseite. »Ich hoffe, es stört Sie nicht, dass ich Sie habe herbringen lassen?«

Sein Haar war offensichtlich frisch gewaschen und hatte so noch mehr Fülle und Glanz. Sie fragte sich, wie oft er schon Angebote bekommen hatte, für Haarpflegeprodukte zu werben ...

»Nein. Keineswegs. Ich hatte nur befürchtet, ich würde ihren Auftritt verpassen.«

Er überlegte einen Moment und sagte dann: »Ach das ... Nein, das ist nur die Vorgruppe. *Immortal Irgendwas* ...«

»*Immortal Irgendwas*? Merkwürdiger Name.«

Es war nicht als Scherz gemeint gewesen, doch als Armstrong zu lachen begann, wollte sie ihn nicht korrigieren. Amüsiert bemerkte sie ein paar sehr spitzer Eckzähne, die über die anderen Zähne hinausragten. Allerdings waren sie echt ...

»Warum ich Sie habe herbringen lassen ... ich hoffe, Sie sind mir nicht böse ... Aber ich wollte wissen, ob ich den Verband abnehmen kann. Nur während des Auftritts ...«

Sie war überrascht von der höflichen Art und Weise in der er mit ihr sprach. »Wir nehmen ihn ab und ich schaue es mir an«, schlug sie vor, woraufhin er sich sofort auszog.

Im gleichen Moment, da er mit entblößtem Oberkörper vor ihr stand, flog die Tür auf und ein junger Mann kam herein. Er erstarrte für einen Moment und stieß dann hervor: »Oh, ich ... wollte nicht stören. Sorry. Wollte nur sagen, dass es in zwanzig Minuten losgeht. Ich hoffe, das reicht ...« Damit verschwand er schleunigst wieder.

Ivy kicherte. »Ich will lieber nicht wissen, was der jetzt gedacht hatte«, sagte sie strahlend.

»Ach – die kennen das«, erwiderte Bones. Als er Ivys Gesicht sah, biss er sich förmlich auf die Lippen, denn sie fühlte sich, als sei sie mit hundert Sachen gegen eine Mauer gefahren. Nein, sie hatte wirklich nicht wissen wollen, wie oft er es vor einem Auftritt in seiner Garderobe mit irgendwelchen Groupies getrieben hatte.

Sie atmete kurz durch und begann, den Verband abzuwickeln. Ohne jede Rücksichtnahme riss sie die Kompresse ab, woraufhin Bones aufstöhnte.

»Au. Verdammt. Das hat wehgetan. War das die Rache für meinen Spruch eben?«

»Nennen Sie es, wie sie wollen«, brummte Ivy. Sie war wütend. Auf ihn und auf sich selbst. Die Naht sah gut aus. Der Eiter war verschwunden und die gerötete Haut zeigte, dass der Heilungsprozess gute Fortschritte machte.

»Ich wollte damit sagen, dass die es kennen, dass ich halbnackt in der Garderobe stehe ...«, sagte er beschwichtigend.

Sie aber presste die Lippen zusammen und sagte nichts dazu. »Wenn Sie versprechen, aufzupassen und keine wilden Bewegungen zu machen, dann lassen Sie ihn weg. Nach dem Konzert muss er aber sogleich erneuert werden.«

»Aye Aye, Captain!«, sagte Bones und salutierte.

»Idiot«, zischte Ivy. Sie wandte sich zur Tür.

»Wollen Sie mir nicht viel Glück wünschen?«, fragte er.

Überrascht drehte sie sich zu ihm um, denn seine Stimme hatte einen merkwürdigen Tonfall gehabt, der sie irritierte.

»Viel Glück!«, sagte sie und ein winziges Lächeln umspielte ihre Lippen.

Der Bodyguard hatte vor der Tür gewartet und führte sie jetzt in einen VIP- Bereich, von dem aus man einen exzellenten Blick auf die Bühne hatte. Die Band *Immortal Irgendwas* hatte sie verpasst. Kaltes Licht erfüllte die Halle und auf der Bühne gingen die Umbauten vor sich. Riesige Plakate wurden aufgestellt, Strahler und Monitore aufgebaut. Eifrige Roadies eilten hin und her, packten Gitarren auf Ständer und probierten die Tontechnik. Dann war die Bühne mit einem Schlag leer. Niemand kam mehr gelaufen.

Ivy erschrak, als das Licht ausging und sie sich in tiefster Dunkelheit wiederfand. Wahrhaftig, ihr letztes Konzert war schon sehr lange her. Zischen und Husten im Publikum, letzte Räusperer. Dann hörte sie eine Stimme, tief, beinahe magisch.

»The boundaries which divide life from death are at the best shadowy and vague. Who shall say where the one ends and where the other begins?«

Und kaum, dass das letzte Worte verklungen war, setzte ohrenbetäubendes Gitarrenspiel ein. Ein Lichtkegel erstrahlte und tauchte Bones in grünen Schein. Er stand da, über sein Mikrofon gebeugt, nur in Jeans und Motorradjacke, hielt seine Gitarre und sang. Seine Stimme klang flacher, als wenn er sprach, beinahe gepresst. Zwischendurch ließ sein tiefer Bariton die Halle förmlich erbeben. Er schien alle Stufen der Artikulation zu beherrschen, von sanftem, melodischem Gesang bis zu wildem Schreien.

Aber was Ivy am meisten beeindruckte, waren die Texte. Sie verstand, warum all diese jungen Leute an seinen Lippen hingen. Nicht nur wegen seines Aussehens, sondern wegen der tiefen Verzweiflung, der er Ausdruck zu verleihen vermochte. Der Verlorenheit. Dem Zorn.

Er sang von der Liebe und meinte den Tod. Alle verstanden ihn und fühlten sich von ihm verstanden. Die Art wie er den Kopf leicht schräg legte, während er sang, gerade so, als höre er jemandem zu, wie sein Haar ihn umwallte ... Dann trat er einen Schritt vom Mikrofon zurück und klappte mit seinem Oberkörper wie ein Taschenmesser nach vorn. Im gehetzten Rhythmus des Schlagzeugs und der Gitarren warf er seinen Kopf auf und ab. Es war ein beeindruckendes Schauspiel!

Ivy sah nicht auf die Uhr und so wusste sie auch nicht, wie lange das Konzert gedauert hatte, sie wusste nur, dass sie den brennenden Wunsch verspürte, es solle niemals enden. Die Musik hatte sie wie in eine Art Trance versetzt, nach der es keine Wirklichkeit mehr geben durfte. Bestürzt beobachtete sie die Menschenmenge, die den Ausgängen entgegenstrebte. Wie konnten sie alle nur so unberührt sein, wo sie noch vor wenigen Minuten in der gleichen Trance gewesen waren? Es war, als sei mit dem Licht aller Zauber von ihnen genommen worden und nun gingen sie nach Hause. Um Ivy herum herrschte die gleiche Leere. Zerknülltes Papier am Boden. Eine Bananenschale ...

Doch dann, gerade als sie ebenfalls gehen wollte, erinnerte sie sich daran, dass sie Armstrongs Verband erneuern sollte und so machte sie sich auf den Weg zu seiner Garderobe. Doch wo zuvor nur ein paar Helfer auf und ab geeilt waren, drängte sich jetzt ein schwarzer Pulk, durch den es kein Vorankommen gab. Ivy drängte sich atemlos und schwitzend durch die versammelten Fans und als sie stecken blieb, rief sie so laut sie konnte: »Lassen Sie mich durch. Ich bin Ärztin!«

Das hatte sie noch nie getan. Doch es wirkte. Wann immer sie es rief, machten die vor ihr Stehenden Platz. Bis sie an den Schultern genommen und geschoben wurde.

»Macht Platz! Das is' 'ne Ärztin!«, schrie es über ihr und noch ehe sie sich versah, stand sie vor der Tür mit dem Schildchen »Bones«.

»Okay, Miss. Sie sind da!« Gerade hatte sie die Hand gehoben, um anzuklopfen, da drückte der große Kerl hinter ihr auch schon die Tür auf und schob sie hindurch.

Ivy stockte der Atem.

Armstrong saß mit heruntergelassener Hose auf einem Stuhl und auf seinem Schoß rittlings ein Mädchen. Sie bewegte ihren Unterleib lasziv über seinen Lenden und sein Stöhnen ließ keinen Zweifel an der Natur der Vorgänge.

Wie erstarrt stand Ivy gegen die Tür gepresst, die man hinter ihr geschlossen hatte. Die beiden schienen so in ihr Treiben versunken, dass sie ihr keinen Blick schenkten. Entweder waren sie so geil oder völlig mit Drogen vollgepumpt. Weder die eine noch die andere Variante gefiel Ivy. Dennoch blieb sie aus irgendeinem Grund bewegungslos stehen und starrte die beiden an. Sie sah die kleinen, weißen Titten des Mädchens, die über seine glattrasierte Brust rieben. Sie hatte ihre vollen Lippen geöffnet und sah aus, als ringe sie um Atem, während Armstrong ihren Hals intensiv küsste und an der dünnen, empfindsamen Haut saugte.

Ivy war nie zuvor dabei gewesen, wenn zwei Leute es miteinander getrieben hatten und jetzt in diesem Moment drohte sie, in einem Wirbel der widersprüchlichsten Gefühle unterzugehen. Ivy sah Armstrongs Ständer, der feucht glänzend senkrecht stand, den Unterleib des Mädchens, der sich tief über den harten Schaft senkte, bis dieser vollständig in ihr verschwunden war.

Es erregte Ivy zu sehen, wie der Hüne seinen Daumen langsam zwischen die Pobacken der zierlichen Frau drückte. Deren Keuchen und Stöhnen zu hören, während er sie intensiv dehnte.

Ivy wollte ihre Hand in ihre Hose schieben und spüren, wie nass sie bei dem Anblick geworden war. Doch dem stand sowohl ihr Schamgefühl als auch jenes Gefühl entgegen, dass es ein Zeichen der Machtlosigkeit gewesen wäre, sich dieser Lust hinzugeben. War sie sich doch sicher, dass Armstrong genau dies geplant hatte. Er wollte sie in diese Ménage à Trois zwingen und das würde sie nicht zulassen.

Das Mädchen saß fest auf seinem Schoß und ließ jetzt den Unterleib mit seinem Ständer in ihrem Inneren kreisen. Ivy ertrug kaum den beinahe gequälten Klang seiner Stimme. Ja, sie war eifersüchtig! Welchen Einfluss hatte dieser Mann auf sie, dass sie plötzlich den animalischen Trieb verspürte, sich den beiden anzuschließen? Sie lauschte dem schmatzenden Laut seiner Lippen, als er die kleinen harten Nippel des Mädchens zu saugen begann. Kleine Puddinghügel waren das. Scheinbar nur dafür geschaffen, einem Mann wie ihm Lust zu bereiten.

Ivy spürte, dass ihr Höschen feucht geworden war. Viel zu lang hatte sie keinen Mann mehr gehabt, und jetzt in solch eine Situation gestoßen zu werden, war mehr als sie ertragen konnte.

»Oh Gott ... Du bist so geil, Bones. Du bist der beste Ficker, den ich je hatte!«, stöhnte das Mädchen und es klang absolut aufrichtig. Sie hob ihren Unterleib an, so weit, dass sie beinahe seine Eichel herausgleiten ließ und dann setzte sie sich mit einem Ruck wieder fest auf seinen Schoß. Dabei schrie sie laut auf.

Ivy konnte sich kaum noch beherrschen. Alles in ihr war in Aufruhr. Sein Körper war göttlich, groß und mächtig. Und das Mädchen wirkte dagegen wie eine kleine, blasse Elfe. Ivys

Blicke streiften über seine glatte, weiße Haut. Über die massiven Muskelstränge, die sich unter seinem Fleisch dahinzogen. Wie seine Schenkel sich bewegten ... Es war unfassbar. Sein Körper wirkte wie das Sinnbild reinen Lebens. Macht. Kraft. Jeder Atemzug verströmte dies. Und jetzt, in dieser Situation, wurde Ivy das noch viel bewusster, als in ihrer Praxis, wo er schwach und erschöpft gewesen war.

Die winzig scheinende Geliebte verlagerte ihr Gewicht nach vorn und ritt Armstrongs Ständer dann in einer ungeheuren Geschwindigkeit. Das Klatschen ihrer Pobacken auf seinen Schenkeln erfüllte den Raum und brachte Ivy beinahe um den Verstand.

»Fick mich! Schneller! Oh Gott ...«, schrie das Mädchen. »Fick mich durch!«

Ihre kleinen harten Titten hüpften auf und ab und Armstrong ließ seine flache Hand auf ihren Hintern klatschen.

Ivy wusste augenblicklich, dass sie dabei war, die Kontrolle zu verlieren. Eine Woge der Gier überkam sie und sie wollte nichts mehr so sehr, wie sich den beiden anzuschließen und Armstrongs Schwanz zu lutschen, während er die Kleine vögelte. Sie war dabei, den Kampf zu verlieren, und das dufte auf keinen Fall geschehen!

»Verzeihung«, stieß Ivy gepresst hervor und wollte nur noch hinaus.

»Ah ... Dr. Newman!«, sagte Armstrong. »Steig mal ab. Das ist 'ne Ärztin.«

Das Mädchen warf Ivy einen wütenden Blick zu, aber sie schien nicht in der Position, ihren Liebhaber zurechtweisen zu dürfen. Als habe er nicht einmal bemerkt, dass er mit hoch erigiertem Stamm vor ihr stand, reichte er Ivy die Mullbinde und eine frische Kompresse aus einem Erste-Hilfe-Kasten.

Es kostete sie alles, nicht seine Männlichkeit mit ihrem Körper zu berühren, während sie den Verband anlegte. Von seiner Haut ging eine unglaubliche Hitze aus. Eine Sinnlichkeit, die mit Händen greifbar war. Ivy presste die Zähne aufeinander, als sie seine Wunde reinigte. Sie musste einen inneren Schutzwall gegen seine Anziehungskraft errichten, sonst wäre sie verloren. Dabei wurde alles noch durch die Selbstverständlichkeit übersteigert, mit der er sich bewegte. Nacktheit, Erektion ... nichts schien ihn zu stören.

Als er die Arme hob, damit sie den Verband anlegen konnte, sah sie, wie seine Rippenbögen sich dehnten. Wie sich seine Nippel verzogen. Die Gier brachte sie dazu, sich zu überlegen, wie es wohl sein mochte, eben jene empfindsame Stelle unterhalb der Achseln zu lecken ... Er roch herb nach Schweiß und Sex. Nach dem Saft des Mädchens, der noch immer seinen Ständer überzog.

Sobald Ivy das Zimmer verlassen haben würde, würden die beiden weiterficken. Es machte sie krank, das zu denken.

»So. Das wär's«, erklärte sie, als sie fertig war.

»Danke!«, sagte Armstrong und wirkte noch immer so unbeteiligt wie zu Beginn. Er hatte sich eine Zigarette angezündet und nahm wieder auf dem Stuhl Platz.

Ivy sah nicht mehr hin. Wie in einen dichten Nebel gehüllt, trat sie in den Flur und tappte fast blind durch die Menge, bis sie den Ausgang gefunden hatte.

***

Sie hatte sich etwas vorgemacht. Ganz klar. Und er hatte sie verarscht. Ebenso klar. Nein, nicht ganz so klar ...

Was hatte er denn gesagt oder getan, dass sie so eifersüchtig auf das Mädchen reagierte, das er gevögelt hatte? Nichts! Er hatte sich Ivy gegenüber absolut tadellos benommen. Keine

Andeutungen, nichts. Er war nett gewesen und höflich. Nur das mit dem nackt in der Garderobe herumlaufen – das war gelogen. Es war eine merkwürdige Art von Enttäuschung, die sie verspürte. Zumal ihr gravierendster Fehler darin bestanden hatte, sich zu ihm zu setzen, während er schlief. Das hatte ihren Gedanken einen Freiraum gegeben, der ihr nicht guttat. Niemals wäre es ihr in den Sinn gekommen, jene Traurigkeit »Liebeskummer« zu nennen, die sich ihrer an jenem Abend bemächtigt hatte. Auch war sie kein Teenager mehr, der in solcher Situation traurige Lieder hörte und leise weinte. Sie war eine erwachsene Frau.

Ivy beschloss, ihr Büro aufzuräumen. Es war immer gut, aktiv zu sein und nicht grübelnd in der Ecke zu sitzen. Sie begann mit dem Schreibtisch. Ablage. Mehrere Ordner schlug sie auf, lochte dann nach und nach die Unterlagen und heftete sie entsprechend ab. Der Zorn auf diese stupide Arbeit kompensierte die restlichen Gefühle hervorragend. Sie zog die untere Schublade ihres Schreibtisches auf und stockte in ihrer Bewegung.

Sein Hemd!

Es fühlte sich an, als drücke ihr jemand die Luft ab. Wie hatte sie nur vergessen können, es ihm bei dem Verbandwechsel zurückzugeben? In dem festen Vorsatz, es in einen Umschlag zu stecken und an sein Management zu schicken, nahm sie es heraus.

Für einen Moment überlegte sie, ob sie etwas dazu schreiben sollte, ließ es dann aber und schob es stattdessen, ohne einen Brief oder Zettel, in ein großes braunes Kuvert und klebte es zu. Sie hatte sogar dem Drang widerstanden, daran zu schnuppern.

Im Internet machte sie sich auf die Suche nach der Adresse seines Managements. Sie gab seinen Namen ein und wartete.

»Magic Mountain Music« – kurz »MMM«. Eine Adresse in Kensington. Eher instinktiv klickte sie auf das Bandlogo, hinter dem sich ein Link verbarg, der direkt zu ihrer Seite führte.

Armstrong ... Perfekte Fotos eines perfekten Körpers. Aufreizende Posen, so richtig für die weiblichen Fans gemacht. Bones mit freiem Oberkörper und wehendem Haar, eine Hand hinter seinem Gürtel. Die Band in Reih und Glied nebeneinander auf einem Acker. Sepiafarben mit kreisenden Raben über ihren Köpfen. Es waren offensichtlich verschiedene Fotografen, die da gearbeitet hatten, denn jedes Bild hatte seinen eigenen Stil.

Ivy notierte die Adresse auf dem Kuvert und drückte dann den Praxis-Stempel in die obere Ecke.

Er verrutschte, da der Inhalt weich war. Das hatte sie nicht bedacht und für einen Moment überlegte sie, ob sie es noch mal neu machen sollte. Doch dann entschied sie, dass dieser schlampige Umschlag sowieso weggeworfen würde. Es war also egal.

Jenny war bereits im Feierabend, deswegen legte sie das Kuvert einfach auf den Tresen. Jen würde ihn korrekt frankieren und mit der übrigen Post einwerfen.

Doch nun stand sie am Empfang und wusste nicht, was sie noch tun sollte. Sie legte die Hand auf das Kuvert und schob es nachdenklich hin und her. Dann, in einem plötzlichen Entschluss, griff sie danach und stopfte es in ihre Tasche. Sie löschte das Licht und verließ die Praxis.

Der Innenstadtverkehr hatte sich um diese Uhrzeit beruhigt. Ihr Navigationsgerät führte sie ohne Umwege nach Kensington. »MMM« befand sich in einem edwardianischen Reihenhaus mit cremefarbenen Säulen vor einer schwarz lackierten Tür.

Sie bog auf einen Parkplatz ein und scherte sich nicht um die kleinen Schilder an den jeweiligen Parkbuchten, die sie dem Inhaber eines bestimmten Nummernschilds zuwiesen.

Umso überraschter war Ivy, als sie bemerkte, dass hinter einem Fenster noch Licht brannte. *Ein ganz Unermüdlicher*, dachte sie.

Ivy stieg aus. Es war so kalt, dass sie selbst für die wenigen Meter bis zum Briefkasten den Kragen ihrer Jacke hochschlug. Sie klappte den Deckel hoch und bekam Zweifel ... Der Schlitz war sehr eng. Also presste sie das Kuvert zusammen und drückte es gegen die Öffnung. Es ging nicht. Offensichtlich wurden größere Sendungen immer direkt im Büro abgegeben. Ivy wandte sich mit dem Rücken zur Tür und presste mit beiden Händen den Umschlag. Mit hochgezogenen Schultern, ihren Autoschlüssel unter eine Achsel geklemmt, kämpfte sie mit der Materie. So ging es nicht. Sie musste das Kuvert wieder ein Stück herausziehen. Wenn sie so weitermachte, war das Hemd in Fetzen, bis sie fertig war.

»Warum geben Sie mir den Umschlag nicht einfach?«

Ivy erstarrte zur Salzsäule, als der ihr nur allzu bekannte Bariton hinter ihr ertönte. Langsam senkten sich ihre Lider und sie fühlte sich wie ein ertapptes Schulmädchen. Tief durchatmend zog sie vorsichtig an dem arg mitgenommenen Umschlag und drehte sich dann zu Armstrong um, der groß und mächtig in dem dunklen Eingang stand.

»Dr. Newman?«, sagte er verblüfft.

»Ich wollte nur Ihr Hemd vorbeibringen ...«, erklärte sie hastig. »Es lag noch in der Praxis ...«

»Sie hätten es wegwerfen sollen ...«, sagte er mit noch tieferer Stimme.

»Aber wieso denn? Geben Sie es in die Reinigung ... Wäre doch schade um das schöne Hemd.«

»Es hat ein Loch. Das schöne Hemd.«

Es fühlte sich bizarr an, mit diesem hünenhaften Mann in der Dunkelheit zu stehen und kaum mehr als seine Umrisse erkennen zu können.

»Wer wollte Sie eigentlich umbringen?«

Ein kurzes Schütteln seines Kopfes. Haare berührten Ivy.

»Er wollte mich nur loswerden. Ach ... Ist 'ne bescheuerte Geschichte, in der ich nicht gerade gut wegkomme ...«

»Eine bescheuerte Geschichte, die Ihnen eine saubere Stichverletzung eingebracht hat ...«, ergänzte sie.

»Der Inder hat noch auf. Wollen wir uns ein Sandwich holen?« Er deutete auf die gegenüberliegende Straßenseite.

Das war eine Wendung, mit der Ivy nicht gerechnet hatte. »Nein, danke. Es ist spät und ich muss morgen früh raus.«

»Ach, kommen Sie, Doc. Ein Sandwich ... Kein Fünf-Gänge-Menu ...«

»Ein andermal«, sagte sie so schnell sie konnte, bevor sie es sich anders überlegte. Die Szene mit diesem Mädchen in seiner Garderobe stand noch zu lebhaft vor ihrem inneren Auge. Sie hatte keine Lust, sich von ihm zum Narren halten zu lassen. Also nickte sie ihm zu und ging zu ihrem Auto.

Als sie darauf wartete, sich in den fließenden Verkehr einfädeln zu können, sah sie ihn mit wehenden Haaren über die Straße rennen. Ein Wagen hupte, doch Armstrong ließ sich nicht stoppen. Dann verschwand er in der Tür des kleinen Ladens.

Ivy schaltete in den Rückwärtsgang und stieß zurück in die Parklücke. Dann schloss sie den Wagen ab und rannte genau wie er über die Straße. Etwas außer Atem betrat sie den Laden.

Armstrong stand ganz hinten in dem Geschäft, das die Form eines Handtuchs hatte. Er studierte verschiedene in Klarsichtfolie verpackte Sandwiches.

»Ich nehme gegrilltes Hähnchen«, sagte sie munter.

Zuerst blickte er überrascht und dann lächelte er. »Bravo!

Ich hatte mich schon damit abgefunden, heute Abend allein zu essen.« Er schien zwei Brote gegeneinander abzuwägen.

Als Ivy danach greifen wollte, sagte er: »Aber nein, Sie sind mein Gast!«

Seine Laune schien sich vollkommen gewandelt zu haben. »Was trinken Sie, Doc?«, fragte er über seine Schulter, während er an den Getränken auf und ab lief.

»Tango Orange!«, sagte sie und er griff nach der Flasche.

»Einmal Tango Orange für die Dame zu meiner Linken!« Er grinste breit. »Sonst noch einen Wunsch? Etwas Süßes vielleicht?«

Ivy schüttelte grinsend den Kopf.

Er zahlte bei dem Mann mit Vollbart und Turban und beide verließen den Laden.

»Wo wollen wir essen, Doc?« Armstrong sah sich suchend um. »Ich hab's!«, sagte er, noch bevor Ivy antworten konnte. »Wir gehen in den Park!«

Mit einem solchen Mann an ihrer Seite fürchtete sie sich selbst vor den nächtlichen »Kensington Gardens« nicht. Sie suchten sich eine Bank und setzten sich. Armstrong reichte ihr das Sandwich und öffnete die Tango-Flasche.

»Wie ist Ihres?«, fragte er.

»Gut. Sehr gut. Danke.«

»Meins ist auch gut. Darf ich mal probieren?«

Sie hielt ihm ihr Sandwich hin und er biss ab. Es war wirklich ein sehr informelles Essen, fand Ivy.

»Fairness!«, erklärte er und hielt ihr seines hin, von dem nun wiederum Ivy abbiss. Sie musste mit vollem Mund lachen und presste die Hand vor die Lippen.

»Nicht ausspucken! Schlucken!«, verkündete Armstrong und brach in schallendes Gelächter aus.

Ivy verstand den Scherz nicht, lachte aber dennoch mit.

Grinsend griff er nach der Limonadenflasche und trank zufrieden.

Sie aber wunderte sich, wieso ein Mann, der sicherlich permanent von ganzen Fanhorden umgeben war, so viel Wert auf ihre Gesellschaft legte. Seltsamerweise hatte er dort unter dem Türbogen einen nahezu verlorenen Eindruck gemacht. Ivy war sich sicher, dass er sogar eine Putzfrau beschwatzt hätte, mit ihm zusammen zu essen. Konnte es möglich sein, dass Leute wie er genauso einsame Momente erlebten, wie jeder Durchschnittsmensch? Ihre Überlegungen wurden von einem plötzlichen Frösteln durchbrochen, das sie erfasste. Sie zog ihre Schultern nach vorn und schüttelte sich.

»Kalt?«, fragte Armstrong und noch ehe sie antworten konnte, öffnete er seinen Mantel und legte eine Seite um Ivy. Jetzt konnte sie nicht anders, als sich an ihn zu drängen, während sein Arm um sie lag. Sein Körper roch nach einer Mischung aus Zigaretten und Aftershave. Er lächelte auf sie herab, und sie kam sich dabei vor wie ein Spatz unter den Schwingen eines Adlers.

»Besser so?«

Sie nickte. Welch wundervolle Augen er hatte ... Nie zuvor hatte sie es so genossen, sich an einen Mann zu schmiegen. Seine Muskeln bewegten sich unter seinem Hemd und sein Haar kitzelte ihre Wange.

Bald entspannte sie sich so sehr, dass sie ihre Hand auf seine Brust legte. Es geschah ohne jeden Hintergedanken, doch seine Miene schien plötzlich förmlich zu erstarren. Ohne zu blinzeln blickte er so tief in ihre Augen, dass es sich anfühlte, als verhakten sie sich in ihrer Seele.

Plötzlich schloss er die Augen und legte seine Lippen auf ihre.

Ivy hielt den Atem an. Doch als er seinen Kopf zu bewegen begann und seine Zunge sacht in ihren Mund eindrang, ergab sie sich ohne jeden Widerstand. Er legte seinen freien Arm um sie und drückte sie gegen seinen Brustkorb. Der Kuss wurde mit jedem Atemzug intensiver, gieriger. Ivy fühlte sich von ihm überwältigt. In jeder Hinsicht. Ihr Unterleib begann zu schmelzen und sie wusste nicht, wie sie reagieren sollte. Auf keinen Fall durfte er sie für das gleiche Fallobst halten, wie die anderen Frauen in seinem Umfeld. Aber wenn sie ihn jetzt von sich stieß, würde sie ihn dadurch nicht für immer vertreiben?

Dass sie mehr für ihn empfand, als für irgendeinen anderen ihrer Patienten, war ihr klar, seit sie neben ihm gewacht hatte. Aber was sich jetzt abspielte, stand auf einem anderen Blatt. Ihr Verstand riet ihr, ihn in seine Schranken zu weisen, ihr Körper und ihr Herz jedoch verzehrten sich vor Sehnsucht nach ihm.

Ivy versuchte den Mittelweg, unsicher, ob es diesen überhaupt gab: Langsam zog sie ihren Kopf zurück und senkte ihr Gesicht gegen seine Brust. Ihr Herz pochte laut in ihrem Brustkorb.

Sie spürte, wie er ihr Haar küsste ...kurz, sanft ... und dann über ihrem Scheitel verharrte und den Duft einatmete.

»Wieso warst du so spät noch bei deinem Management?«, fragte Ivy, denn sie wollte diese merkwürdig schwebende Stimmung unterbrechen, mit der sie nicht umgehen konnte.

Sein Kopf ruckte spürbar nach oben. »Wieso? ... Ach, ich habe ein bisschen an dem neuen Album gearbeitet. Ein paar Songs brauchten noch den letzten Schliff sozusagen. Und bei mir zu Hause kann ich so spät nicht mehr Gitarre spielen.«

Er schniefte leise und Ivy wurde klar, dass die Kälte inzwischen seinen Körper ebenfalls in Besitz genommen hatte.

»Wir sollten gehen, sonst holen wir uns den Tod«, sagte

sie und stand auf. Sie spürte, wie widerstrebend er sie losließ, und das gefiel ihr.

»Einverstanden. Zu dir oder zu mir?«

Ihr Herz setzte einen Schlag lang aus. »Ich fürchte, das ist ein Missverständnis …«, sagte sie ernst.

Seine Augen öffneten sich ein winziges Stück weiter. Damit hatte er wohl nicht gerechnet. Das Lächeln war aus seinen Zügen gewichen. »Ich wollte nicht …«, hob er an, doch Ivy konnte man die Enttäuschung sicherlich anhören, als sie sagte: »Du irrst dich, wenn du denkst, ich sei eines deiner Groupies. Es ist nicht mein Lebensziel, mit Bones Armstrong im Bett zu landen.«

»Das habe ich nicht gemeint … Tut mir leid, ich dachte …«

Ivy war zufrieden mit ihrer Zurückweisung ihm gegenüber und gleichzeitig wollte sie sich dafür in den Hintern treten. Natürlich wollte sie mit ihm schlafen, mehr als alles andere sogar, sie wollte es seit ihrer ersten Begegnung, aber nicht so … Nicht als Fallobst!

Und wie er jetzt so vor ihr stand – ratlos, perplex – da war sie drauf und dran, ihre Meinung zu ändern und zu sagen: »Ja gut. Lass uns ins Bett gehen, denn ich will dich auch!«

Aber da hatte er sich schon umgedreht und strebte dem Ausgang des Parks zu. Schweigend holte sie ihn ein und ging neben ihm her. Er brachte sie noch bis zu ihrem Auto.

Als einzige Geste nickte er ihr kurz zu, als sie noch einmal aus dem Fenster sah, während sie bereits aus der Parklücke zurücksetzte. Langsam wurde seine hochgewachsene Gestalt kleiner, bis er ganz aus ihrem Sichtfeld verschwunden war.

Sie kam genau bis zur nächsten Ampel. Dann rannen die Tränen über ihr Gesicht. Es war ihr unmöglich zu vergessen, wie er dort in der Dunkelheit gestanden hatte, um ihr nachzusehen ... Warum hatte sie ihm nicht einfach nur mit einem Lächeln erklärt, dass sie es noch zu früh fand, mit ihm ins Bett zu gehen? Vielleicht, weil sie sich selbst misstraute und dachte, dass sie keine zehn Minuten mehr an seiner Seite hätte bleiben können, ohne von sich aus diesen Vorschlag zu machen: »Zu dir oder zu mir?«

Dennoch hätte sie ihn nicht so vor den Kopf stoßen dürfen. Und ein noch schlimmerer Gedanke kam ihr: Sie würde ihn nie mehr wiedersehen. Es war zu Ende, bevor es begonnen hatte. Sie musste links an den Straßenrand fahren und anhalten. Vor lauter Tränen sah sie kaum noch etwas. Verzweifelt presste sie ihre Hände vors Gesicht und schluchzte mit bebenden Schultern.

Nie mehr ... nie mehr ..., hallte es in Ivys Kopf.

Als sie sich wieder einigermaßen gefangen hatte, gab sie Gas und fuhr, die Nase hochziehend, nach Hause.

Als sie die Wohnungstür hinter sich geschlossen hatte, steckte sie den Schlüssel von innen ins Schloss. Es war eine etwas sinnlose Vorsichtsmaßnahme, die sie sich vor Jahren angewöhnt hatte. Dann drehte sie sich um, doch anstatt direkt in ihr Wohnzimmer zu gehen, den Fernseher gegen die Stille anzuschalten und dann in die Küche, um sich Essen zu wärmen, blieb sie zum ersten Mal, seit sie hier wohnte, einfach stehen, mit dem Rücken gegen die Tür gelehnt und betrachtete die beinahe sterile Ordnung. Alles war an seinem Platz. Es gab keine noch so winzige chaotische Ecke.

»Wie es in deinem Zimmer aussieht, so sieht es auch in deinem Kopf aus«, hatte ihre Mutter immer gesagt.

Aber jetzt hatte sich etwas geändert. Jetzt empfand sie die Wohnung zum ersten Mal als kalt und steril. Vielleicht war es auch bloß, weil das Erlebnis mit Armstrong sie so aufgewühlt hatte, aber sie fühlte sich, als sei sie unter einer Eisdecke begraben. Mit brennendem Herzen stellte sie sich vor, wie es wäre, wenn er jetzt plötzlich aus der Küche käme. Sie bildete sich ein, sein lächelndes Gesicht zu sehen, seine tiefe Stimme, wie er sie begrüßte. Zu ihr hintrat, um sie leidenschaftlich zu küssen. Ihre Fantasie lief Amok, denn sie stellte sich vor, wie er sie hier an der Tür nehmen würde. Sie hätten sich beide den ganzen Tag lang nur nach diesem Moment gesehnt, dass sie sich endlich wieder lieben konnten ...

»Hirngespinste!«, rief Ivy sich zur Ordnung, ging zur Fernbedienung und schaltete ein. Es lief ein Thriller.

Normalerweise hätte sie sich mit einem Hühnchen vom Inder vor den Fernseher gesetzt und interessiert zugesehen. Aber jetzt konnte sie nur an Armstrong denken ...

Ob er auch nach Hause gegangen war und dort jetzt allein vor dem Fernseher saß? Aber Ivy glaubte nicht daran. Viel wahrscheinlicher war, dass er einen der zahllosen Londoner Clubs aufsuchte und sich dort ein Mädchen aufriss. Oder auch zwei ... Der Gedanke versetzte ihr einen Stich. Wieso hatte sie auch nur so dämlich gehandelt? Gegen ihre eigenen Wünsche ...

Es waren zu unterschiedliche Wege, denen sie beide folgten. Sie, die kleine Allgemeinärztin mit Praxis im Eastend und er, der Star. Das passte einfach nicht. Es einzusehen, war das Allerbeste!

***

»Wieso kommst du überhaupt ins Studio, wenn du das Riff nicht drauf hast?«, fuhr Bones Tommy an. Sein Gesicht war gerötet und er trank einen Schluck Rotwein, um sich zu beruhigen.

»Was für eine scheiß Frage soll denn das sein, hä?«, brüllte Tommy durch den Raum.

Sie saßen unter den herabhängenden Mikrofonen wie eine Meute blutdurstiger Hunde, die nur darauf warteten, übereinander herfallen zu können.

»Die scheiß Frage, die man sich stellt, wenn man über tausend Pfund pro Tag für das Studio bezahlt und der Gitarrist sein Zeug nicht drauf hat!«

Tommy warf seine lockige Mähne zurück und hatte plötzlich Ähnlichkeit mit einem bockigen Kind. »Ich hab das Riff drauf! Aber du schaffst es nicht, deinen Einsatz hinzukriegen. So sieht's aus, Meister!«

Bones sprang von seinem Hocker auf und warf die Weinflasche gegen die Wand. Sie zerbarst in hunderte Splitter und ihr Inhalt spritzte herum. Die anderen Bandmitglieder zogen die Köpfe ein.

»Hey, du Arsch!«, schrie Alan, der von dem Rotwein abbekommen hatte.

Woodrow stand jenseits der gläsernen Wand, neben den Tontechnikern. »So wird das nix«, murmelte einer von ihnen.

Woodrow hatte das Ganze kommen sehen. Es war ihm in dem Moment klar geworden, als Bones hereingekommen war. Ganz in schwarz, die Haare offen. So sah er entweder auf der Bühne aus oder wenn er auf Krawall gebürstet war.

Tommy schaute zu Woodrow hin, achtete aber darauf, ins Mikro zu sprechen. »Ich kann das Riff ... Du hast es gehört.«

Woodrow nickte müde, wie ein Vater, der der Querelen seiner Kinder überdrüssig ist. »Und wenn wir sie einzeln aufnehmen und dann zusammenmischen?«, fragte er zu dem Techniker gebeugt.

»Können wir machen. Klar. Aber der Chef wollte ja dieses Live-Feeling ...«

Woodrow schnaubte und streckte dabei seinen Bauch noch

weiter vor. »Scheiß auf das Live-Feeling. Ich will nur noch dieses gottverdammte Album in der Kiste haben.«

»Er hat noch nicht mal alle Lieder fertig, also soll er sich mal nicht so aufblasen.« Es war Declan, der andere Gitarrist. Sie hatten allesamt ihre Plätze im Aufnahmeraum verlassen und waren zu Woodrow gekommen. Instinktiv spürte wohl jeder, dass sie an einem kritischen Punkt angekommen waren.

»Was machen wir?«, wollte Dave nüchtern wissen.

»Wir nehmen euch einzeln auf. Bones zum Schluss. Der muss sich erst wieder einkriegen.« Woodrow verschränkte die Arme vor der Brust und drückte seinen Bart nach unten.

»Wart aber nicht zu lange«, meinte Dave, »sonst ist er wieder voll wie 'ne Haubitze und du kannst nix mehr mit ihm anfangen.«

»Jetzt machen wir erst mal eine Pause. Geht ihr eine rauchen, ich bespreche, wie wir vorgehen ...« Woodrow machte sich Sorgen um Bones. Wirkliche Sorgen.

»Ich mag den Burschen ...«, sagte er zu Mike, dem federführenden Tontechniker, mit dem er seit Jahren zusammenarbeitete. Sie kannten und schätzten sich. »Aber er ist in ernsten Schwierigkeiten.«

Mike, ein dünner Typ mit ebenso dünnen Haaren und Ziegenbärtchen, nickte mit geschlossenen Augen. »Die ganze Branche redet davon. Zu viele Tabletten, zu viel Alk.«

Woodrow brauchte keine allseits bekannte Tatsache zu bestätigen. »Er ist ein Genie ... Weißt du ... als ich ihn damals zum ersten Mal gehört habe ... Das Demo, das er mir eingeworfen hatte ... Eine billige Kassette ...« Er schmunzelte. »Da war das eine Offenbarung. Diese Stimme ... Unfassbar! Und als er dann ins Büro von ›MMM‹ kam, da dachte ich: Das kann nicht sein! Er sang so schön, so melancholisch. Und dann wieder dieser fantastische Humor. Und dabei mit beiden Beinen auf der Erde. Herrgott, Mike. Ich dachte: Terry Woodrow – du hast einen Goldklumpen aufgetan!«

Mike schmunzelte.

»Wenn es einer schafft, eine lange Karriere hinzukriegen, ohne dabei draufzugehen, dann er … Aber ich habe mich geirrt. Schrecklich geirrt. Ganze zwei Jahre hat er durchgehalten … Und dann ging die Scheiße los. Und jetzt … Manchmal denke ich, vor mir steht nur noch der Körper von Bones. Das was mal in ihm war, ist …« Er zog die Schultern hoch und blickte sich wie suchend um. »… ist – keine Ahnung, wo.«

»Ach komm, Ashes. Das hast du doch nicht zum ersten Mal erlebt. Das passiert. Manche schaffen es. Andere gehen vor die Hunde.«

»Aber bei ihm WILL ich es nicht!« Woodrow, mit dem Spitznamen Ashes, ließ seine Faust dröhnend auf das Mischpult krachen. »Ich will nicht, dass er sich abschießt! Verstehst du? Da war noch so viel in ihm … Ich will den alten Bones wieder!«

»Und wenn du ihn mal für ein paar Wochen in ’ne Klinik verfrachtest?«

Woodrow kratzte sich seine haarige Wange. »Im Moment ist das echt nicht drin. Die nächsten sechs Monate sind ausgebucht. Ich muss sogar überlegen, wann ich die Jungs scheißen gehen lassen kann …«

Mike lachte auf, sodass sein dünnes Ziegenbärtchen wippte. »Aber es nutzt dir alles nix, wenn er – statt zu scheißen – vor die Hunde geht.«

»Mike, du weißt doch, wie es läuft. Wir haben Verträge … Und wenn wir nicht liefern, dann brummen sie uns Konventionalstrafen auf … Und die kann sich weder die Band noch ich leisten.« Woodrow verschränkte die Hände auf dem Rücken und lief im Zimmer auf und ab. »Wenn ich ihn heil durch dieses halbe Jahr bringe, dann haben wir Zeit für alles.«

»Boah, Ashes, du bist echt 'ne geldgeile Sau.«

Woodrow zog eine Seite seiner Oberlippe hoch und machte dabei einen zischenden Laut. Dann boxte er dem Tontechniker gegen den Oberarm. »Aber wehe du verrätst es Bones!« Damit zwinkerte er und verließ den Raum.

Er fand alle Bandmitglieder, außer Bones, in einem kleinen Raucherzimmer. »Wo ist er?«, fragte Woodrow in die Runde.

Declan deutete mit einem Nicken in Richtung Wand.

Und im gleichen Moment gab es ein krachendes Geräusch, begleitet von einem animalischen Schrei.

»Entweder fickt er grad 'ner Tussi die Seele aus dem Leib oder er zertrümmert das Zimmer ...«, sagte Tommy grinsend.

»Ich seh mal nach ihm«, sagte Woodrow.

Wieder ein Schrei und ein Knall.

»Warte doch wenigstens, bis das Schlimmste vorbei ist«, sagte Declan. Wie immer der Besonnenste von allen. »Im Moment kannst du eh nicht mit ihm reden.«

»Stimmt. Er hat sich diese Dinger reingepfiffen, die ihm diese Ärztin gegeben hat.«

Woodrow, schon an der Tür, flog förmlich herum. »Was für Dinger?«

»Na, so'n Tabletten-Kram eben ...«, sagte Declan.

»Verdammte Scheiße!«, brüllte Woodrow und schlug mit der flachen Hand gegen die Tür. Deswegen hatte Bones die Ärztin also zum Konzert kommen lassen. Sie war sein neuer Dealer. Wahrscheinlich fickte er sie und bekam zum Dank alles an Tabletten, was deren Schränkchen so hergab. »Die Dame kaufe ich mir!«, verkündete er mit zornbebender Stimme.

Im gleichen Moment krachte ein großer Gegenstand an die Wand.

»Das war ein Stuhl ...«, bemerkte Tommy lakonisch.

»Oder der Schrank«, fügte Dave an.

Woodrow beeilte sich, nach draußen zu kommen, um seinen Schützling zur Vernunft zu rufen. Im Flur traf er auf den Tontechniker Mike.

»Brems dieses Arschloch!«, rief Mike ihm zu.

Woodrow nickte müde und brummte: »Schick mir die Rechnung!«

»Worauf du dich verlassen kannst!« Mike lehnte abwartend mit der Schulter gegen die Wand und beobachtete den Manager, der an die Tür klopfte, hinter der das Inferno seinen Lauf nahm.

»Bones ... Ich bin's. Ashes. Kann ich reinkommen?«

Heftiges Rumpeln, dann splitterte Glas.

»Lass mich rein! Komm schon ...«, brüllte er, die Lippen sicherheitshalber nicht ganz gegen die Tür gedrückt.

»Verpiss dich!«, kam die dröhnende Antwort.

»Bones, die Teeküche zu zerlegen, ist keine Lösung!«

»Glaubst du, so kriegst du ihn zur Vernunft?«, fragte Mike.

»Bones, mach dir Tür auf!«

Die Tür ging nicht auf, sondern wurde stattdessen mit etwas bombardiert, das nach Tassen oder Tellern klang.

»Ist er dicht?«, wollte Mike wissen.

Woodrow zuckte mit den Schultern. »Keine Ahnung.« Er wandte sich wieder der Teeküche zu.

Plötzlich tauchte eine der Praktikantinnen auf und bei ihrem Anblick hatte er eine Idee. Er zog die junge Frau zu sich und flüsterte ihr etwas ins Ohr. Sie sah ihn zuerst überrascht an, tat dann aber, um was er sie gebeten hatte.

»Bones? Tanya hier ... Ich will 'nen Kaffee ... Kann ich rein?«

Die Stille schien sich ewig hinzuziehen, doch dann gab es eine Bewegung und der Schlüssel wurde im Schloss gedreht.

Woodrow atmete auf. So lange, bis er den Zustand der Teeküche sah. Tanya aber, die schon alles in diesem Gebäude erlebt hatte, schob sich ungerührt an Bones vorbei, suchte sich in dem Chaos aus Scherben und Holzstücken eine halbwegs intakte Tasse, stellte den Wasserkocher auf die Überreste eines Stuhls und machte Kaffee.

Bones wiederum saß mit verschränkten Armen in der Hocke an die Wand gelehnt. Der Beherrscher des Chaos'.

»Ganze Arbeit ...«, sagte Woodrow, als Tanya mit ihrer Tasse an ihm vorbei und zurück in ihr Büro ging.

Der Sänger zog die Nase hoch, dann stapfte er durch die Trümmer nach draußen. Woodrow aber folgte ihm. Im Treppenhaus stoppte er seinen Schützling. Bones war drei Stufen tiefer als der Manager und immer noch größer als dieser.

»Was sollte das da eben? Hm? Das ist doch Kinderkacke. Du hast dich über Tommy geärgert – okay – aber er hat nur ein Riff versaut ... Nicht mehr! Siehst du überhaupt die Relation?«

Bones schwieg und zündete sich eine Zigarette an. »Ich hab dir vorhin gesagt, du sollst mich in Ruhe lassen und ich sage es jetzt noch einmal!«, knurrte Bones, sah den Manager kurz an und ging dann weiter.

Es war eine so ernst klingende Drohung, dass Woodrow wirklich für einen Moment stehen blieb und nachdachte. »Wo gehst du hin?«

Der Sänger drehte sich nicht um, ging einfach weiter.

Das nimmt ein böses Ende, dachte Woodrow.

***

Ivy hatte sich in die Arbeit gestürzt. Sie verbot sich selbst jeden Moment der Ruhe, kaufte sich sogar die »Times«, um das dortige Kreuzworträtsel zu lösen. Nie war die Praxis ordentlicher gewesen, nie ihre Unterlagen sortierter und ihre Instrumente geordneter. Sie hatte sich schlussendlich sogar in Jennys Heiligtum eingemischt und begonnen, die Arzneimittelpäckchen wie die Soldaten in Reihen aufzustellen. Mit einem Lineal als Abstandsmesser. Nichts hatte sie unversucht gelassen, um Armstrong zu vergessen.

Sie war allein in Clubs gegangen, doch sie hatte sich gelangweilt. Sie hatte Vorlesungen in ihrer freien Zeit besucht, doch es gab kein Thema, keine Erkenntnis, die sie gefesselt hätte. Zumindest nicht auf Dauer. Und was das Vergessen noch schwerer machte: London schien von Bones Bildern zu wimmeln. Wo sie hinsah, wurde für ein Konzert, eine CD oder T-Shirts mit seinem Konterfei geworben.

Als sie nichts mehr zu tun wusste, besann sie sich darauf, dass Sport angeblich ungemein befreiend wirken sollte. Also suchte sie sich in ihrem Kleiderschrank eine alte Jogginghose und ein Sweatshirt heraus. Beides hatte ziemlich tief unten und ziemlich weit hinten gelegen. Normalerweise hatte sie keinen Bedarf für solche Kleidung. Die Hose hatte sie mal gekauft, um sie anzuziehen, wenn sie Bereitschaftsdienst hatte und in der Praxis schlief. Wirklich gejoggt war sie nie. Doch jetzt war es nötig. Sie musste sich auspowern, an ihre Grenzen stoßen, so mit ihrem Organismus beschäftigt sein, dass es keinen Platz mehr für die Gedanken an Armstrong gab.

So packte sie eine Flasche Wasser und zwei Äpfel in einen kleinen Rucksack und fuhr nach Kensington Gardens, dem ihrer Wohnung am nächsten gelegenen Park. Natürlich dachte sie an jenen Abend mit Armstrong, doch sie befand, dass ein Passieren dieser Bank nur allzu gut als Probe aufs Exempel taugte. Sie würde an der Bank vorbeijoggen und es würde ihr nichts ausmachen.

Ivy wählte als Start einen Punkt, der weit genug von jener Bank entfernt lag, um sicher zu sein, dass sie bis dahin bereits so erschöpft wäre, dass sie sich sogar dort würde hinsetzen können, ohne dass ihr Herz zerriss.

Ivy nahm einen Schluck aus der Wasserflasche und begann mit Dehnübungen. Verärgert wurde ihr klar, wie steif ihre Muskeln und Sehnen waren. Also ließ sie, wider besseren medizinischen Wissens, die Dehnübungen sein und lief langsam los.

Es war eher ein zügiges Gehen, bis zu dem Moment, als sie andere Jogger sah und nicht als lahme Ente gelten wollte. Also verfiel sie in einen flotten Trab. Bald spürte sie ein Stechen in ihrer Lunge. Die Luft fühlte sich plötzlich eiskalt an und schien wie mit Messern in ihre Kehle zu stechen. Und sie schwitzte. Es war ihr unangenehm, andererseits aber auch ein gutes Zeichen, dass ihr Körper auf Touren kam.

Mit ihren Augen suchte sie sich ein Ziel. Bis dort, zu jener Laterne, wollte sie es schaffen. Dummerweise war ihr Körper anderer Meinung. Es begann damit, dass ihr Nacken steif wurde und ein heftiges Brennen in ihren ganzen Körper aussandte. Ivy machte Lockerungsbewegungen, indem sie den Hals dehnte, was aber nicht viel brachte. Wobei sie nicht wusste, ob das Brennen in den Beinen schlimmer war oder das im Nacken.

Sie schämte sich, dass sie als Ärztin eine so lausige Sportlerin war. Nun kämpfte sie um jeden Schritt, und die Laterne wollte einfach nicht näher kommen. Es war zum Verrücktwerden!

Dazu setzte auch noch die Dunkelheit ein. Es war Herbst und sie hatte nicht daran gedacht, dass ihre Chancen recht gut standen, durch einen dunklen Park zu joggen. Die Lichtverhältnisse waren eigentlich ein hervorragender Grund, umzukehren, dachte Ivy. Aber sie schaffte es nicht. Und als wäre jene Bank ihr wahres Ziel, lief sie weiter.

Endlich passierte sie die Laterne und lief daran vorbei. Wenn sie den Park einigermaßen richtig kannte, so durfte es nicht mehr weit sein. Die Beleuchtung setzte ein. Noch überwog die Helligkeit, aber es mochte noch eine Frage von fünfzehn oder zwanzig Minuten sein, bis man das künstliche Licht wirklich brauchte.

Sie keuchte inzwischen. Ihre Lungen hatten ihr Volumen um mindestens siebzig Prozent eingebüßt und sie schwor sich, nie mehr einem Patienten das Laufen zu empfehlen.

»Machen Sie lieber Yoga«, hörte sie sich schon sagen.

Und dann sah Ivy die Bank. Es fühlte sich an wie ein Schlag in die Magengrube. Abrupt blieb sie stehen. Vor ihrem inneren Auge sah sie sich selbst und ihn da sitzen, wie sie sich an ihn geschmiegt und er seinen Mantel um sie gelegt hatte ...

Du hättest nicht herkommen dürfen, sagte sie sich. Sie hatte die Probe nicht bestanden. Sie beschloss, sich zu setzen und sich ihrem Schmerz zu stellen. Es sollte wie ein Reinigungsritual sein, damit sie ihn ein für alle Mal loslassen konnte.

Wie um sich abzulenken, nahm sie einen der Äpfel aus ihrem Rucksack und setzte ihn an ihre Lippen, doch sie konnte nicht abbeißen. Erschöpft sank ihre Hand in den Schoß. Die Sehnsucht war unerträglich. Ein dumpf pochender Schmerz, der einfach nicht aufhören wollte. So saß sie zusammengesunken auf der Bank und betrachtete den Apfel in ihren Händen. Bisher hatte sie nicht gewusst, wie einsam sie wirklich war.

Eine plötzliche Bewegung ihr gegenüber erschreckte sie. Ivy blickte auf.

Armstrongs Anblick traf sie völlig unvorbereitet. Groß und düster stand er ihr gegenüber. Sekundenlang starrten sie sich an, unfähig, die Augen voneinander zu lassen, unfähig, zu sprechen, unfähig, sich zu rühren.

Er brauchte drei Schritte, um den Kiesweg zu überqueren und den Apfel aus ihrer Hand zu nehmen. Ohne den Blick von ihr zu wenden, begann er zu essen. Sie hörte die Geräusche, das krachende Fruchtfleisch, sah den Saft, der sich in seinem Mundwinkel sammelte und doch hatte sie das Gefühl, all dies sei nicht real.

Und dann plötzlich warf er den Apfel beiseite, ging vor ihr in die Hocke und küsste sie. Es war weniger ein Kuss, als vielmehr ein Überfall. Doch sie war nur allzu willig, sich von diesem mächtigen Körper erobern zu lassen. Der Saft des Apfels floss in ihren Mund. Ivy schloss die Augen und ließ ihre Zunge wandern. Sie spürte seine Lippen, seinen entschlossenen Griff, die Kraft seiner Hände, die sich unter ihr Sweatshirt schoben und ihren Rücken packten. Er schob sich immer weiter über sie, nahm sie ein, wie eine sturmreif geschossene Festung, und sie dachte nicht einmal daran, sich zu wehren.

Sie noch immer küssend, schob er Ivy in eine liegende Position und kniete sich mit einem Bein über ihren Körper, während sein anderes Bein am Boden blieb, um sie nicht zu erdrücken.

Ivy spürte durch den dichten Nebel der Lust seine Lenden. Er war hart, und er rieb sich an ihr, bewegte sich beinahe rhythmisch an ihrem Unterleib. Es war unfassbar, dass sie hier lag – in aller Öffentlichkeit – und sich ihm hingab. Doch die Umgebung versank, existierte nicht mehr. Nur er und sie waren noch wirklich. Sein Atem, der in ihre Kehle strömte ...

Ohne darüber nachzudenken, griff sie in seinen Nacken und zog das Gummi ab, das sein Haar zusammenhielt. Die schwarze Mähne umrauschte sie und als er seinen Kopf hob, um sie anzusehen, lächelte er. Ivy folgte seiner Bewegung, suchte seinen Mund und küsste ihn abermals leidenschaftlich. Sie hatte das Gefühl, eine Verdurstende zu sein, die endlich trinken konnte. Diesen mächtigen Körper zu berühren, elektrisierte sie. Es gab nur noch ein Ziel: Mit ihm eins zu werden, zu verschmelzen und dies nie wieder aufzulösen.

»Fass mich an!«, sagte sie leise und schon wanderte seine Hand an ihrem Bauch abwärts. Er schob sich hinter den dehnbaren Bund ihrer Hose und in ihren Slip. Als er ihre Spalte betastete, stieß sie einen kleinen Schrei aus. Auch er stöhnte auf. Soweit sie konnte, öffnete sie ihre Beine, bis ihr Rücken von der harten Holzbank schmerzte, aber es war ihr gleich. Wichtig war, wie er seine Finger in ihr Innerstes schob und sie befriedigte. Dabei hörte er nicht auf, seinen Unterleib an ihr zu reiben. Die Kraft seiner Muskeln schien unendlich, denn noch immer stützte er sich ab, um nicht mit seinem vollen Gewicht auf ihr zu liegen. Dass sie zu zittern begonnen hatte, war ihr nicht aufgefallen, erst als er sich von ihren Lippen löste und fragte: »Ist dir kalt?«, wurde es ihr bewusst. Sie nickte.

Als wöge sie nicht mehr als ein Blatt Papier, umfasste er sie, setzte sich hin und schob sie auf seinen Schoß. Sein Mantel umschlang sie.

»Damit wären wir wieder, wo wir waren ...«, schmunzelte er.

Ivy fügte an: »Zu dir oder zu mir?«

»Den Teufel werde ich tun zu antworten. Sonst haust du wieder ab!« Ein breites Grinsen ging über sein Gesicht.

»Diesmal nicht ...«

»Dann gehen wir zu dir.«

Es hatte etwas kindlich Naives, als Jeff ihre Hand nahm und mit ihr den Weg zurück zu ihrem Auto ging. Er legte nicht den Arm um sie, was sie verwunderlich fand. Wollte er nur schnell loslassen können, falls jemand auftauchte? Und wieso wollte er zu *ihr* gehen? Was war in seinem Appartement, das sie nicht sehen sollte? Ivy verstand nicht, woher ihre plötzlichen Zweifel kamen und das Misstrauen, das sie erfasste. Sie wollte doch nur diesen Moment genießen, die Tatsache, dass sie endlich bei ihm war, dass nichts mehr zwischen ihnen stand. Zusätzlich wurde ihre Stimmung von der Erkenntnis getrübt, dass die von ihr gelaufene Strecke lediglich ein Katzensprung gewesen war.

Sie stiegen in ihr Auto und Ivy grinste beim Anblick des Hünen, der seinen Kopf einziehen musste, um sich nicht bei jeder Bodenschwelle den Kopf anzustoßen. Jeff schien ihren Wagen beinahe auszufüllen.

»Kleinwagen sind Mist …«, feixte sie und er nickte heftig.

»Aber das kenne ich schon … Der liebe Gott hat mir als Puffer dafür mein dickes Haar gegeben.«

Sie lachten beide, doch es war eher ein Lachen gegen die Anspannung, die zwischen ihnen herrschte. Als Ivy ihre Hand auf sein Bein legte, tat er das Gleiche bei ihr.

»Hier wohnst du?«, fragte er, als sie vor dem Haus hielten, in dem sich ihre Wohnung befand.

»Es sieht von außen vornehmer aus, als es ist«, schränkte Ivy ein und ging in Gedanken ihre Zimmer durch, ob sie ordentlich genug waren. Hatte sie ihre Schmutzwäsche in den Korb getan oder lag die immer noch im Bad?

Als sie ihr Appartement betraten, stieß Jeff einen Pfiff aus.

»Wow!«, sagte er mit seiner tiefen, sonoren Stimme, die ihr Gänsehaut über die Arme jagte.

Sie musste lachen. Als könnte ihre Wohnung einen Mann wie ihn beeindrucken …

»Hattest du einen Innenarchitekten?«

»Nein. So etwas kann ich mir nicht leisten.« Mit einem Schlag kamen ihr die Zimmer nicht mehr leer und kalt vor. Er schien sie mit einer unbekannten Wärme und Präsenz zu füllen.

»Kann ich dir was anbieten?«, fragte sie, nicht zuletzt, um ihre Unsicherheit zu überspielen. Noch ehe er antworten konnte, eilte sie in die Küche.

»Kaffee, wenn du hast ...«

»Ja klar«, rief sie über ihre Schulter.

Er war ihr hinterhergekommen und stand nun in der Küchentür. »Nein wirklich. Die Wohnung ist toll. So wie du ...«

Ivy starrte auf die Glaskanne der Kaffeemaschine. Wann hatte ihr zum letzten Mal ein Mann ein Kompliment gemacht? Sie stand noch so da, als sie seine Arme spürte, die sich um ihre Schultern legten. Jeff beugte sich über sie und küsste sanft ihre Wange. Ivy wollte mehr und blickte zu ihm auf. Es war eine Aufforderung und er verstand sie. Ohne, dass sie ein weiteres Wort wechselten, zog Jeff sein T-Shirt über den Kopf. Ivy hielt den Atem an. Er war noch um so unendlich Vieles schöner, als sie ihn in Erinnerung gehabt hatte.

Jeff ließ ihr keinen Moment zur Besinnung. Seine kräftigen Hände zogen ihre Hose herunter und hoben sie auf die Arbeitsplatte. Es kam beinahe zum Handgemenge, als Ivy gleichzeitig versuchte, ihre Schuhe auszuziehen, er an ihrem Shirt zog und sie wiederum an seiner Gürtelschnalle hantierte.

Er keuchte auf, als sie seinen Schwanz berührte. Die Kanne fiel klirrend ins Waschbecken, als sie sich zurücksinken ließ, weil er ihre Beine gespreizt hatte und seinen Kopf zwischen ihre Schenkel schob. Sie sah nur das wallende schwarze Haar und spürte seine Zunge. Ein Zittern durchfuhr ihren Körper und sie spürte, wie sich ihr Saft aus ihrer Auster ergoss.

Das Gefühl, das er auslöste, war so mächtig, dass sie kaum Luft bekam. Sie wollte ihn wegstoßen und gleichzeitig noch tiefer in sich aufnehmen. Es war ein beinahe übermenschlicher Druck, der sich in der langen Zeit der Abstinenz aufgebaut hatte, und den sie jetzt nur noch zur Explosion bringen wollte. Allein die Bewegungen seines Kopfes zu sehen, brachte sie fast um den Verstand. Ihr Unterleib zog sich zu einer glühenden Kugel zusammen und sie wusste, dass sie nicht mehr lange brauchen würde. Und gerade, als dieser Gedanke durch ihren Kopf schoss, kam sie auch schon. Sie schrie und stieß mit ihren Beinen in die Luft. Das schmatzende Geräusch seiner Zunge und Lippen in ihrer Nässe, war fast mehr als sie ertragen konnte. Sie wusste nicht, was er genau tat, aber es ließ diesem ersten Orgasmus einen zweiten auf dem Schritt folgen.

Ivy krallte ihre Finger in sein Haar, hielt seinen Kopf gepackt und versuchte, ihn wegzudrücken, um die schmerzhafte Erregung abebben lassen zu können. Doch er hielt kraftvoll dagegen.

Sein Mund saugte an ihren Schamlippen, knabberte an ihrem Kitzler. Dann wieder leckte er die gesamte Länge ihrer Spalte.

»Oh Gott«, schrie sie und starrte auf ihn herab. »Nimm mich!«

Jeff erhob sich und jetzt sah sie seinen herrlichen Schwanz. Groß, hart, gerade. Sie fürchtete für einen Moment, er würde bis zu ihrem Magen reichen, wenn er in sie eindränge. Selbst wie sein Nabel sich bewegte, erregte sie. Sein Bauch, der sich unter seinem heftigen Atmen hob und senkte. Und bereits, als er seine Eichel an ihrem Loch ansetzte, musste sie stöhnen.

Dann aber drückte er sich in ihr geschwollenes Fleisch mit eben jenem starren Blick, der sie beinahe um den Verstand brachte. Konzentriert. Jeff schob sich quälend langsam in ihren Unterleib und dann fickte er sie, wobei er eine ihrer Brüste mit der Hand gepackt hielt. Seine Augen verdrehten sich gen Himmel und seine wundervollen Lippen öffneten sich in einem stummen Schrei.

Ivy starrte auf seinen nassen Schwanz, der wieder und wieder in sie eintauchte. Keinen Fingerbreit seines Körpers wollte sie außer Acht lassen. Nicht seine muskulösen Schultern, deren Sehnen sich so kraftvoll wie Stahlseile spannten, nicht seine Brust, deren Muskeln zuckten, und nicht die geschwollenen Adern seiner Arme, die die Kraft für seinen harten Griff gaben, mit der er ihren Busen umschlossen hielt. Sein Stöhnen hallte in ihrem Kopf und machte sie taub für ihre Umwelt.

»Jetzt!«, keuchte er, doch sie explodierte selbst in jenem Moment, da er innehielt, in jenem letzten Moment absoluter Hochspannung, bevor er seinen Samen in sie verschoss. Ein langgezogener Schrei und die Hitze verströmten sich in ihrem Schoß. Ivy spürte die Tränen, die ihr übers Gesicht flossen. Wo sollte sie hin mit dem Druck, der sie zu zerreißen drohte?

Ihre Arme versuchten, nach ihm zu greifen, doch alles, was sie schaffte, war, ihre Nägel in seine harte Brust zu schlagen.

Jeff verzog das Gesicht, doch er stieß sie nicht zurück. Im Gegenteil – dieser Schmerz schien ihn nur noch mehr zu erregen, denn obwohl er schon gekommen war, pumpte sein Schwanz noch immer in sie hinein, benutzte sie weiter ...

Ivy konnte nicht glauben, was sie fühlte: Er war noch immer hart! Und er fickte weiter. Seine Bewegungen beschleunigten sich abermals. Er rammte seinen Stamm in ihr Loch, immer schneller und dann schoss er abermals.

Sein Samen floss aus ihr heraus, denn es war zu viel, als dass ihr Unterleib alles hätte halten können. Unter ihrem Hintern hatte sich eine Lache gebildet, die sie aber erst bemerkte, als er seinen Kopf erschöpft auf ihren Bauch legte und seinen Schwanz aus ihrer Auster zog.

Sie waren beide schweißgebadet. Nicht nur ihre eigenen, auch seine Muskeln bebten von der Anstrengung und sein heißer Atem erwärmte ihre Haut. Dann blickte er zu ihr auf. Ein beinahe weißes Gesicht in einem Meer aus schwarzem Haar.

»Wie fühlst du dich?« Er lächelte.

»Nass«, erwiderte Ivy und grinste.

Jeff richtete sich auf und half ihr, aufzustehen. Sie ging ins Bad und er folgte ihr.

»Was machst du?«, wollte er wissen.

»Ich lasse eine Wanne ein.«

»Oh! Darf ich mit rein?« Er hatte seine Arme von hinten um sie geschlungen und rieb seine Wange an ihrer.

»Darauf lege ich gesteigerten Wert! Immerhin sollten wir alle beim Wasser sparsam sein!«

Sein Gesicht verzog sich zu einem Lachen.

Es fühlte sich wunderbar an. Da fiel Ivys Blick in den Spiegel über dem Waschbecken. Welcher Anblick! Der nackte Jeff, der ihren scheinbar winzigen Körper umfangen hielt. Sein Haar, das sich um sie beide wie ein schwarzer Umhang legte.

Sie ließ die Wanne nur zur Hälfte mit Wasser volllaufen. »Bei der nächsten Wohnung achte ich auf eine größere Wanne«, sagte Ivy schmunzelnd, als sie sah, wie er sich förmlich zusammenfalten musste.

»Ich bitte darum«, versetzte er mit künstlich gequältem Ton.

Trotzdem erschrak sie bei ihrem Satz, denn beinhaltete er nicht, dass es keine kurze Affäre bleiben sollte …? Sie wollte ihn nicht an sich binden, nicht als eine jener Frauen erscheinen, die nichts so sehr wollten, als die Frau eines Rockstars zu sein und sich in seinem Glanz zu sonnen.

»Hey!«, sagte er und stupste ihre Kinnspitze an, als er ihren nachdenklichen Gesichtsausdruck bemerkte. »Was ist?«

»Alles okay«, erwiderte Ivy.

»Ich sage dir, was du gerade denkst!«, verkündete Jeff.

»Aha …«

»Jawohl. Pass auf! Du denkst jetzt: Er ist ein verdammter

Hurensohn. Er hat mich gefickt und überlegt gerade, wie er aus der Sache wieder rauskommt, bevor ich ihn zum Altar zerre. Stimmt's?«

»Ich habe dich nicht Hurensohn genannt …«

Er grinste breit und entblößte dabei seine etwas hervorstehenden Eckzähne. »Hör zu …« Er zog sie durch das überschwappende Wasser näher an sein Gesicht. »Das hier ist für mich was ganz Besonderes und du bist eine ganz besondere Frau. Das heute Abend war keine einmalige Sache. Nicht für mich.«

»Es klingt ehrlich …«, erwiderte Ivy.

»Es ist ehrlich! Ich habe gelitten wie ein Tier, nachdem du das letzte Mal abgehauen bist. So abgedroschen es auch klingt, aber ich habe seitdem nur noch an dich gedacht. Ich habe einfach nicht verstanden – nachdem du bei mir gewacht hattest – warum du aus meinem Leben verschwinden wolltest.«

Ivy überlegte, was er alles mitbekommen hatte, als sie gedacht hatte, er schliefe auf der Liege … Ihre Augen wanderten über sein Gesicht. Sie suchte nach Hinweisen, ob er die Wahrheit sagte, oder nur das tat, was er gewohnt war bei einer neuen Geliebten.

»Ich weiß es selbst nicht. Es war einfach alles zu viel, glaube ich. Du hast so eine Art … Du hast mich niedergewalzt irgendwie. Du hast Sachen in mir ausgelöst, die mir Angst gemacht haben.«

Seine Miene verdüsterte sich. »Das wollte ich nicht. Glaub mir! Aber ich war so glücklich, als du bei dem Inder aufgetaucht bist. Ich hätte dich am liebsten mitten in diesem komischen Laden geküsst.«

Ivy musste lachen, denn sie stellte sich die Szene vor, und vor allem, das Gesicht des Herrn mit Turban und Rauschebart, wenn er Graf Dracula bei seinem Überfall beobachtet hätte …

»Hey – hör auf!« Er knuffte ihren Arm. »Wenn du so weitermachst, ist bald gar kein Wasser mehr hier drin!« Dann wurde seine Miene ernst. Er legte seine Hand an ihre Wange und fixierte ihre Augen. »Ivy ... Ich liebe dich ...«, sagte er leise.

Sie lag auf ihm und konnte nicht glauben, dass er das gesagt hatte. Mit einem Schlag geriet sie beinahe in Panik. Was sollte sie tun? Sagen: »Ich liebe dich auch?« Sie wusste es nicht. Schon lange hatte das niemand mehr zu ihr gesagt. Es war unsicheres Territorium, vermintes Gelände. Jede Sekunde, die wortlos verstrich, bedeutete Untergang.

»Ich liebe dich auch«, sagte sie und sprach doch aus vollkommener Verunsicherung heraus.

»Wieso musstest du so lange überlegen?« Er klang ungläubig wie ein kleiner Junge.

»Weil ich ... ich habe das schon so lange niemandem mehr gesagt. Ich habe Angst.«

Jeff schloss seine Arme fest um ihren Rücken. »Ich habe auch Angst. Aber nur, dass ich dich wieder verlieren könnte.«

Ivy traute ihren Ohren nicht. Konnte es wahr sein, dass dieser Mann wirklich so empfand? Er küsste sie so sanft, als hätte er ihre Gedanken gelesen. Doch gerade, als sie seinen Kuss zu erwidern begann und seine Hand zu ihrem Hintern glitt, hörte sie ein unbekanntes Geräusch. Es klang wie ...

»Hellsbells?«, sagte sie verblüfft.

Jeff verdrehte die Augen. »Fuck. Das ist mein Handy ...«

Ivy löste sich aus seiner Umarmung. »Ich hol's dir ...«

»Nein. Lass. Wer immer es ist, er soll ...«

Doch sie war schon aus der Wanne gestiegen. Die Melodie wiederholte sich unablässig. Ivy kramte das Handy aus seiner Manteltasche und eilte zurück ins Bad.

Er sah sie an und tauchte unter, die Knie in die Luft gereckt. Als er wieder auftauchte und ihr einen gequälten Blick schenkte, drückte sie ihm das Telefon in die Hand.

Die männliche Stimme am anderen Ende brüllte so laut, dass sogar sie es hören konnte. »Wo zur Hölle steckst du? Wir sitzen seit drei Stunden hier und warten auf dich! Mike will uns schon rausschmeißen. Zweitausend Pfund für den Arsch!«

Jeff hielt das Handy am ausgestreckten Arm von sich. »Woodrow«, brummte er.

Ivy grinste und zog eine Fratze.

»Kriech aus deiner Schlampe und beweg deinen verfluchten Arsch ins Studio!«

Ivy erstarrte.

Sofort drückte Jeff das Handy an sein Ohr. »Ey! Halt dich zurück, ja?«

»Wenn du in zwanzig Minuten nicht hier bist, erlebst du die Hölle, Bones. Geht das in deinen zugedröhnten Schädel? Du hast genug Scheiße gebaut für heute!«

Jeff drückte auf eine der Tasten und ließ das Handy auf den Badezimmerteppich fallen. »Wichser«, murmelte er.

Ivy wusste nicht, was sie sagen sollte. *Kriech aus deiner Schlampe ...* Woodrow hatte sicherlich nicht sie gemeint, also musste es noch mindestens eine andere Frau geben, bei der er Jeff vermutete. Oder sein Schützling landete grundsätzlich bei einer Frau, wenn er verschwand. Welche Erklärung auch zutraf, keine davon machte Ivy glücklich.

»So redet er nicht immer. Er kann auch richtig wild werden«, versuchte Jeff offensichtlich die Situation zu retten.

Ivy schwieg und nahm ein Badetuch vom Haken, das sie ihm reichte.

»Schmeißt du mich raus?« Er hatte sich aufgesetzt und sah sie beinahe herausfordernd an.

»Du musst gehen. Ich will nicht, dass du Ärger kriegst.«

»Er kann mich mal. Ich lass mich nicht mehr von ihm rumkommandieren ...«

»Jeff ... bitte ...«

Verwundert sah er sie an. »Jeff? So hat mich seit Ewigkeiten niemand mehr genannt ...« Es war eine Feststellung, ohne auch nur ein Schmunzeln.

»Bitte ...«, wiederholte sie. »Du kannst ja danach wiederkommen ...« Sie wollte ihn nicht ohne eine Aussicht gehen lassen. Auch für sich selbst.

Der große Mann stieg über den Wannenrand, als sei er nicht höher als ein Bordstein. Sein Haar klebte wie schwarzer Lack an seiner Haut. Selbst die Art, wie er seinen Körper trockenrubbelte, wirkte auf Ivy sexy. Hätte er nicht weggemusst, sie hätte ihn noch im Bad verführt.

Plötzlich trat er ganz dicht an sie heran, ließ das Tuch fallen und drängte sich gegen ihren nackten Körper. Seine Nähe war überwältigend. Er legte seine Hände auf ihren Hintern und drückte seinen Schwanz gegen ihren Bauch, während er gleichzeitig ihren Hals intensiv küsste. Das Brennen verriet ihr, dass sie einen veritablen Knutschfleck davontragen würde. Ivy konnte nicht anders und wand sich lüstern in seiner Umarmung. Er duftete nach dem Badezusatz und sehr viel Sex. Wieder und wieder wollte sie es mit ihm treiben, sich sättigen an seinem Körper, seinem Atem, seinen Fantasien.

»Du musst gehen ... Zwanzig Minuten ...«, mahnte sie, wobei sie sich selbst gleich mit zur Ordnung rief.

»Ach du liebe Zeit ... Ich muss dich doch fahren!«, rief sie erschrocken, als er schon sein Shirt über den Kopf zog. So schnell Ivy konnte, zog sie sich an und trieb ihn dann aus dem Haus und ins Auto.

Der Weg bis zum Tonstudio war kürzer als sie gedacht hatte. Eigentlich hätten sie sogar zu Fuß gehen können. Als sie ankamen, fuhr sie an die Seite, ließ aber den Motor laufen.

Jeff drehte sich, bereits halb stehend, zu ihr um. »Kommst du nicht mit?«

Sie schüttelte den Kopf. »Ich warte. Wenn du fertig bist, ruf mich an! Dann hol ich dich ab ...«

Ein winziges Lächeln zeigte sich auf seinem Gesicht. »Okay. Wenn du es so willst ... Dann bis nachher! Ich singe doppelt so schnell!«

Ivy musste lachen. Ein Lachen, das von einem langen, gierigen Kuss erstickt wurde.

»Du hättest sie föhnen sollen ...«, sagte sie mit Blick auf sein nasses Haar, als er sich aufgerichtet hatte.

»Wenn ich zurückkomme ...« Er blinzelte ihr zu und sie war glücklich. Sie wartete noch, bis seine hohe Gestalt verschwunden war.

***

Die Männer hatten sich am Ende des Konferenztisches versammelt und blickten auf ein großes Blatt mit einem kopierten Kalender.

»Also, Jungs ... Wenn wir ein bisschen Gas geben, kriegen wir das Album zum Weihnachtsgeschäft fertig.« Woodrow blickte jeden einzelnen an. »Das heißt: Keiner baut mehr Scheiße!«

Bones presste die Lippen zusammen. Er war auf einem guten Weg. Seit er mit Ivy zusammen war, machte alles in seinem Leben einen Sinn. Was er tat, tat er wegen ihr. Er freute sich auf das Studio, denn er wusste, dass sie hinterher unten im Wagen auf ihn wartete. Er aß sogar regelmäßig, weil sie neben ihm saß. Wenn er unter der Dusche stand, sang er, denn sie würden gleich zusammen Kaffee trinken. Unter diesen Vorzeichen hatte er keine Zweifel, dass sie Ashes Zeitplan einhalten würden. Alle Bedenken, alle Schwärze hatte sich aus seinem Leben verzogen. Wenn er auch noch unsicher war, ob der Boden unter seinen Füßen halten würde. Manchmal wachte er nachts auf und sah sie an. Dann konnte er nicht glauben, dass sie wirklich neben ihm lag. Dass das wahr geworden sein sollte, von dem er immer geträumt hatte ...

»Wir werden auch PR-mäßig neue Wege gehen.«

»Und das heißt?«, fragte Declan vorsichtig.

»Wir machen mehr ›Behind the Scenes‹«, erläuterte Woodrow und sah seine Schützlinge einen nach dem anderen an.

Allgemeines Augenverdrehen und Stöhnen.

»Ja, alle wollen Bones auf'm Scheißhaus sehen!«, lachte Tommy.

Armstrong richtete sich auf. Er erinnerte sich nur zu gut an jenes gefilmte Meisterwerk, das jemand im Tourbus mit seinem Handy aufgenommen hatte. Dass das grandiose Filmchen aber im Internet landen würde, damit hatte er nicht gerechnet.

»Halt's Maul«, knurrte Bones.

»Vielleicht will Ashes aber auch wieder so eine Osbourne-Villa mieten und uns bei 'ner Orgie knipsen ...«, gab Dave von sich.

Sie brachen in Gelächter aus.

Nur Woodrow stand mit versteinerter Miene da. »Entschuldigt mal bitte, was wollen die Leute denn sehen? Hä? Den Fürst der Finsternis in seiner möblierten Klitsche vor dem Fernseher?«

Bones schluckte hart, doch er sagte nichts. Vor allem, da Ashes im Endeffekt recht hatte. Die Bilder waren exklusiv in einer Musikzeitschrift abgedruckt worden, die bei Ashes noch was gut hatten und sie erzielten die höchste Auflage seit ihrer Gründung mit dem Artikel. Wie sehr er auch dagegen gewesen war, diese Bilder in der gemieteten Villa zu machen, so sehr hatte es sich hinterher ausgezahlt. Seitdem hörte er Ashes Ideen aufmerksamer zu. Damals war es praktisch ihr Durchbruch gewesen.

»Gut. Dann haben wir soweit alles geklärt ... Bones, hast du noch einen Moment?«

Er setzte sich auf einen der Stühle und legte seine langen Beine auf den Tisch. »Was gibt's?« Bones verschränkte die Hände am Hinterkopf und sah ihn ruhig an.

»Also ... Ich habe ja mal analysiert ...« Woodrow ging langsam auf und ab, während Bones' Blicke ihm folgten.

»Was analysiert?«

»Unsere PR-Strategie, die Verkaufszahlen, die Fanpost ...« Er schnippte eine Papierkugel in Richtung Mülleimer und verfehlte. »Als Sänger und Songwriter stehst du klar im Mittelpunkt des Geschehens ...«

Bones wusste nicht, ob ihm die Richtung des Gesprächs gefiel. »Und du weißt, dass ich das nicht mag. Die Jungs sind genauso wichtig, wie ich.«

Woodrow nickte. Er kannte das. Es war ein altes Thema zwischen ihnen. »Declan ist gern im Hintergrund«, hob er an.

»Declan – ja. Aber Tommy kotzt jedes Mal, wenn ein Fotograf meinen Namen schreit und ihn dabei beiseite rempelt.«

Eine Handbewegung, als wolle er eine lästige Fliege abschütteln, war Ashes Reaktion. »Mag sein. Aber wir wollen ... nein ... wir müssen Geld verdienen, denn wir müssen alle Rechnungen bezahlen. Und bei ›Bloody Agony‹ ist da noch viel Luft nach oben.«

»Das heißt?«

»Dass wir das große Fass aufmachen – wenn du mitmachst.«

Ashes blieb abrupt stehen und sah ihn an. »Wir haben das Angebot, mit ›Metallica‹ ein Konzert zu machen. In den USA. Aber das Management will Kohle sehen. Die müssten wir aufbringen.«

Bones schüttelte den Kopf. »Nein«, sagte er entschlossen. »Du weißt, dass ich mich immer geweigert habe, für 'nen Auftritt zu zahlen.«

Ein tiefer Seufzer war die Antwort. »Es wäre nur das eine Mal. Ich weiß, was du von ›Pay to Play‹ hältst ... Aber, Bones, eure Verkaufszahlen gehen runter ... Wir müssen was tun. Und das heißt: Rüber übern großen Teich!«

Bones kannte Ashes seit vielen Jahren und er wusste, dass dieser schon ein fertiges Konzept in der Tasche hatte, das nicht mehr viele Einsprüche duldete. »Und dann? In Amiland kennt uns keine Sau und das ändert sich auch nicht, weil wir mal als Vorgruppe des großen ›M‹ gespielt haben. Zudem passen wir nicht in deren Lineup.«

Ashes nickte. »Deswegen müssen wir vorbauen ... Uns vorher schon einen Namen machen. Mit etwas, das uns auch gleichzeitig die nötige Rest-Kohle für den Gig bringen würde.«

»Und das wäre?« Bones wurde hellhörig.

»Ich hab ein Angebot bekommen ...«

Bones Augen verengten sich, doch im Hinterkopf überlegte er bereits, ob Ivy die Praxis für ein paar Tage würde schließen können, um mit in die USA zu reisen. Er selbst war nie aus England rausgekommen ... »Was für ein Angebot?«

»Nix Dramatisches. Fotos für eine amerikanische Zeitschrift. Die wollen mehr Mädels als Leser gewinnen ...«

»Und wo komme ich da ins Bild?«

Woodrow war am Fenster stehen geblieben und blickte lange schweigend in den Herbstnachmittag, der noch trüber wurde durch den Regen, der ohne Unterlass fiel und die Gehwege schwarz färbte. »Bild ist ein gutes Stichwort. Sie wollen 'ne Fotostrecke mit dir machen ...«

»Und die Jungs?«

»Nur du.« Noch immer schaute er hinaus.

»Nein. Wir sind 'ne Band und ganz ohne die Jungs läuft das nicht. Nicht mit mir.«

Er nahm die Beine vom Tisch und stand auf. Gerade aber, als er die Hand auf die Klinke legte, sagte Woodrow: »Achtzigtausend.«

Bones erstarrte. »Achtzigtausend? Und ... was muss ich dafür machen? Die Queen vor der Kamera verführen?«

»Du musst dich ausziehen ...«

Bones traute seinen Ohren nicht. Er flog förmlich zu Woodrow herum. »Bist du vollkommen irre?« Er war so schockiert, dass er kaum klar denken konnte. Dieses Angebot widersprach allem, wofür er arbeitete und lebte. Ganz zu schweigen davon, was Ivy von so etwas halten würde. »Ich bin kein Pinup!«

»Komm, Bones, zier dich nicht so!« Woodrow klang genervt. So, als müsse er eine lästige Diskussion führen, die er doch am Ende gewinnen würde. »Lass einfach deine Hüllen fallen – mehr nicht.«

Als Bones sich eine Zigarette anzündete, merkte er, dass seine Hand bebte. »Sie wollen meinen Arsch sehen?«

»Nein. Deinen Schwanz.«

»Okay – vergiss es!« Er knallte die Tür laut hinter sich zu. Das Klirren der Scheiben war im gesamten Studio zu hören.

»Was ist denn los?«, wollte Tommy von Bones wissen.

Jetzt kamen auch die anderen dazu. »Red schon, was will er?«

Bones erklärte, was ihr Manager vorhatte. Seine Freunde brachen kurz darauf in schallendes Gelächter aus. Dave rutschte grölend an der Wand herab, bis er auf dem Boden saß.

»Sehr komisch. Ha, ha, ha ...«, knurrte Bones, doch dann musste er selbst lachen.

»Du sollst den Mädels deinen Schwanz zeigen?« Declan schlug sich mit der Hand auf den Schenkel. »Gibt es denn noch eine, die ihn nicht kennt?«

Sie begannen, sich gegenseitig mit Zoten zu übertrumpfen.

»Dann musst du ihn aber vorher schön wichsen, damit er der Krone keine Schande macht!«

»Oder deinen Kron-Juwelen!«, lachte Tommy.

»Ihr seid doch allesamt dumme Säue!«, stieß Bones lachend hervor. »Ihr sollt ja nicht mit euren Schwänzen wedeln!«

»Nee, das kannst du ja auch viel besser ...«

»Sie zahlen achtzigtausend.«

Totenstille.

Tommy räusperte sich und starrte ihn an. »Wie viel?!«

»Leck mich am Arsch ...«, stöhnte Declan.

Noch immer ruhten ihre entgeisterten Blicke auf Bones, der sich von Moment zu Moment unwohler zu fühlen begann.

»Und? Was hast du ihm gesagt?«, wollte Dave wissen.

»Was meinst du wohl, warum er die Tür so zugeknallt hat?«, versetzte Tommy.

»Du hast Nein gesagt?«

Die Empörung ballte sich zusammen wie eine Gewitterfront.

»Genau.«

»Du hast achtzigtausend Pfund in die Tonne getreten?«, fragte Alan fassungslos.

»Noch ist nix verloren. Er muss nur rüber gehen und Ashes sagen, dass er vorschnell abgelehnt hat.« Tommys Stimme klang so neutral, als sei alles nur ein kleines Missverständnis.

»Ist doch nicht euer Ernst? Euch ist doch klar, dass dann

keine Sau mehr von unserer Musik redet, sondern nur noch von meinem Schwanz ...«

»Ehrlich, Bones? Bei achtzigtausend ist das doch scheißegal.«

»Ihr habt echt nur Dreck im Hirn«, zischte er und marschierte mit langen Schritten hinaus.

Es war der ruhige Declan, der ihn im Treppenhaus abfing. »Bones ... kann ich 'nen Moment mit dir reden?«

Sie gingen in den Park und Declan setzte sich ausgerechnet auf jene Bank, auf der Ivy und Bones sich fast geliebt hätten. »Ich kann verstehen, dass dir nicht wohl dabei ist, Bones. Aber ... solche Bilder ... ich meine ... Wie soll ich es sagen ...« Er blickte in die Ferne und sah Bones dann direkt an. »Sue ist schwanger. Sie hat's mir letzte Woche gesagt. Aber ich hab gemeint, sie muss es wegmachen lassen, weil wir keine Kohle haben. Wir bräuchten 'ne größere Wohnung und Babyausstattung und all den Kram. Dafür müsste ich das Bike verkaufen, weil wir dann ein Auto brauchen ... «

Bones' Kiefer malten heftig und seine Augen verengten sich.

»Und, na ja ... die Kohle für die Bilder ... und die Bilder selbst ... Ich meine, wenn uns das den Ami-Markt öffnet ...«

»Ashes hat also schon mit euch darüber geredet?«

Declan schüttelte den Kopf. »Nur über die Sache mit dem großen ›M‹. Nix von den Fotos.«

Bones warf den Kopf in den Nacken und starrte in den Regen. Er kannte Ashes und seine Tricks. Es war klar gewesen, dass er die Jungs heißmachte, damit sie ihn, Bones, bearbeiten konnten. Aber auf der anderen Seite verstand er Declan. Wenn er wirklich dabei war, eine Familie zu gründen, brauchte er dringend Erfolg und Geld. Was in diesem Fall auf das Gleiche herauskam.

»Lass uns nicht hängen, Bones ... Bitte.«

»Ich hab auch ’ne Frau. Denkst du, Ivy jubelt, wenn sie erfährt, dass ich meinen Schwanz in ganz Amerika rumzeige?«

Declans Kopf ruckte hoch. »Die erscheinen gar nicht hier?«

Bones schüttelte den Kopf. Er ahnte, worauf Declan hinauswollte und es gefiel ihm nicht. Andererseits war es eine Möglichkeit, den Jungs und sich selbst zu Geld zu verhelfen und zu dem Großen Fass, wie Ashes es nannte.

»Und wenn sie es gar nicht erfährt?«

»Ich habe ein Problem damit. Ich will sie nicht verarschen, verstehst du? Ich meine – sie kann googeln ... Was, wenn sie meinen Namen googelt und dann lauter Fotos von meinem Ständer sieht?«

Declan sah ihn ernst an. »Wenn sie dich liebt, dann wird sie verstehen, warum du das gemacht hast. Außerdem, eine bessere Promo können wir uns nicht wünschen. Und Ashes soll zusehen, dass die Bilder hier nicht in dieser Breite gestreut werden. Ivy ist doch nicht in der Szene ... also muss sie es auch gar nicht zwangsläufig mitbekommen ...«

»Und du könntest Vater werden ... weil ich mich mit Steifem knipsen lasse ...« Er blickte Declan grinsend von der Seite an.

»So ungefähr.«

Bones stellte den Kragen seiner Jacke auf und rieb mit der Hand über seine Augen. »Denkst du wirklich, es ist eine gute Idee?«

»Ich bin ein verdammter Egoist, Bones ... Ich will dieses Baby. Ich will zur Ruhe kommen und das ist mein Ticket. Endlich nicht mehr zittern müssen, ob ich die nächste Miete zusammenbekomme ... Außerdem, wie viele Leute kennen uns? Abgesehen vom Underground? Das juckt doch in der Fleetstreet kein Schwein, ob du dich für die Amis nackig gemacht hast ...«

Bones schloss die Augen und senkte den Kopf. Wie er es auch drehte und wendete – Declans Argumente waren gut. Sehr gut sogar. Und mit jedem Atemzug war er sich sicherer, dass er es tun musste. *Ivy wird es gar nicht mitbekommen*, wiederholte er wie ein Mantra. »Also gut, Declan. Ich mach's. Aber Gnade demjenigen, der seine Fresse gegenüber Ivy nicht hält … Den mache ich persönlich platt.«

Und als gelte es, ihn nicht mehr entkommen zu lassen, schleppte ein enthusiastischer Declan Bones direkt von der Parkbank aus zu Ashes, wo Bones den Vertrag unterzeichnete.

»Hey, Declan, wie hast du das denn hingekriegt?«

Ohne, dass Bones die Antwort hörte, war ihm, als würde sein Herz in einen mächtigen Amboss eingespannt werden. *Es ist alles eine abgekartete Sache*, dachte er, als Ashes den bereits kalt gestellten Champagner holen ließ.

Widerstrebend leerte Bones sein Glas.

Alle waren aufgekratzt wie kleine Jungs beim Kindergeburtstag. »Auf Bones – unseren Retter!«

Mike füllte Bones zum dritten Mal nach und sagte: »Lass es dir gut gehen!«

Bones prostete den anderen zu, die inzwischen von Gläsern zu Flaschen übergegangen waren, dann leerte er sein Glas in einem Zug. Der Nebel breitete sich wieder aus und er war sich nicht sicher, ob das gut war. Er legte den Kopf zurück und wünschte sich, Ivy wäre bei ihm und würde ihn mitnehmen. Irgendwohin …

Declan improvisierte ein Schlagzeug und Tommy hatte seine Gitarre aus dem Studio geholt. Jemand stimmte »Ol' Man River« an. Der Whiskey war bereits halb leer. Schweiß stand auf seiner Stirn. Die Hitze war unerträglich.

Sie wird es nicht mitbekommen …

Es fühlte sich an, als läge ein Felsbrocken auf seiner Brust.

Dann hielt er es nicht mehr aus. Mühsam stemmte er sich aus dem Sessel hoch.

»Ey – wo gehst du hin? Du bist doch der Stargast ...«

Bones schob Dave zur Seite und ging zur Tür.

»Bones ... Bleib da! Wo willst du denn hin?«

»Lass ihn in Ruhe ...«, drang es durch den Nebel zu ihm durch. »Er will nach Hause ... zu Mommy ...«

Es war, als hätte jemand ein Zeichen gegeben, auf einen Knopf gedrückt. Bones flog herum, streckte eine Hand durch den Zigarettenqualm und packte Tommy an der Kehle. Ihre Gesichter stießen beinahe aneinander.

»Sag nie wieder ein Wort über sie! Kapiert? Sonst poliere ich deine Fresse, wie sie dir noch nie poliert worden ist ...«

»Schon gut, Bones ... Scheiße! Ich hab doch nix gegen Ivy gesagt!«, versuchte Tommy abzuwiegeln.

Er stieß ihn zurück und machte sich wieder schwankend auf den Weg. Seit er Ivy hatte, war er nicht mehr besoffen gewesen ...

Im Flur begegnete ihm Mike.

»Mike ... Bitte ruf mir ein Taxi, ja? Ich will weg ...«

»Kein Problem, Bones ... Setz dich da hin und warte!«

***

Ivy schreckte hoch, als die Wohnungstür mit einem lauten Rumpeln aufflog. Ihr Herz hämmerte wild in ihrer Brust. Doch dann erkannte sie seine Art zu gehen. Was sie aber nicht einordnen konnte, war die Unregelmäßigkeit seiner Schritte. Schlaftunken erhob sie sich und suchte nach ihm. Sie fand seine Jacke, vollkommen durchnässt, unter den Garderobenhaken. Ein paar Schritte weiter erst einen Stiefel, dann den anderen. In letzterem steckten beide Socken. Ivy grinste. Dann kam sein Shirt.

Als sie ins Bad kam, fand sie ihn. Vor der Badewanne kniend, den Strahl des Duschkopfes über sich haltend.

Sanft griff sie nach seinem Zopf und zog das Haargummi ab, dann streifte sie sein Haar nach vorn. Nachdem es nass war, goss sie etwas Shampoo in ihre hohle Hand und begann, es zu waschen.

Jeff blieb bewegungslos. »Hab ich dich geweckt?«

»Nein.« In diesem Moment roch sie den Alkohol und den Rauch in seinen Sachen. Es gab ihr einen Stich, dass er ohne sie in einem Club gewesen sein mochte. Aber sie sagte nichts.

Als sie fertig war und die Brause in die Halterung gelegt hatte, griff er nach hinten und umschlang ihre Beine, in der gleichen Bewegung drehte er sich zu ihr um. Er war bleich.

»Bist du okay?«, fragte sie besorgt.

»Jetzt ja.« Damit presste er sich in beinahe kindlicher Intensität an ihre Beine.

Ivy streichelte sein nasses Haar.

»Baby – ich liebe dich so unendlich«, murmelte er.

Er war abgefüllt, daran hegte sie keinen Zweifel, aber sie empfand auch so für ihn. »Ich liebe dich auch«, sagte sie sanft.

Seine Bewegung überraschte sie. Er sprang auf und nahm sie auf den Arm.

»Was machst du denn?«, lachte sie, als er sie zum Esstisch trug.

»Ich will dich. Jetzt.«

Ihr Gesicht begann zu brennen, als sie beobachtete, wie er seine Hose öffnete und herabgleiten ließ. Sein prachtvoller Schwanz war hart und klopfte gegen seinen Unterbauch.

Jeff wühlte ihr Nachthemd nach oben, unter dem sie vollkommen nackt war. Früher hätte sie nie ohne Slip geschlafen, doch sie liebte es, wenn er mitten in der Nacht wach wurde, sie in Position brachte und ohne Vorspiel in sie eindrang. Ivy betrachtete seine breiten Schultern und den mächtigen Brustkorb. Sie war noch immer fassungslos, dass eine solche Schönheit ihr gehörte. Dass dies der Mann war, neben dem sie jeden Morgen erwachte und sie betrachtete es als ein Geschenk.

Jeff hob ihr rechtes Bein an und fixierte ihre geöffnete Spalte.

»Du bist so unglaublich schön ... Weißt du das? Du hast die schönste Pussy überhaupt.«

Sie musste schmunzeln, denn solche Komplimente fand sie etwas bizarr.

Mit sicherer Hand dirigierte er seinen Ständer in sie hinein. Vielleicht war es, weil sie schon geschlafen hatte oder weil sie mit den Gedanken an seinen Schwanz eingeschlafen war, denn sie war bereits so feucht und geschwollen, als hätte er sie eine halbe Stunde lang geleckt. Der Druck, den sein Stamm in ihr auslöste, brachte sie zur Raserei. Es war wie eine gewaltige elektrische Entladung. Sie packte sein Haar und zog seinen Oberkörper zu sich herab, während sie ihr hoch gerecktes Bein abwinkelte.

Noch bevor er ihre Lippen erreichte, streckte er seine Zunge heraus und machte kleine schlangenartige Bewegungen. Jeff leckte kurz über ihren Mund und sie versuchte, ihn zu erhaschen, bis er mit seiner Zunge in ihrem offenen Mund spielen konnte, ohne dass es Ivy möglich war, ihn so heftig zu küssen, wie sie es wollte.

Als sein Haar ihn störte, fasste er es im Nacken zusammen und konzentrierte sich dann wieder mehr auf die Stöße in Ivys Auster. Sie liebte die Geschmeidigkeit seiner Bewegungen ... das Spiel der Muskeln unter seiner weißen Haut. Ewig wollte sie so liegen bleiben und ihn ansehen und spüren. Seine kraftvollen Hände auf ihrem Körper, die Konzentration in seinen Zügen.

Als er schneller wurde, bedauerte sie es beinahe, denn sie wusste, dass er sich bald in sie verströmen würde.

Noch einmal schob er seine Haare zurück, ließ dann ihr Bein sinken und schob seine Arme unter ihre Oberschenkel. Mit einem Ruck zog er sie näher an die Tischkante und begann, sie mit rasender Geschwindigkeit zu benutzen. Sein Gesicht verzog sich und er stöhnte heftig. Mit einem Schlag katapultierte er Ivy in einen heftigen Höhepunkt, der sich in ihrem Unterleib zusammenballte und sodann zu explodieren schien.

Sie ächzte und bog ihren Rücken durch, traf auf den Widerstand seines Körpers und kämpfte sich an diesem ab. Der Druck war beinahe unerträglich. Sie wollte mit ihm eins werden, verschmelzen. Beinahe verzweifelt packte sie seine Arme, starrte auf seinen pochenden Schwanz, der erbarmungslos in sie eindrang. Immer tiefer. Sie glaubte, ihn bereits in ihrem Bauch zu spüren.

Unwirsch schob er eine Strähne hinter sein Ohr, richtete sich ruckartig auf und verströmte sich dann mit einem langgezogenen Schrei. Mit geschlossenen Augen schien er den Nachhall zu genießen, stand ganz ruhig, noch immer mit der tiefen Konzentration eines Meditierenden. Seine Hände lagen an ihren Hüften und sein Schwanz war noch immer in ihr.

»Warte!«, sagte sie plötzlich und er öffnete die Augen. Ivy griff neben sich zum Stuhl, wo sie ihre Tasche abgestellt hatte. »Bleib so. Mach die Augen wieder zu ... So wie eben ...«

Sie schaltete die Kamera ihres Handys ein und fotografierte ihn, wie er dastand: hoch aufgerichtet, das schöne Gesicht von seinem Haar umrahmt und dazu den alabasterfarbenen Körper, bis hinunter, wo seine Schamhaare begannen.

»Was wird das?«, fragte er neugierig, ohne die Pose zu ändern.

»Das drucke ich mir aus und hänge es ins Wartezimmer.«

»Das ist nicht dein Ernst!« Er schien ehrlich schockiert. »Dann löschst du es. Sofort!«

Ivy erschrak vor der Wut, die in seiner Stimme schwang. Hatte er nicht verstanden, dass sie einen Scherz gemacht hatte?

Reglos saß sie auf dem Tisch.

»Lösch es! Jetzt!«, kommandierte er.

»Was soll das? Wieso regst du dich so auf?« Sie fragte sich, ob das die Nachwehen des Alkohols waren.

»Ich sage: Du – sollst – es – löschen!«

»Jeff? Spinnst du gerade?«

Abrupt wandte er sich ab und verschwand im Schlafzimmer.

So hatte sie ihn noch nie erlebt. »Das werden wir gleich klären«, murmelte sie und folgte ihm.

Jeff lag im Bett und hatte die Decke bis zu den Ohren gezogen.

»Was sollte das eben gerade?«

»Lösch es!«, kam es verhalten.

»Den Teufel werde ich. Du bist mein Freund und das ist mein Foto.«

»Dann habe ich nichts mehr zu sagen.«

Die Situation geriet außer Kontrolle. Ihr Verstand sagte ihr, sie solle es auf sich beruhen lassen und auch zu Bett gehen. Aber da war noch das Bauchgefühl ... Wieso reagierte er derart schroff wegen einer solchen Nichtigkeit? Ihre Gedanken begannen, sich zu verselbständigen, kreisten wirr in ihrem Verstand. Was war an diesem Abend geschehen? Wie ein Blitz traf sie die Frage, ob er sie möglicherweise betrogen hatte und nun einen Grund suchte, einen Streit vom Zaun zu brechen. Er hatte getrunken. Das hatte er noch nie getan, seit sie zusammen waren. Hatte er vielleicht im Suff die Beherrschung verloren – sich verführen lassen?

»Was ist heute Abend passiert?«, fragte sie lauernd.

»Nichts.«

»Das, mein Lieber, ist mir zu wenig.« Ivy wurde den Gedanken nicht los, dass es etwas mit dem Foto zu tun haben musste. War er mit einer anderen Frau fotografiert worden und bekam nun deswegen einen Koller?

Sie erhob sich und ging in die Küche, um sich einen Kaffee zu machen. Dann würde sie halt unausgeschlafen in die Praxis kommen ...

Je länger sie darüber nachdachte, desto sicherer wurde sie, dass er die Fremde auch gevögelt hatte. Ein Bild kam ihr in den Sinn: Jeff nahm eine fremde Frau im Stehen, an eine Wand gedrückt. Noch mehr Bilder kamen: Sie sah ihn auf der Bühne, zu seinen Füßen eine fremde Frau, die ihm einen blies, und davor grölte das Publikum.

Ivy stützte ihre Hände auf den Rand des Spülbeckens und ließ ihren Kopf hängen. Das konnte nicht wahr sein ... Es durfte nicht wahr sein. Er liebte sie doch! Hatte er es nicht im Bad gesagt? Wenn er ihr nur noch einen einzigen Beweis dafür lieferte, dass er andere Frauen vögelte, würde sie ihn hinauswerfen!

***

Was auch immer in dieser Nacht passiert war, Jeff erinnerte sich nicht daran. Er wusste nur, dass sich seitdem etwas verändert hatte.

Ivy hatte sich verändert. Es waren so merkwürdige Seitenblicke, mit denen sie ihn musterte. Die Art wie sie im Auto saß, wenn er aus dem Studio kam und einstieg. Dann erschien sie ihm eher wie eine Taxifahrerin, die einen neuen Kunden aufnimmt. Alles, an was er sich erinnerte, war, dass er sich darüber geärgert hatte, dass sie sein Foto ins Wartezimmer hängen wollte. Dennoch glaubte er einfach nicht, dass so eine Lappalie der Grund war. Gewiss hätte er darüber mit ihr sprechen können, es vielleicht sogar müssen, aber er konnte sich nicht dazu durchringen, aus einer solchen Nichtigkeit eine große Sache zu machen.

Bis er an der Studiotür war, hatte er beschlossen, dass die Zeit heilende Wirkung zeigen würde und bis dahin musste er einfach ihren Blicken standhalten. Sie würde sich beruhigen und alles käme wieder auf die Reihe.

Von drinnen hörte er Tommy ein Riff aus »Sweet Death« üben und musste grinsen. Er hatte sich also den Anschiss zu Herzen genommen. Als er ihn vor sich hatte, verpasste er ihm einen Stoß zwischen die Schulterblätter und knurrte: »Wenn du's nicht bald kannst, fliegst du raus!«

»Hey – Arschloch – guten Morgen!«, grinste Tommy breit.

Woodrow hing in einem der Büros am Telefon und die Praktikantin schlenderte mit großen Thermoskannen durch die Flure, um alle mit Kaffee zu versorgen.

Declan kam mit seinem Gitarrenkoffer herein und als er Bones sah, der allein am Mikrofon stand und die Höhe einstellte, trat er dicht an ihn heran. »Ich wollte dir nur noch mal Danke sagen ...«, murmelte er und Bones sah etwas verwirrt auf ihn herab.

Dann verstand er und nickte. »Ist schon okay. Du hättest das auch für mich gemacht ...«

Declan machte ein übertrieben erschrockenes Gesicht. »Mich vor 'ner Kamera ausziehen? Niemals!«

Bones schnaubte und lächelte dann, doch es war ein so feines Lächeln, dass Declan es kaum erkannte. Jetzt drückte sein Magen wieder, da er an die Bilder erinnert worden war. Mit jeder Faser seines Körpers widerstrebte es ihm, die Dinger zu machen, und doch – er hatte unterschrieben. Und nun kam er nicht mehr aus der Sache raus.

Die Band hatte bereits angefangen, sich warmzuspielen, als Ashes auftauchte. Er hielt seinen Kalender in der Hand und gab Bones ein Zeichen, zu ihm zu kommen.

»Pass auf«, sagte er, nachdem er den Hünen in den Flur gezogen hatte. »Ich habe gerade mit dem Fotografen gesprochen. Er kommt morgen her. Er ist für einen Tag in London und er meint, das sei zu schaffen. Das Studio für die Aufnahmen hat er auch ... Also ...«

Bones schluckte hart. »Morgen?«, stieß er hervor.

»Jepp. Es passt gerade alles.«

»Nein«, er schüttelte heftig den Kopf. »Das ist mir zu kurzfristig.«

»Spinnst du jetzt? Der Typ ist ein international arbeitender Künstler. Ich kann froh sein, dass er es möglich gemacht hat. Außerdem brauchst du dann nicht so lange zu zittern und kannstes schnell hinter dich bringen.«

»Trotzdem ... Nein. Wir sind fast fertig mit dem Album ... Drei Tracks noch ... Es läuft gerade super ...«

Ashes' Gesicht verfinsterte sich. »Hör zu, du hast einen Vertrag! Der Typ kommt morgen her und ihr macht die Bilder.« Seine Stimmte klang drohend. »Was die Tracks angeht, so kriegen wir das morgen auch ohne dich hin. Und wenn nicht, dann machen die Jungs 'nen Tag frei. Wir treffen uns morgen früh Punkt acht in Paddington Station und fahren zu seinem Studio.«

Bones konnte nicht antworten, so sehr machten ihn die Daumenschrauben wütend, die Ashes ihm angelegt hatte.

»Morgen früh ... Punkt acht!«, wiederholte Ashes am Nachmittag, als sie sich verabschiedeten.

***

In der Nacht schlief Jeff nicht. Er lag, den Kopf in die Hand gestützt, neben Ivy und sah sie an. Stundenlang. Verblüfft registrierte er, wie lange sie ihren Groll gegen ihn zu hegen vermochte, ohne darüber auch nur ein Wort zu verlieren ... Wenn das mit den Bildern schiefging, würde er sie verlieren. Und sie war alles, was er hatte. Alles, was er je gewollt oder erträumt hatte. Auch wenn er es ihr nie so sagte, aber sie war seine einzige Liebe, sie erfüllte ihn mit Wärme und Dankbarkeit. Sacht küsste er ihre nackte Schulter.

Er war verrückt nach ihrem Körper. Nach den sanft geschwungenen Kurven, ihren großen Brüsten, nach dem straffen Bauch und ihren festen Schenkeln, nach diesen graublauen Augen, die groß wie Kinderaugen schauen konnten und nach ihrer Stimme, die alle Register beherrschte.

Seit er sie kannte, beherrschte sie seinen Körper und seinen Verstand. Wenn sie nicht bei ihm war, sprach er dennoch mit ihr. Hätte sie ihn gerufen, er wäre zu Fuß um die halbe Welt gerannt, um bei ihr zu sein und jede Minute ohne sie war Qual für ihn. Ja, es hatte ihn erwischt. Grenzenlos. Maßlos. Und wenn sie ihn verließe, würde er sterben ...

***

Am nächsten Morgen stand er lange vor ihr auf. Er kochte Kaffee und stellte ihn für sie warm. Es war ihr freier Vormittag, den sie mit Büroarbeiten zubringen würde.

Sie schlief noch immer, als er die Tür leise ins Schloss zog und sich auf den Weg nach Paddington machte.

Er fand Ashes sofort, der nervös rauchend vor dem Eingang zum Bahnhof auf und ab ging. Sie stiegen in den Zug, der sie nach Windsor brachte. Die Stimmung zwischen den beiden Männern war angespannt.

***

»Hi. Ich bin Darren ...«, begrüßte sie der Fotograf. Er trug einen Maßanzug und akkurat gekürztes Haar. »Da drüben ist Nancy. Sie macht dein Haar und das Make-up.«

»Hi!«, rief eine kleine Frau mit pinkfarbenen Haaren und winkte mit einem Kamm.

Bones nickte in ihre Richtung. Soweit kannte er das alles schon. Auch Sibyl, die ihm als nächstes vorgestellt wurde und mit der er die Fotos machen sollte, erhöhte seine Nervosität nicht. Sie hatte eine schwarze Lockenmähne und ein Gesicht, dessen Make-up auf schwarz und weiß setzte, abgesehen von leuchtend roten Lippen. Sie trug ein sehr eng geschnürtes schwarzes Lackmieder und einen Rüschenmini zu halterlosen Strümpfen und Highheels. Ihre Brüste waren mit Sicherheit keineswegs so groß wie sie in dem Korsett erschienen, so viel Erfahrung besaß Bones bereits mit den Gothic-Chicks.

»Ich dachte, wir machen ein paar Aufnahmen dort auf dem Sofa ... Und dann sehen wir weiter. Du kannst das Hemd schon mal ausziehen und zu Nancy rübergehen ...«

Mit nacktem Oberkörper setzte er sich vor einen beleuchteten Spiegel, den wohl Nancy mitgebracht hatte.

»Hi, Bones. Es ist mir eine Ehre! Ich bin schon lange ein Fan von euch. Und von dir ganz besonders ...«, sagte sie lächelnd in den Spiegel.

»Danke.« Er fühlte sich nicht gut, denn jetzt spürte er die Nervosität aufsteigen. Die Sehnsucht nach einem Schluck wuchs, nur um sich zu beruhigen.

Nancy wusch sein Haar, föhnte es, verteilte Glanzspray darüber. Gesicht und Oberkörper wurden abgepudert und die Augen mit Mascara und Kajal betont.

»Wenig Kajal ... Ich bin weder ein Vampir noch der Kapitän

der Black Pearl, okay?«

Nancy grinste und ihr Wangenpiercing schien zu hüpfen. Während sie matten Lippenstift auftupfte, fiel Jeffs Blick auf eine Flasche Wodka, die neben dem Schminktisch am Boden stand.

»Kann ich 'nen Schluck nehmen?«, fragte er und als Nancy »Ja klar« erwiderte, streckte er den Arm nach der Flasche aus.

»Kann ich?«, wiederholte er und Nancy verstand. Sie ließ den Lippenstift sinken, bis er getrunken hatte. Die Schärfe breitete sich in ihm aus und verwandelte sich in seinem Magen in Wärme. Er wurde lockerer.

Amüsiert beobachtete er Sibyl, die ein Bein senkrecht gegen die Wand gelegt hatte und ihren Oberkörper so weit vorbog, dass sie ihre Fesseln umfassen konnte. Dann wippte sie leicht. Er bewunderte diese Gelenkigkeit.

Dann nahm er noch einen langen Schluck. Mit jedem Blick in den Spiegel bemerkte er die Verwandlung, die mit ihm vonstattenging. Er verließ Jeff und wurde zu Bones. Zu Bones, der Kunstfigur. Er schlüpfte in sie hinein wie in eine Verkleidung.

Halloween!, dachte er und schüttelte den Kopf.

»Seid ihr soweit?«, rief Darren.

Bones' Gang war nicht mehr ganz sicher und er ärgerte sich, dass er nichts gefrühstückt hatte. Der Wodka begann, ihm zu Kopf zu steigen.

»Wir fangen mit ein paar Aufnahmen von euch beiden an ...«, eröffnete Darren. Er dirigierte Bones und Sibyl zu dem viktorianischen Sofa. »Nimm sie auf den Schoß. Mit dem Rücken zu dir ... ja ... so.«

Im Hintergrund lief bizarre Musik, die die Crew in Stimmung versetzen sollte, doch Bones war damit beschäftigt, an den Wodka und an den Hintern seiner Partnerin zu denken, während sie auf seinen Schenkeln in Position rutschte. Sie duftete nach einem schweren Parfum.

»Tu so, als würdest du sie in den Hals beißen ... oder ... nein ... küssen ...« Darren lief mit der Kamera um sie herum und machte Bilder aus unterschiedlichen Winkeln.

Noch ist alles wie immer, dachte Bones.

»Sibyl ... du reckst dich jetzt ... Zeig uns deine Titten!«

Sie tat wie befohlen und er sah ihre Brüste, die sich aus dem Korsett hoben. Klein und fest mit Nippeln, die die Sonne anlachten.

»Jetzt dreh dich zu ihm um ... Bones, leg deine Hände an ihre Titten ... ja. Wie ein Büstenhalter ... genau ... super! Sibyl, du bist geil auf ihn, aber auch noch schüchtern!«

Sie veränderte ihre Miene wie auf Knopfdruck.

Profi, dachte Bones. Sie sah nicht nur gut aus, sie fühlte sich auch gut an. Er geriet auf gefährliches Terrain.

»Freeeeze!«, rief Darren und seine Kamera klickte. »Fantastisch ... Ihr seid toll!«

Woodrow stand zwischen den Lampen und zeigte keine Emotionen.

»Jetzt nimm ihren einen Nippel in den Mund!«

Bones erstarrte. »Was?«

»Du sollst nur so tun, Baby!«

Noch nie hatte ein Mann ihn Baby genannt. Außerdem, befand Bones, konnte man nicht so tun, als nehme man einen Nippel in den Mund ... Er suchte einen Mittelweg und berührte ihn mit der Zungenspitze.

»Uuuuuuh ... jaaa ... Das ist heiß!« Darren schien förmlich außer sich zu geraten vor Begeisterung.

Bones hatte keine Ahnung, woran es lag – an der Musik, am Schnaps, oder am Duft ihrer Haut –, aber er fand Sibyl scharf. Wenig überrascht bemerkte er, dass sich sein Schaft in der Hose aufzurichten begann. Und ohne es zu steuern, begann er wirklich, an ihrer Brust zu saugen.

Sibyl stöhnte leise auf.

»Ihr seid toll! Weiter ... Weiter!«, feuerte Darren sie an und eilte dabei wie ein Derwisch hin und her.

Bones Hände wanderten über den nackten Rücken der Frau, die sich ihm entgegenschob. Dann legte sie ihre blutroten Lippen auf seine und ihre spitze Zunge wanderte in seinen Mund. Dabei begann sie, ihren Unterleib auf seinen Schenkeln zu reiben.

»Okay, im Kasten!«, verkündete Darren zufrieden. »Uuuund weiter geht's! Bones, du kannst jetzt die Hosen ausziehen.«

Sibyl erhob sich von seinem Schoß und lächelte ihn verführerisch an. Nancy ihrerseits winkte in seine Richtung und er begab sich zum Schminktisch. »Wow, ihr seid echt heiß!«, lobte sie und schnappte sich die Puderdose.

»Bones? Bis du bereit?«, wollte Darren wissen.

Bones blickte Nancy verwundert an.

Sie aber schaute auf seinen Schwanz und grinste. »So bereit, wie man nur sein kann«, feixte sie und begann, die Haut um seine Schamhaare herum abzupudern.

»Warte, ich schick dir Sibyl!«

Bones griff nach der Wodkaflasche und leerte sie.

Seine Partnerin tauchte vor ihm auf und ging in die Hocke. »Du musst aber rechtzeitig sagen, bevor du abspritzt!«, mahnte sie professionell und ehe er sich versah, verschwand sein Ständer in ihrem Mund.

Wollte er sich im ersten Moment noch wehren, was durch den Alkohol entschieden erschwert wurde, so genoss er sehr schnell nur noch ihre saugenden Bewegungen. Nancy hielt ihm eine neue Flasche hin. Und so stand er und trank, während Sibyl ihm einen blies.

»Was ist denn? Wird es nichts?«, wollte Darren ungeduldig wissen.

Bones schob Sibyl von sich weg. »Ich komme!«, antwortete er und löste damit ein breites Grinsen der Frauen aus. Er schaute Sibyl an, die sich nicht rührte. »Kommst du nicht mit?«, fragte er und schämte sich dafür, dass seine Stimme so verwaschen klang.

Sie schüttelte ihre prachtvolle Mähne. »Er macht jetzt nur Einzelaufnahmen von dir.«

Bones zuckte mit den Schultern und ging zu dem Sofa.

»Okay ... Hey, du hast einen prachtvollen Ständer. Sibyl hat's echt drauf!« Darren schien äußerst zufrieden. »Gut. Du legst dich jetzt auf das Sofa ... Du hast heiße Träume ...«

Bones lag einigermaßen bequem und tat, was Darren wollte. In seinem wodkaumnebelten Hirn stellte er sich vor, Sibyl säße ohne Höschen auf ihm ... Er legte einen Arm hinter den Kopf und umfasste mit dem anderen seinen Schaft. Die Kamerageräusche blendete er augenblicklich aus. Und dann tauchte Ivy auf. In ihrem Arztkittel. Doch dieser war ihr zwei Nummern zu eng. Sie war darunter nackt. Sein Atem ging schwerer, als er beobachtete, wie sie sich über Sibyl beugte und diese gierig zu küssen begann. Ein heftiges Keuchen entrang sich seiner Kehle. Er genoss es, wie Sibyl ihn ritt und er gleichzeitig seine Hand zwischen Ivys Schenkel schob. Die Frauen züngelten sich hingebungsvoll und er rieb Ivys nasse Klit. Er dirigierte sie über sich. Jetzt war ihre Spalte ganz dicht vor seinem Gesicht und er brauchte nur den Kopf ein wenig zu heben, um sie zu lecken, während er Sibyl fickte. Bones stöhnte laut mit geschlossenen Augen. Seine Hand bewegte sich immer schneller an seinem Schaft. Der Druck in seinen Lenden nahm mit jedem Atemzug zu. Er spürte die Enge von Sibyls Loch und Ivys Geilheit. Gleichzeitig sah er die Brüste der Frauen, die aneinander rieben. Ihre Hände, die sich gegenseitig die Kitzler bearbeiteten.

»Ich fass' es nicht ... Bones! Du bist ein verdammtes Naturtalent!«, jubilierte Darren.

»Ich glaube, er spritzt gleich ab ...«, murmelte Woodrow mahnend.

»Oh ja ... Mist. Okay! Warte, Bones! Hey, hör mal kurz auf ... Ich will jetzt 'n paar Aufnahmen von dir vor dem Bücherregal ...«

Abrupt wurde er aus seinen heißen Träumen gerissen. Bones konnte nur noch daran denken, dass er sich einen runterholen musste, wenn er nicht platzen wollte. Stattdessen sollte er sich vor die Wand stellen ... Jede Berührung seines Schafts brachte Qualen mit sich. Seine Eichel war so angespannt, dass sie zu zerreißen drohte.

»Halt deinen Ständer nur fest ... Und jetzt schau direkt in die Kamera! Ja, klasse!«

Darren gab dem Beleuchter Anweisungen, woraufhin dieser einen neuen Schirm aufstellte.

»Neue Rolle ...«, sagte er ruhig und nahm von seinem Assistenten einen Film in Empfang. »Dreh dich mit dem Rücken zu mir ... Spreiz deine Beine! So ist es gut. Heb die Arme hoch und leg die Hände zusammen, als wenn du an der Decke gefesselt wärst. Großartig ...« Wieder surrte und klickte die Kamera. Darren schien nicht genug zu bekommen von seinem Modell. »Okay, ich will jetzt eine Großaufnahme von deinem Gesicht.«

Und Bones gab ihm, was er wollte.

»Wir haben's gleich. Ich wechsle nur schnell die Kamera.«

Bones ließ sich den Wodka geben und trank als sei es Wasser. Die Musik erfüllte seinen Kopf und sein Körper wollte nur noch explodieren. Es war diese Anspannung, die ihn beinahe um den Verstand brachte.

»Alles klar? Bist du bereit, Baby?«, wollte Darren wissen, als er mit der neuen Kamera erschien.

Bones nickte und im gleichen Moment wurde ihm schwindelig. Er musste sich auf das Sofa legen.

»Alles klar bei dir?«, fragte Darren besorgt und Bones hob die Hand zum Zeichen, dass er okay sei. »Fabelhaft ... Wir warten aber 'nen Moment, okay?« Der Fotograf wandte sich Woodrow zu. »Er ist besoffen ...«, flüsterte er.

Woodrow nickte mit finsterer Miene.

»Sibyl, kümmer' dich um ihn, Liebes!«

Bones sah aus dem Augenwinkel, wie sie langbeinig und entschlossen mit wiegenden Hüften auf ihn zukam. Auf halbem Weg blieb sie stehen und zog ihr Höschen aus. Bones bemerkte, dass er sich nicht einmal dann hätte bewegen können, wenn er es gewollt hätte. Er lag halbtot da mit seinem Ständer und wusste nicht, was er mehr wollte: abspritzen oder schlafen.

Sibyl nahm ihm die Entscheidung ab. Wie in seinem Tagtraum bewegte sie sich über seinen Schaft, stellte ihn mit einer Hand auf und ließ sich dann langsam auf ihn herabgleiten. Bones konnte keinen Satz mehr formulieren. Er keuchte nur noch. Die Reibung ihrer Möse war zu viel für ihn. Sie ritt ihn wie ein Pferd und drückte ihm ihre Titte zwischen die Lippen. Das Gefühl zu ersticken, war beinahe übermächtig. Er öffnete seinen Mund weit und versuchte, sie mit der Zunge wegzudrücken. Seine Hände griffen nach ihrem Hintern ... Die ruckenden Bewegungen erzeugten Übelkeit bei ihm und er wusste nicht, ob er gleich kotzen musste. Und dann kam er. Laut schreiend, das verzerrte Gesicht in den Nacken gelegt, spritzte er seinen Samen in ihre Pussy. Die Erleichterung war so mächtig, dass er kaum wahrnahm, wie Sibyl von ihm herunterstieg und von einem Beistelltisch ein paar Kleenex-Tücher nahm. Dann verschwand sie.

Kurz darauf traten Woodrow und Darren an das Sofa.

»Du warst ... sensationell!«, lobte der Fotograf.

»Kannst du aufstehen?«, fragte Woodrow, ohne jedes Gefühl in der Stimme.

Wie eine Maschine erhob sich Bones und wankte unsicheren Schrittes dorthin, wo er seine Kleider vermutete. Nancy und Ashes mussten ihm beim Anziehen helfen, auch wenn er sich sicher gewesen war, es allein zu schaffen.

»Fahrt ihr mit dem Zug zurück?«, wollte Darren wissen.

»Nein. Lass uns besser ein Taxi rufen.«

Alles spielte sich ganz weit entfernt von Bones ab. Eher wie in einem Film, den er nur aus den Augenwinkeln betrachtete. Noch ehe das Taxi losgefahren war, schlief er bereits, den Kopf schwer an Woodrows Schulter gelehnt.

Der aber starrte geradeaus und murmelte: »Das gibt Ärger, mein Junge. Das gibt richtig Ärger.«

***

Bislang hatte Ivy es vermieden, Jeff bei seiner Arbeit zu begleiten. Nicht einmal im Studio war sie mit ihm gewesen. Dafür hatte sie einen guten Grund: Was sie zueinandergeführt und beieinandergehalten hatte, war nicht zuletzt die Tatsache, dass Ivy absolut nichts mit dem Musikgeschäft oder der Szene zu tun hatte. Selbst seine Musik hörte sie nur selten, da seine Stimme auf CD nur ein müder Abklatsch seiner Stimme in der Wirklichkeit war. Außerdem hatte sie von Anfang an gespürt, dass er jemanden brauchte, der ihm einen Ausgleich zu seiner

Arbeit verschaffte. Natürlich sprachen sie über das, was er tat, welche Projekte anstanden, aber vor einigen Dingen verschloss sie auch ganz bewusst die Augen.

Und so war es das erste Mal, dass sie Weihnachten nicht mehr oder minder gleichgültig entgegensah, sondern mit tiefer Unruhe. Die PR-Termine hatten sich im November gejagt, nachdem das aktuelle Album fertiggestellt worden war und dann Ende November in den Regalen stand. Doch das war es nicht, was sie beunruhigte. Es war vielmehr die ab Januar anstehende Tournee. Zum ersten Mal, seit sie zusammen waren, würde sie ihn über mehrere Wochen nicht sehen. Dabei fürchtete sie sich nicht nur vor dem Alleinsein. Natürlich würde sie ihn vermissen, seine Nähe, seine Stimme, seinen Körper. Aber da war noch die Angst um ihn, die Angst vor dem, was er tun mochte, wenn sie nicht bei ihm war und die Angst, wenn er zurückkäme, und ihr eröffnen würde, dass alles vorüber sei. Dieser Gedanke machte ihr Herz schwer und sie gab sich alle Mühe, ihn niederzuringen.

»Du siehst fantastisch aus!«, sagte er, als er sie im Schlafzimmer vor dem Spiegel hatte stehen sehen in ihrem flaschengrünen Kostüm, das zu seinen Augen zu passen schien. Er beugte sich zu ihr herab und umschlang ihre Schultern mit seinen Armen. So standen sie da und betrachteten sich im Spiegel. »Wir sind ein echtes Traumpaar«, sagte Jeff.

Ivy atmete tief durch. Im nächsten Moment begann er, die Knöpfe ihrer Jacke zu öffnen.

»Hey, was machst du denn da?«, sagte sie lachend.

»Ich will dich noch ein bisschen vögeln, bevor wir gehen ...«

Sie gab ihm eine spielerische Ohrfeige. »Den Teufel wirst du! Wir sind sowieso schon spät dran.«

Jeff lachte. »Du glaubst doch nicht ernsthaft, dass irgendeiner von diesen Typen vor zehn auf der Party ist?«

Ivy war noch nie auf der Weihnachtsfeier einer Plattenfirma gewesen und wenn jemand auf eine Einladung zwanzig Uhr schrieb, dann pflegte sie auch pünktlich zu sein. »Heißt das, zwei Stunden lang rennt da niemand rum?«

»Die Leute vom Catering schon.«

In Wirklichkeit war sie einfach nervös.

Zum ersten Mal würde sie seiner Band, seinem Manager und all diesen Leuten begegnen. Sie würden sie beobachten, vielleicht sogar kritisieren. Immerhin war er der Star und sie war das Biest, das ihn sich geschnappt hatte. »Denkst du, es ist wirklich eine gute Idee, dass ich mitkomme?«

»Nein. Stimmt. Du solltest hier bleiben. Ich gehe allein und bin vor Morgengrauen wieder da«, sagte er mit so ernster Miene, dass ihr fast das Herz stehen blieb.

»Hey, das war ein Scherz!«, munterte er sie auf, als er ihr Gesicht sah. »Wenn du nicht gehst, geh ich auch nicht. Basta.«

Ivy ließ sich niedergeschlagen auf das Bett sacken.

»Was ist los? Hm?« Sanft legte er den Arm um sie und küsste zärtlich ihre Wange.

»Ich weiß nicht. Ich habe schreckliche Angst, dass ich ... da nicht hinpasse.«

»Du passt zu mir – und das ist alles, was mich interessiert.«

Sein intensiver Kuss erstickte all ihre Zweifel. Er schob sein Bein über ihre Hüfte und ließ seine Hand unter ihre Jacke gleiten. Ehe Ivy sich versah, kniete er über ihr und schob ihren Rock bis zur Taille hoch, dann zog er ihr den Slip aus. Sie lag vor ihm, ihre Brüste drängten aus ihrem BH und sie wollte ihn. Allein der Anblick, wie er sein Shirt über den Kopf zog und seine Hose öffnete, machte sie fast irre. So schnell sie konnte zog sie Jacke, Bluse und BH aus und nahm seinen Schwanz zwischen ihre Brüste.

Er atmete keuchend.

Sie hielt ihn so, dass er fickende Bewegungen machen konnte und dabei immer wieder gegen ihre Zunge stieß. Dann hielt sie es nicht mehr aus. Sie musste ihn schmecken. Mit eng zusammengepressten Lippen drückte sie seine Härte tief in ihre Kehle. Ivy saugte ihn so hart, dass er sich von ihr lösen musste.

»Oh Gott, das halte ich nicht aus …«, stöhnte er.

Sie wusste, dass er die Position wechseln wollte und überließ ihm das Ruder. »Komm her, Weib!«, kommandierte er mit tiefer Stimme, dann drehte er sie so, dass sie auf allen Vieren vor ihm auf dem Bett kniete. Es kostete ihn ein paar Verrenkungen, aber dann drang er von hinten in sie ein. Ivy krallte sich in die Bettdecke, als er seinen Schwanz tief in ihr Innerstes schob. Sie spürte ihre Brüste schwer unter sich hängen und als er zustieß, ruckten sie heftig. Erregt lauschte sie dem klatschenden Geräusch seiner Lenden an ihren Schenkeln. Plötzlich packte Jeff ihr Haar im Nacken und riss ihren Kopf hoch, wie den eines Pferdes.

Diese Brutalität brachte sie beinahe um den Verstand, denn je kürzer er ihr Haar hielt, desto tiefer und härter konnte er sie ficken. Sein Ständer hämmerte wie eine Maschine in ihr und sie konnte nichts tun, als zu schreien und sich in den Höhepunkten aufzulösen, die er in ihr schuf. Es war ihr unbegreiflich, wie er es schaffte, stets den Schmerz so zu dosieren, dass es für sie lustvoll war. Und mehr noch: Dass sich die Lust immer noch zu steigern schien.

Als er mit seinem Daumen begann, ihre Rosette zu dehnen, wollte sie zunächst wegkriechen. Wollte sich befreien, von dem zusätzlichen Druck in ihrem Unterleib. Doch dann wurde sie von seiner Gier mitgerissen. Sie überschritt diese Grenze und suchte nach der nächsten. Ihr Körper explodierte unter seinem Ansturm. Sein Schweiß tropfte auf ihren Rücken.

Ivy griff hinter sich und versuchte, seinen Schwanz zu greifen. Mit fahrigen Händen wehrte er sie ab. Doch diesmal setzte sie sich durch. Eine schnelle Bewegung und sie kniete vor ihm, öffnete den Mund weit und nahm seinen Schwanz zwischen ihre Lippen. Sein Gesicht war von der Anstrengung gerötet und von Schweiß überzogen, als er begann, ihren Mund zu benutzen.

Ivy konzentrierte sich auf ihre Atmung, zwang sich, keine noch so winzige Bewegung zu machen, sondern sich ihm nur darzubieten. Ihm ihre Kehle für seine schnellen, tiefen Stöße zu überlassen. Es war sein Stöhnen, das ihren Körper elektrisierte. Der Ausdruck in seinem Gesicht. Eine merkwürdige Mischung aus überraschter Qual. Und dann kam er. Schreiend. Es gelang ihr kaum, alles zu schlucken.

Bebend zog Jeff seinen Schwanz aus ihrem Mund, beugte sich zu Ivy herab und küsste sie. Sie kuschelte sich dicht an ihn. Eine Weile lagen sie eng umschlungen und dem soeben Erlebten nachsinnend nebeneinander.

»Warte!«, stieß Jeff plötzlich hervor und sprang vom Bett.

Ivy sah ihm verwirrt hinterher. Sie hörte ein Rumoren, dann kam er mit einem schwarzen Notizbuch in Händen zurück, warf sich neben sie und drückte ihr das Buch in die Hand. Es war ihr schon öfter aufgefallen, doch sie hatte nie hineingesehen, da sie seine Intimsphäre respektierte.

»Was ist das?«, fragte sie.

»Schau rein!«

Ivy zögerte. Dann schlug sie das Notizbuch auf. Es war zu zwei Dritteln beschrieben. Es schien auf den ersten Blick ein Wirrwarr aus Gedichten, Notizen und Randbemerkungen zu sein. Dann begriff sie, dass es sich um Liedertexte handelte. Manche in gestochen scharfer Schrift, andere beinahe exzessiv hingeworfen. Verwundert sah sie ihn an.

»Seit ich dich habe, schreibe ich wieder«, sagte er ruhig.

»Aber du hast doch vorher auch Lieder gemacht ...«

»Ja. Aber nicht so. Durch dich habe ich den Zugang wiedergefunden. Vorher war da nur so ein ... Nebel. Ich weiß nicht, wie ich dir das erklären soll. Als würde ich Versatzstücke in einen Computer tippen und der hat dann die Texte gemacht. Aber jetzt ... Jetzt ist der Nebel weg. Ich kann wieder in diese Tiefen steigen. Das alles aus mir herausholen. Verstehst du?«

Ivy las noch immer die Texte. Geistesabwesend sagte sie: »Ja ... Ja, ich verstehe.« Natürlich kannte sie die Texte der alten Alben. Aber das hier ... Das war etwas ganz anderes. Es kam wirklich aus einer unglaublichen Tiefe. Er fand Worte, Bilder, die in ein paar knappen Zeilen die überwältigendsten Gefühle zum Ausdruck brachten. Abgründe, die zu der Brillanz der Formulierungen in krassem Widerspruch zu stehen schienen. Dabei waren es nicht nur Emotionen, die er in Worte fasste. Es war alltägliches Erleben, das er zu etwas ganz Besonderem in diesen Texten machte. Ivy war überwältigt.

»Nun? Was sagst du?«

Sie suchte nach den geeigneten Worten, die er so mühelos zu finden schien, um ihm zu sagen, wie tief sie berührt war. »Es ist ... unglaublich. Einfach wunderbar! Aber ...«

»Aber?«, wiederholte er und sein Gesicht verdüsterte sich.

»Du gibst so viel von dir preis. Ich meine ... Es ist mehr als wenn du dich auf offener Bühne ausziehen würdest. Du legst denen deine Seele vor die Füße.«

Als er sie noch ernster anblickte, glaubte Ivy, es sei, weil sie ihn kritisiert habe. Er schluckte hart und sie sah seinen Kehlkopf auf- und abwandern.

»Es tut mir leid«, beeilte sie sich zu sagen. »Das hätte ich nicht ...«

»Doch. Doch. Du hast ja recht. Aber das ist doch der Sinn, nicht wahr? Das unterscheidet gute Musik von mittelmäßiger. Wenn du nicht bereit bist, alles offenzulegen, kannst du es auch gleich sein lassen. Oder du machst Pop.« Er zwang ein Lächeln in seine Züge.

Ivys Blick fiel auf die Uhr. »Oh mein Gott, wir müssen los! Es ist gleich zehn! Und ich muss noch mal ganz von vorn anfangen.« Ivy hasste es, zu spät zu kommen.

»Ooooh jaaaa«, sagte Jeff. »Und ich weiß auch schon, wo ...« Damit riss er sie in seinen Arm und begann sie wild zu küssen.

Doch diesmal war Ivy entschlossen, ihm nicht nachzugeben. Energisch schob sie ihn von sich weg. »Nein! Wir müssen uns wirklich fertig machen.«

Er knurrte und zog das Kissen über seinen Kopf.

Ivy verpasste dem Kissen einen Schlag.

»AU!«

***

Ivy hatte nicht mit solchen Menschenmengen gerechnet, die sich jetzt vor der viktorianischen Villa, auf deren Treppen und in den Räumen drängten. Es mussten hunderte sein. Von Bürohengsten, die sich via Polohemd in ihre Freizeituniform gestürzt hatten, bis hin zu wirklich abgefahrenen Leuten mit Hautimplantaten und wirr geschorenen Köpfen.

»Mir tun nur die Bedienungen leid«, sagte Ivy.

Jeff nickte. Das für diesen Abend eingestellte Personal musste mit seinen beladenen Tabletts sicher durch die Gäste gelangen, was nur mit sehr viel professioneller Erfahrung möglich war. Über der Wolke aus Stimmen und Gläserklirren schwebte noch zusätzlich Musik, die man allerdings kaum hörte.

»Ah ... Du bist also Ivy!«, war der am meisten gehörte Satz an diesem Abend. Sie mussten alle paar Schritte stehen bleiben, jemanden begrüßen, mit jemandem reden …

Der Einzige, den Ivy kannte, war Woodrow. Seit er Jeff entdeckt hatte, wich er ihm nicht mehr von der Seite. Wie ein Schatten. Von Zeit zu Zeit wisperte er ihm Namen zu, Funktionen. Sie bemerkte mit Wohlwollen, dass Jeff sich noch immer an seinem ersten Glas festhielt, das man ihm gleich nach Betreten des Hauses gegeben hatte. Gleichwohl schienen sie zu den wenigen Nüchternen zu gehören. Ivy verstand, warum es so leicht für ihn gewesen war, an der Flasche zu hängen, wenn sie sah, wie grenzenlos die Alkoholströme flossen.

Wohin sie auch gingen, Jeff hielt seinen Arm um ihre Schultern, drückte sie immer wieder an sich und gab ihr von Zeit zu Zeit einen Kuss. Er demonstrierte jedem, dass sie zusammengehörten. Insofern war sie glücklich, dass sie mitgekommen war. Es machte sie stolz, dass er sie nicht versteckte.

Da tauchte plötzlich eine junge Frau in einem Catsuit aus schwarzem Lackleder auf. Ihr kräftig geschminktes Gesicht wurde dadurch betont, dass sie ihr Haar zu einem straffen Zopf gebunden hatte.

»Bones!«, rief sie mit sehr lang gezogenem »O«.

Ivy atmete tief durch.

»Mein heißer Hengst …«

Als Jeff sich zu der sehr großen Frau leicht hinabbeugte und ihr einen Kuss gab, war das Maß fast voll. Wie erstarrt stand Ivy da und wollte sich am liebsten in Luft auflösen, um zu sehen, was er mit dieser Stute anfangen würde.

»Oh Gott, du siehst fantastisch aus!«, rief die Stute. »Und ich?« Damit machte sie eine elegante Drehung um die eigene Achse auf sehr hohen Schuhen, wobei sie all ihre körperlichen Vorzüge zur Geltung brachte.

»Großartig, Süße!«, lachte er.

Ivy war nicht zum Lachen.

Die Stute tat so, als bemerke sie die Frau in seinem Arm gar nicht. »Baby ... lass uns eine ruhige Ecke suchen ... Ja?« Ihre Hand glitt über seine Brust.

Ivy biss sich auf die Zunge.

»Ein andermal«, grinste Jeff.

Es hallte in Ivys Kopf wie Kanonendonner. Sie spürte, wie etwas in ihrem Schädel zu explodieren schien. »Entschuldige«, sagte sie im süßesten Ton zu ihm, schob sich aus seiner Umarmung und ging an der Stute vorbei.

»Hast du 'nen Moment?«, flüsterte Ivy ihr zu.

Die Stute zuckte in Jeffs Richtung mit den Schultern und folgte Ivy bis zur Wand. Dort blieben sie stehen.

»Nix für ungut, ja?«, erklärte sie Ivy beiläufig.

»Hör mir gut zu, Schlampe! Das da ist *mein* Kerl. Und wenn dir deine Augen lieb sind, siehst du ihn besser nicht mal mehr an«, zischte Ivy, verblüfft über ihre eigene Aggressivität.

»Hey, du solltest lernen, dass man Bones nie ganz für sich allein ...«, hob die Stute an.

»Ich warne dich!«, zischte Ivy, drehte sich um und ließ sie stehen.

»Was war denn?«, fragte Jeff, als sie wieder bei ihm war.

»Nichts. Ich habe nur etwas klargestellt.«

Sofort ging ein Strahlen über seine Züge. »Du hast sie bedroht, ja?«, fragte er wie ein kleiner Junge, der unbedingt wissen will, was in seinem Paket ist. »Oh verdammt, ich bete dich an ...« Damit riss er Ivy in seine Arme und küsste sie so leidenschaftlich, als wären sie allein in ihrem Schlafzimmer.

Doch Ivy kamen Zweifel. So etwas hatte sie noch nie getan. Es passte nicht zu ihr. Normalerweise hätte sie von sich selbst behauptet, dass sie über solch einer Situation stand und sich nicht auf das Niveau einer Bitch herabließ. Was brachte sie dazu, sich so aufzuführen?

Sie fühlte sich hilflos. Hilflos gegenüber all den Blicken um sie herum. Noch nicht einmal des Gefühls konnte sie sich erwehren, dass alle über sie wisperten, sich fragten, was einen Mann wie Bones ausgerechnet in *ihre* Arme getrieben hatte.

Sie begegneten netten Leuten, die Ivy ins Gespräch einbezogen, die ihr interessiert Fragen stellten und freundlich waren. Sie trafen aber auch auf solche, die Ivy nicht einmal wahrzunehmen schienen, sie nicht einmal grüßten.

»Jeff, ich muss mal für Mädchen«, sagte sie, nicht ganz unglücklich, für ein paar Minuten dem Getümmel zu entfliehen.

»Okay. Ich warte hier auf dich, damit du mich wiederfindest.«

Ivy musste lächeln, denn er überragte fast jeden hier mindestens um Haupteslänge.

Sie fand die Damentoilette und als sie eintrat, kam sie sich vor, wie in einem Schloss: goldene Wasserhähne, Marmorfliesen und Marmorverkleidung an den Wänden. Frauen standen dicht gedrängt vor den Waschbecken und frischten ihr Make-up auf.

Gerade, als Ivy sich zum Händewaschen zu ihnen stellen wollte, entdeckte sie die Stute. Nur eine Frau stand zwischen ihnen. Ivy wurde heiß. Ihr Mut verließ sie und sie begann zu bereuen, was sie zu ihr gesagt hatte. Sie befand sich auf feindlichem Terrain und Jeff war nicht da, um ihr zur Seite zu stehen.

»Das ist sie«, hörte Ivy plötzlich hinter sich.

»Ah ha. Du hast ihn dir also geschnappt …«

Das Atmen fiel ihr schlagartig schwer und sie versuchte, sich zur Tür durchzudrängen.

»Wieso hast du's denn so eilig?«, zischte es.

»Sie will wieder zu ihrem Beschützer …«

Allgemeines Gelächter.

Ivy saß in der Falle. Plötzlich hatte sie das Gefühl, als hätten all diese Frauen schon mit ihm geschlafen, als fühlten sie sich berechtigt, ihn als ihren Besitz zu betrachten.

»Vorhin hatte sie noch die große Klappe«, feixte die Stute. »Klar, da war Bones ja auch noch in ihrer Nähe.«

Eine der Frauen nahm ihren Lippenstift und malte einen riesenhaften Penis auf den Spiegel. Dann schrieb sie Bones dazu.

»Genau!«, rief eine. »Der größte Schwanz seit Erfindung des Mannes.«

Ivys Kehle war wie zugeschnürt. Sie konnte kaum noch schlucken oder atmen.

»Süße ... was denkst du ...«, sagte eine in schwarze Jeans und weiße Bluse gekleidete Frau, die durch eher dezente Aufmachung auffiel und ihr gegenüber einen beinahe mütterlichen Ton anschlug. »Dass er nur dir gehört? Himmel, Kindchen. Wir hatten ihn *alle*! Er kann gar nicht treu sein.«

»Stimmt! Er versucht es eine Zeitlang und dann ... Krawumm!«

»... Muss er seinen Schwanz in 'ne andere Pussy stecken ...«

Übereinstimmung aus allen Richtungen.

»Du kannst gar nicht alle bekämpfen.«

Ivy stand mit dem Rücken zur Tür und war zu schockiert, um zu fliehen.

»Besser, du kapierst es gleich, bevor er dir dein armes kleines Herzelein bricht... Das wird er nämlich. Du wärst nicht die Erste und nicht die Letzte.«

»Wenn er sagt, dass er dich liebt, meint er es auch so. Zumindest in dem Moment, wo er es sagt ...«

Nicken und Grinsen.

Ivys Blicke hasteten von einer Frau zur nächsten. Sie alle

schienen Trägerinnen des gleichen Geheimnisses zu sein: Wie man Bones ins Bett bekam, ohne Gefühle für ihn zu entwickeln. Die Königinnen des Selbstschutzes.

»Schaut nur ... Wir haben sie verschreckt!«

Wieder brachen sie in Gelächter aus.

Ivy spürte, dass ihre Hände feucht und eiskalt waren. In dem Moment versuchte jemand, die Tür aufzudrücken, gegen die Ivy gelehnt stand. Sie machte einen Schritt nach vorn, ließ die Frau ein und schlüpfte an ihr vorbei nach draußen. Es schien ihr, als müsste sie ersticken. Was sich da drinnen abgespielt hatte, war schlimmer gewesen, als ein körperlicher Angriff. Sie hatten ihre Beziehung attackiert. Ihre Liebe zu ihm zu einer Idiotie erklärt.

Sie war keine siebzehn mehr und doch fühlte sie sich wie ein naives Mädchen, das sich in den falschen Jungen verliebt hatte. Ahnungslos. Hoffnungslos.

Beinahe panisch sehnte sie sich nach ihm. Wenn sie ihn nur wieder neben sich hätte, dann könnte sie sich seiner sicher sein. Seine reine Präsenz würde ihre Furcht vertreiben. Mit aller Macht redete sie sich ein, diese Frauen seien nur neidisch auf sie, weil er sich offen zu ihr und seiner Liebe bekannte. Andererseits erschienen ihr diese Stuten zu nüchtern, zu rational. Sie sahen Jeff als das, was er war: Ein Rockstar, der das Rockstar-Leben voll auskostete, für den Sex wie Essen und Trinken war. Dafür schämte man sich ja auch nicht.

Diese Frauen konnten zwischen ihm und einem normalen Mann unterscheiden. Und da kam plötzlich die Gewissheit, dass Jeff und diese Frauen in einer eigenen Welt lebten. Einer Welt, zu der sie keinen Zugang hatte. Eine Zeitlang wäre er als Jeff in Ivys Welt zu Gast. Aber dann würde er wieder zu Bones werden und in seine Welt zurückkehren. Sie aber würde allein zurückbleiben. Für sie selbst gab es nur eine Wahl: Entweder, sie versuchte, ebenfalls in diese Welt zu kommen und schaffte es, dazu ihre Gefühle abzuschalten oder sie blieb in ihrer Welt und akzeptierte die Tatsache, dass sie ihn früher oder später verlieren würde. Außer, sie verschloss ihre Augen und Ohren, dass sie von seinen Abenteuern nichts mitbekam, sie ignorieren konnte. Keine dieser Möglichkeiten hinterließ auch nur die Spur von Hoffnung in ihr. Lediglich die Ahnung unmenschlicher Qual.

Als sie seine hünenhafte Gestalt entdeckte, zögerte sie. Wäre es nicht besser, einfach zu gehen? Ihn all diesen Menschen hier zu überlassen? Den Kampf gar nicht anzutreten, den sie am Ende doch nur verlieren würde. Einfach, weil sie war, wie sie war. Weil sie sich selbst genug kannte, um zu wissen, dass sie weder ihre Gefühle, noch ihre Augen und Ohren abzuschalten vermochte. Doch noch ehe sie sich klammheimlich davonstehlen konnte, hatte er sie gesehen. Ein Leuchten erhellte sein Gesicht und er drängte sich durch die anderen Gäste, um zu ihr zu gelangen. Wie wunderschön er war ... Wenn man unter »männlich« nachschlagen würde, so fände man sein Foto, dachte sie.

»Was hast du denn so lange gemacht? Ich habe schon gefürchtet, du wärst durch das Klofenster getürmt ...«, lachte er und zog sie an seine Brust.

Es ist alles gut, sagte sie sich. *Wenn ich bei ihm bin, ist alles gut.* Tief atmete sie seinen Duft ein, spürte die Muskeln unter seiner Haut. *Er liebt mich! Und daran wird keine dieser Stuten etwas ändern.*

***

Er lag nackt auf dem Bauch, sein Notizbuch vor sich und kritzelte hinein. Er hatte eine Musik-Sequenz im Kopf, an die er den Text anpasste.

Ivy war noch in der Praxis. Ein kurzer Blick auf die Uhr genügte, und ihm war klar, dass sie auch an diesem Abend erst spät heimkommen würde. Sie saß fast immer länger im Behandlungszimmer, als eigentlich geöffnet war, denn sie nahm sich für jeden Patienten sehr viel Zeit. Was ökonomisch gesehen dumm war, aber ihrer Berufseinstellung entsprach. Er bewunderte sie für die Zähigkeit, mit der sie sich engagierte. Nicht nur, dass sie mit der Praxis nicht gerade reich wurde, sie musste mit sprachlichen und kulturellen Schwierigkeiten bei ihren Patienten kämpfen, sich mit den Versicherungen herumschlagen, die wieder und wieder Leistungen für die Leute verweigerten, obwohl Ivy sie als notwendig betrachtete.

Jeff rollte sich auf den Rücken und schaute zur Decke, einen Arm unter seinem Kopf verschränkt. Ein warmes Glücksgefühl breitete sich in ihm aus, wenn er an sie dachte. Nie zuvor hatte er sich bei einem Menschen so angekommen gefühlt, wie bei ihr. Sie war stolz auf ihn, das wusste er und es machte ihn glücklich. Vielleicht mochte es übertrieben sein, aber es schien ihm, als habe er in seinem ganzen Leben nur Menschen gekannt, die sich entweder seiner schämten oder die ihn ausnutzen wollten. Aber dass ihn jemand einfach nur um seiner selbst liebte, das war eine neue und großartige Erfahrung.

Es klingelte. Jeff stand vom Bett auf, stieg in seine Jeans und öffnete. Der Briefträger brachte ein schmales Paket. Jeff zeichnete ab und öffnete es, sobald er die Tür wieder geschlossen hatte. Es war ein schwarzes T-Shirt, das er sich hatte bedrucken lassen. Schwarz mit einem riesigen Efeublatt, dem Symbol von Ivys Namen darauf.

Jeff hob es vor sich hoch und betrachtete es. Es war perfekt. Genau wie diese Pflanze war Ivy für ihn: etwas, das ganz nahe bei ihm war. Wie eine Efeuranke, die die Zeit überdauerte.

Von jetzt an würde er das Shirt bei jedem Auftritt tragen. Jeder sollte sehen, was sie ihm bedeutete. Er packte das Shirt in den Schrank. Es sollte eine Überraschung für sie beim nächsten Gig sein.

Als er am Fenster stand und über einen neuen Song nachdachte, schob er seine Hand in die Jeans und strich über seinen Schwanz. Er stellte amüsiert fest, dass er schon wieder geil war. Wenn sie doch nur schon da wäre, dachte er. Es musste ein Lied sein, das ihrer beider Gier gewidmet wäre. Die Worte sammelten sich in seinem Kopf und brachten eine Melodie mit sich. Um sie zu ordnen, nahm er sein Notizbuch und begann sie aufzuschreiben.

Als er den Schlüssel hörte, der im Türschloss gedreht wurde, sprang er auf und ging ihr entgegen. Sein Herz schlug schneller und noch ehe Ivy hinter sich zugemacht hatte, zog er sie bereits in seine Arme und küsste sie leidenschaftlich. Ihre Jacke fiel zu Boden und er schob seine Hand in ihre Hose.

»Jeff ... hey! Lass mich erst mal ankommen ...«

»Du bist angekommen ...«, knurrte er in ihr Ohr und knetete ihren runden Hintern. Danach hatte er sich den ganzen Tag gesehnt. »Hast du dich auf mich gefreut?«, fragte er lauernd und berührte ihre Spalte. »Oh jaaaa ...«, beantwortete er selbst seine Frage, denn er spürte, wie nass sie war. »Und ob du dich auf mich gefreut hast ...«

Ivy schüttelte lachend den Kopf. »Dir muss wohl sehr langweilig gewesen sein«, feixte sie.

»Ich wollte es mir gerade machen, als du reingekommen bist.«

»Du Ferkel!«

Jeff zuckte mit den Schultern. »Du wusstest, dass ich so bin. Aber du hast das alles noch viel schlimmer gemacht.«

Mit diesen Worten drückte er sie gegen die Wand und öffnete ihre Hose. Ivy trat auf das Ende der Hosenbeine und stieg so aus der Jeans.

Jeff starrte ihre Brüste an und murmelte: »Gott, Baby, wie ich dich vermisst habe ...«

Er hob sie hoch und drang in sie ein. Ivy stöhnte und klammerte sich an seinen Nacken. Wie er es liebte, wenn sie ihre Nägel in seine Haut schlug. Ihr in Ekstase versunkenes Gesicht ... Sie spannte ihre Muskeln an und quetschte seinen Schwanz. Das war besser als jeder Cockring. Mit aller Kraft pumpte er in sie hinein. Immer schneller. Ihre geschwollene Spalte an seinem Schwanz zu fühlen, war das Himmelreich. Er saugte ihren Atem ein, ihr Keuchen. Die ganze Zeit wollte er nur schreien vor Lust und Gier. Er würde eines Tages verrückt werden, im Wahnsinn versinken. Seine Gedanken wirbelten. Es war, als löste sie einen Tornado in ihm aus.

»Fick mich!«, schrie sie.

So in ihr, drehte er sich von der Wand weg und trug sie aufs Bett. Mit hastigen Bewegungen griff er nach einem Gürtel und fesselte sie an das Kopfteil des Betts. Wie sie sich in ihren Fesseln wand ... Wie ihre Brüste hin und her ruckten ...

Jeff versuchte, zwischen ihren Schenkeln zu knien, doch sie trat und stieß nach ihm.

»Mach mich los, du Schwein!«, keuchte sie, doch in ihren Augen sah er ihre Lust.

Mit Macht packte er ihre Fußgelenke und hielt sie fest, doch ihr Widerstand war nicht gebrochen. Er musste sich mit seinem ganzen Gewicht auf sie legen, um sie ruhigzustellen.

Mit seinem Unterleib und seinen Beinen zwang er ihre Schenkel auseinander und presste sodann seinen Steifen in sie hinein.

Ivy warf den Kopf in den Nacken und schrie. Sie stieß ihm ihren Unterleib rhythmisch entgegen, ließ ihr Becken kreisen und brachte ihn fast zur Raserei. Die Gier, sie zu küssen, war so stark, dass er ihr Haar packte und seine Lippen auf ihre presste. Er musste so viel von ihr spüren, wie nur irgend möglich.

Ivy erfüllte ihn. Sie war überall, in ihm, um ihn herum. Nicht er besaß sie – sie besaß ihn!

Er spürte Tränen der Leidenschaft in seinen Augen aufsteigen, als sie kam. Ihre Möse pulste und zuckte, sie verkrampfte sich in seinen Armen. Und dann explodierte er. Sein Schwanz pumpte ohne Unterlass, füllte sie mit seinem Samen. Sein Körper wurde von einer fiebrigen Welle mitgerissen, die er nicht mehr kontrollieren konnte. Wie von Sinnen wanderten seine Hände über ihr Fleisch, griffen nach ihr und suchten nach einem Hinauszögern des Höhepunkts. Er wollte seinen Schwanz nie mehr aus ihr rausziehen. Für ewig nur in ihr sein.

Erschöpft hob er den Kopf und wollte beginnen, den Gürtel zu lösen.

»Nein. Lass es!«, sagte sie gepresst.

Jeff richtete sich zwischen ihren Schenkeln auf und sah sie an, wie sie so dalag: hilflos, kraftlos. Er folgte einem plötzlichen Impuls und begann, ihre nasse Spalte zu lecken. Er schmeckte seinen eigenen Samen, der sich mit ihrem Saft gemischt hatte. Die winzigen Haarstoppeln, die sie nicht rasiert hatte. Sie erbebte unter der sanften Berührung seiner Zungenspitze.

»Fessel meine Füße!«, wisperte sie.

Mit zwei ihrer Tücher kam er ihrem Wunsch nach.

»Nimm mich!«

Doch er wollte Ivy und sich selbst noch ein wenig reizen. Also ließ er sie erst einmal liegen. Neben dem Bett stehend, betrachtete er ihren feuchten Körper, die großen Brüste, die runden Hüften, die gerötete Spalte.

»Komm schon ...«, drängte sie und hob ihren Unterleib.

Er schüttelte den Kopf. »Du willst meinen Schwanz?«

Ein Leuchten ging über ihr Gesicht.

»Du bekommst ihn aber nicht! Soll ich dir einen Ersatz verpassen?« So hatten sie es noch nie getan und es erregte ihn.

Ivys Augen weiteten sich. »Ja!«

Nun musste er sich etwas einfallen lassen, was er benutzen konnte. Es war ein ungeheurer innerer Drang, sie so zu nehmen. Doch alles, was er auf die Schnelle fand, war ein riesiger Dildo, den er ihr vor kurzem mitgebracht hatte. Eigentlich war es ein Gag gewesen, aber jetzt würde er ihn verwenden.

»Mach ihn nass!«, sagte er und seine Stimme war vor Geilheit ganz rau, als er ihr das gewaltige Teil in den Mund schob.

Ivy stöhnte und konnte kaum die Eichel aufnehmen.

»Leck ihn!« Wie ein Eis hielt er den Dildo vor ihre Zunge und sie begann ihn abzulecken.

»So ist's gut ...«, lobte er. »Bist du nass genug für ihn?«

Sie nickte.

Jeff kniete sich zwischen ihre Beine und spreizte ihre Spalte mit zwei Fingern. »Mach deine Beine weiter auf!«

Ivy tat es, so gut sie es mit gefesselten Füßen konnte.

Seine Hand bebte, als er die riesenhafte Eichel an ihrer Auster ansetzte. Als er sie mit seiner Zunge zusätzlich benetzte, begann sie wild zu zucken.

»Willst du ihn haben?«, lockte er und Ivy nickte. »Dann sollst du ihn kriegen!« Er drückte mit dem Dildo ihr Fleisch auseinander und hörte, wie sie den Atem anhielt.

»Mach dich locker!«, mahnte er und wusste, dass sie das vor lauter Geilheit gar nicht konnte. Immer tiefer schob er, begleitet von Ivys lautem Aufstöhnen, den Dildo in sie hinein.

Er musste sich zusammenreißen, dass er bei dem Anblick des mächtigen Geräts in ihrer weit aufgerissenen Möse, nicht zu wichsen anfing. Oder schlimmer noch: ihn aus ihr herauszureißen und durch seinen eigenen pochenden Ständer zu ersetzen.

»Oh Gott ... Nein! Nicht noch tiefer! Bitte ...«, jammerte sie.

Doch er war vorsichtig. Er spürte genau, ob ein Widerstand kam oder nicht. Und erst, als es wirklich nicht weiter ging, als ihr Körper sich der künstlichen Eichel verschloss, begann er mit langsamen, fickenden Bewegungen. Mit seiner freien Hand griff er nach ihrem Nippel und rollte ihn zwischen den Fingern. Er sah an ihrem Gesicht, wie sie diese Behandlung, diesen leichten Schmerz, genoss. Als er den Dildo schneller zu bewegen begann, wurde sie nass. Sie umhüllte das Gummi mit ihrem Saft und er rutschte fast aus ihr heraus.

Dieses kehlige Knurren, mit dem sie auf das Ding in ihrem Unterleib reagierte, die Art, wie sie sich in ihren Fesseln wand ...

»Jetzt du ... bitte, du musst mich jetzt ficken!«, bettelte sie.

Für einen Moment kämpfte er mit sich, dann gab er nach. Ihrer und seiner eigenen Lust. Er zog den Dildo aus ihrem Körper und schob seinen eigenen Schwanz hinein. Sein Ständer war zum Platzen angespannt. Sie hatte ihn so heiß gemacht, dass er nur wenige Hübe brauchte, um zu kommen. Es waren tiefe, heftige Stöße. Etwas in ihm zwang ihn förmlich, ihr zu beweisen, dass sein echter Schwanz besser war als das Gummi-Teil. Seine Hände glitten über die weiche Haut ihrer Arme, bis er zu ihren Händen gelangte und diese festhielt. Er wusste, es gab kein Gefühl, das dem auch nur nahe kam, in dieser Frau zu sein. Es gab keinen Vergleich zu irgendeiner anderen, mit der er geschlafen hatte, denn er tat mehr als Ivy zu lieben. Er betete sie an.

Vor vielen Jahren hatte er von einem Mythos der alten

Griechen gelesen, wonach jeder Mensch als Einheit geschaffen worden war. Doch die Götter hatten sie, nach einem Frevel, in zwei Teile gespalten und nun waren die Menschen dazu verdammt, nach ihrer zweiten Hälfte zu suchen.

Jeff war sich sicher: Er hatte sie gefunden! Und jetzt lag er neben ihr. Zufrieden, matt, der Hunger fürs Erste gestillt.

Er löste ihre Fesseln und sie schlang sofort ihre Arme und Beine um ihn, schmiegte sich an ihn wie ein Kätzchen. Was für ein Gefühl, diese kleine Frau zu halten, ihren Atem, der über seine Haut strich, das Kitzeln ihrer Haarspitzen ...

Er lächelte zufrieden mit geschlossenen Augen.

»Wie war's heute in der Praxis?«, fragte er nach einer Weile.

»Soweit okay. Außer dass ich Mrs Silverman in die Klinik einweisen musste, ich bekomme ihren Blutdruck nicht runter. Und ...« Sie brach ab.

»Und was?«, hakte Jeff nach.

»Nichts.«

Er rollte sich auf die Seite und sah sie an. »Und was?«

Ivy presste die Lippen aufeinander. »Die Bank verweigert den Kredit für das Ultraschallgerät. Sie sagen, die Rückzahlung sei nicht gewährleistet.«

»Himmel, Baby ... Was soll denn das? ... Du sagst mir, was das Teil kostet und ich gebe dir das Geld.« Es ärgerte ihn ein bisschen, dass sie das nicht längst erwähnt hatte.

»Ich nehme kein Geld von dir, Jeffrey Armstrong!« Sie war wirklich sauer ...

»Wenn du es nicht willst, gebe ich es für Drogen, Suff und Weiber aus!« Er grinste sie an, war sich aber nicht sicher, ob sie den Scherz ebenso lustig fand wie er.

»Idiot!«, zischte sie und stand auf.

Das wollte er so nicht abhaken, also folgte er ihr ins Bad. Er setzte sich auf den Toilettendeckel, während Ivy duschte. Sie ignorierte ihn. Normalerweise wäre er zu ihr in die Duschkabine gestiegen, aber da sie sauer war, ließ er es lieber.

»Was ist?«, sagte sie unfreundlich, als sie in den Bademantel schlüpfte.

»Ich will wissen, warum du die Kohle nicht nehmen willst. Ich hab doch genug davon und so ein Gerät ist doch wirklich nützlich in deiner Praxis.«

Sie schnaubte.

»Aha, weil du denkst, ich könnte denken, du vögelst nur mit mir, um mich auszunutzen ...«, schlussfolgerte er.

»So ähnlich«, erwiderte Ivy und kämmte ihr Haar mit einem grobzinkigen Kamm.

»Das ist Schwachsinn und das weißt du auch. Wir gehören zusammen und es wäre für mich ein Zeichen deiner Zuversicht, wenn du es nehmen würdest. Also müsste eigentlich *ich* sauer sein!«

Sie war mit schnellen Schritten in die Küche gegangen. »Willst du etwas essen?«, fragte sie, ohne ihn anzusehen.

»Ivy!«, mahnte Jeff.

Er hörte sie schon wieder schnauben, dann drehte sie sich zu ihm um. »Okay, ich will dir was sagen. Ich bin nicht gern jemandem was schuldig. Schon gar nicht privat. Wie lange sind wir jetzt zusammen? ... Eben. Und wenn heute etwas ist, und wir trennen uns? Dann schulde ich dir nicht nur zehn Pfund ...«

Jeff sah aus wie ein kleiner Junge, als er sagte: »Ich hoffe, das wird nicht passieren.«

Ivy trat zu ihm und schlang ihre Arme um seinen Oberkörper. »Natürlich nicht. Es war nur eine ›Was-wäre-wenn-Überlegung‹.«

Ihre Aussage beruhigte ihn. Wie großartig sie sich anfühlte … Nackt unter dem Bademantel. Am liebsten hätte er sie gleich noch einmal genommen. Jeff musste grinsen.

»Was lachst du?«, fragte sie und sah dabei zu ihm hoch.

»Weil ich gerade dachte, dass ich dich am liebsten gleich nochmal vögeln würde …«

Sie schlug mit der flachen Hand gegen seine Brust. »Du bist unmöglich, Jeffrey Armstrong! Nein! Jetzt wird erst was gegessen.«

Er zuckte mit den Schultern und öffnete den Kühlschrank. »Kaltes Huhn oder Pizza?«, fragte er und Ivy lächelte.

***

Die Band hatte sich hinter der Bühne versammelt. Sie wartete auf ihren Auftritt. Den letzten vor der großen Tournee. Um sie herum herrschte reges Kommen und Gehen.

»Du bist zu spät, verdammt«, begrüßte Woodrow ihn, der wie immer an der Seite der Band war und darauf acht gab, dass keines seiner Schäfchen – wo auch immer – verloren ging.

Tommy klimperte auf seiner Gitarre, während Dave Luft-Schlagzeug spielte. Alan übte sich im Schattenboxen und Declan war auf der Toilette.

Jeff zog seine Motorradjacke aus und hängte sie an den Haken an der Tür. Als er sich zu den anderen umdrehte, sah er Ashes bleich werden.

»Was zum Teufel ist das?« Mit ausgestreckter Hand deutete er auf Bones Brust.

»Hast du ein Problem damit?«, fragte er herausfordernd.

»Willst du mich verarschen? Zieh das Teil aus!«

Bones spürte den Kampfgeist in sich aufsteigen. »Nicht freiwillig.«

Luftschlagzeug und Gitarre verloren gegen den Kampf, der sich nun zwischen den beiden Männern abspielte.

Bones warf sein Haar nach hinten und starrte Ashes an.

»Was für 'ne abgefuckte Scheiße, Bones. Zieh doch gleich 'n Shirt mit ihrem Bild drauf an!«

»Mann, Ashes. Lass ihn in Ruhe. Er liebt diese Frau.«

Ein wilder Blick des Managers traf Tommy, der den Kopf einzog. »Soll er ruhig. Aber ich bin es, der sich mit den Konsequenzen rumärgern muss. Es kommt nicht gut bei den weiblichen Fans an, wenn sie denken, dass er nicht mehr zu haben ist.«

Bones funkelte ihn wütend an. »Bin ich 'ne Hure, oder was?«

»Nein, du bist ein Rockstar. Und deine weiblichen Fans wollen den Traum, dass du frei bist. Und wenn die keinen Ärger machen, dann die Presse, die unter Garantie sofort diskutiert, ob du Tod und Teufel propagieren willst.«

»Was ein Glück, dass alle wissen, dass wir solche Chorknaben sind ...«, feixte Dave.

»Zieh – es – aus!«, kommandierte Ashes, doch Bones stand wie eine Eiche, ohne sich zu rühren. »Denkst du, ich habe Lust, mit den Amis deswegen Stress zu kriegen?«, setze er nach, als er merkte, dass er bei Bones auf Granit biss.

»Lass mich mit den Amis in Ruhe.«

»Bones! Du bist nicht Marilyn Manson ...«

Bones verschränkte die Arme vor der Brust. »Du willst, dass ich Nackt-Fotos mache, aber das Shirt geht nicht? Was ich anziehe, bestimmst nicht *du*!«

»Ist das Shirt etwa als Versicherung gedacht, falls deine Lady das mit den Bildern rauskriegt, oder was?«

Bones Gesicht lief rot an.

»Jungs ... Ich glaube, wir müssen jetzt raus!«, versuchte Declan, die Situation zu entschärfen.

Noch waren sie nicht gerufen worden, aber keiner hatte

Lust, dabei zu sein, wenn Ashes und Bones die harten Bandagen anlegten.

»Zieh es aus!«, stieß der Manager zwischen zusammengepressten Zähnen hervor.

Die Oberlippe des Sängers bewegte sich ein Stück nach oben. Ashes hatte ihn erwischt, als seine Verteidigung lückenhaft war. Bones packte das Shirt und riss es über seinen Kopf. Schwer atmend, mit bebender Brust, stand er vor Ashes.

Nur mit seinen Jeans bekleidet, stapfte er aus der Garderobe. Würde Ashes sich nun in seinem Triumph sonnen, so wäre es nicht für lange.

***

Das Intro wurde gespielt und sie betraten im Dunkeln die Bühne. Das Publikum war unsichtbar. Dann knallte es und sie begannen mit dem ersten Lied. Der abrupte Wechsel wurde von den Fans mit lautem Johlen begrüßt. Bones hatte einen Zettel mit der Reihenfolge der Lieder zu seinen Füßen auf den Boden geklebt. Zwei Songs lang hatte Ashes Zeit, sich zu freuen. Es war die Stelle, an der er immer ein paar Worte zur Begrüßung sagte. Etwas über das neue Album und die Stadt, in der sie spielten.

Doch Bones hatte eine Idee gehabt …

Die anderen wussten, dass er etwas sagen würde – wie immer – und so ließen sie ihre Instrumente ruhen. Grünes Licht und Bühnennebel tauchten Bones in eine Hülle wie aus Absinth. Er legte die Lippen dicht an das Mikrophon und sagte mit Grabesstimme: »Es gibt Leute, die leben davon, dass sie dir Vorschriften machen …«

Das Publikum grölte.

»Am liebsten würden sie dir noch sagen, in welche Richtung du deinen verdammten Arsch abwischen sollst …«

Zustimmende Schreie und Pfiffe.

»Aber wisst ihr, was ich denke? ... Ich denke, wir haben alle nur dieses eine Leben und wenn wir am Ende angekommen sind und zurückschauen ... Wollt ihr dann euer Leben gelebt haben, so wie IHR es wolltet ... oder wie es die anderen wollten?«

Das Publikum tobte.

»Also? Wisst ihr, was ich sage, wenn mir jemand Vorschriften machen will? Ich sage ihm ...«

Er bewegte seinen Oberkörper langsam rückwärts, um dann blitzartig vorzuschnellen und ins Mikrophon zu brüllen:

»FUCK YOU!«

Die Menschen zu seinen Füßen, die er praktisch nicht sehen konnte, rasteten aus und grölten. Fäuste wurden in die Luft geworfen. Die Menge schob sich so dicht an die Bühne heran, wie sie nur konnte. Sicherheitsleute drängten sie wieder ein Stück zurück. Das grüne Licht bestrahlte ein paar verzerrte Gesichter, die ihm unverständliche Sätze entgegenbrüllten.

»Dieses Lied ist für dich ... SUCKER!«

Im nächsten Moment setzten die Gitarren und das Schlagzeug ein.

Ashes stand in den Kulissen und reckte Bones seinen Mittelfinger entgegen, dazu grinste er.

Doch Bones war noch nicht mit ihm fertig. Die Lippen dicht am Mikrophon, zog er plötzlich den Gurt seiner Gitarre über den Kopf und legte sie auf den Boden. Aus den Augenwinkeln sah er, wie Tommy ihn anstarrte und die Augen aufriss. Doch jetzt war er in Fahrt. Er öffnete seinen Gürtel und zog ihn aus den Schlaufen. Danach stieg er aus seiner Jeans.

Tosender Jubel brach los. Die Halle wurde von einem Meer aus Displaylichtern erhellt.

Bones stand nackt auf der Bühne und seine Fans verloren die Beherrschung. Einzelne versuchten, zu ihm hochzuklettern, wurden aber von Ordnern zurückgestoßen. BHs und Slips flogen.

Vollkommen ruhig nahm Bones seine Gitarre wieder auf und spielte ungerührt weiter. Grinsend sah er zu Ashes, der ihn anbrüllte und mit der Faust gegen die Stellwand schlug.

Tommy schien sich hinter seinem Vorhang aus schwarzem Haar fast totzulachen. Bones drehte sich um und nahm einen Schluck aus der Wasserflasche.

Tosender Beifall.

Er wackelte mit seinem nackten Hintern und wandte sich dann wieder nach vorn. Das restliche Konzert bestritt er lediglich mit der Gitarre vor seiner Männlichkeit. Irgendwie hatte er erwartet, dass Ashes es mit Humor nehmen würde, doch dessen gerötetes Gesicht, als er seinen Sänger nach Ende des Auftritts in Empfang nahm, sprach eine andere Sprache. Er wirkte eher, als würde er im nächsten Moment explodieren. Ashes knallte Bones seine Hose gegen die Brust und stampfte dann in Richtung Garderobe.

»Das hast du ganz toll gemacht!«, sagte er höhnisch, als Bones hereinkam. »Du kannst stolz auf dich sein.«

»Also ziehe ich künftig an, was ich will, richtig?«

»Mach was du willst. Ich sage dir nämlich: Das war das letzte Mal, dass ich mir so eine Scheiße von dir habe bieten lassen. Du machst mir meinen Namen in den Staaten nicht kaputt. Du nicht!«

Bones baute sich vor seinem Manager auf und blickte finster auf ihn herab. »Drohst du mir?«

»Noch so ein Dreck, Freundchen, und ich war die längste Zeit dein Manager. Mir wolltest du eins reinwürgen ... Aber soll ich dir was sagen? All die Handybesitzer, die deinen Triumph gefilmt haben, sind jetzt gerade dabei, deinen Schwanz bei ›youtube‹ hochzuladen ... Das kannst du deiner Ivy erklären, wenn du zu ihr kommst!«

Bones Augen verengten sich. Er spürte, wie sein Herz heftig gegen seinen Brustkorb zu pochen begann. Daran hatte er wirklich nicht gedacht.

***

Der Tag war lang und anstrengend gewesen. Und schlimmer noch – Ivy hatte einen Patienten verloren. Jack Denner war fast neunzig Jahre alt, aber sie hatte ihn besonders ins Herz geschlossen, weil er nicht nur ihr erster Patient in der Praxis gewesen war, sondern ein nie versiegender Quell von lustigen Anekdoten aus der Vergangenheit. Sie brauchte ihm nur irgendein Stichwort zu geben und schon »erinnerte« er sich an irgendjemanden und begann mit der Geschichte. Nun war er tot. Ein Herzschlag. Kein langes Leiden.

Sie empfand einen tiefen Verlust, denn der kleine, dürre Mann würde ihr nie wieder etwas erzählen ...

Niedergeschlagen nahm sie sich ein Glas Rotwein und stellte den Fernseher an. Bis Jeff von seinem Auftritt zurückkäme, würden noch einige Stunden vergehen und sie bezweifelte, dass sie so lange wach bleiben könnte. Jetzt erinnerte sie sich wieder daran, wie tot die Wohnung gewesen war, bevor er einzog. Ein wärmendes Glücksgefühl überkam sie. Sie würde wach werden, wenn er durch die Tür trat, und dann konnte sie ihm im Dunkeln, an seinen nackten Körper gekuschelt, von Mr Denner erzählen und von der Lücke, die er hinterließ. Jeff würde sie verstehen. Sie würde seinen Atem in ihrem Haar spüren, seine tiefe Stimme hören, die sie einhüllte.

Ivy streckte die Beine aus, ließ den Wein in ihrem Glas

kreisen und lauschte auf die Werbung und die folgenden Nachrichten.

»Bones Armstrong, Sänger der ...«

Sie setzte sich ruckartig auf der Couch auf und starrte auf den Bildschirm. Man sah die adrett zurechtgemachte Sprecherin und hinter ihr ein Schwarzweiß-Foto von Jeff.

»Bei einem Auftritt vor den Toren Londons entkleidete sich der Sänger sehr zur Begeisterung seiner jubelnden Fans ... Hier ein Bericht von unserem Kollegen Danny Waverley ...«

Ivy glaubte nicht, was sie sah ... Jeff, der sich auf offener Bühne auszog. Dachte sie im ersten Moment noch an einen Fake, erkannte sie doch sehr schnell, dass er es wirklich getan hatte. Er schien minutenlang vor dem rasenden Publikum zu stehen und seinen Schwanz zu zeigen.

»Man sollte sich lieber nicht fragen, wie viele der hübschesten Mädchen Englands nach diesem Auftritt vor seiner Garderobe Schlange gestanden haben!«, erklärte die Sprecherin schmunzelnd.

Ivy war nicht zum Schmunzeln aufgelegt. Im Gegenteil. Sie leerte ihr Glas in einem Zug. Wie konnte er so etwas nur tun?! Aufgeregt schaltete sie ihren Computer an und ging dann auf »youtube«. Sie brauchte bloß seinen Namen eingeben und mehrere Seiten mit Clips wurden gelistet. Der erste war, dem Thumbnail zufolge, direkt vor der Bühne aufgenommen worden. Ivy klickte auf den Link. Zuerst war das Bild verwackelt, aber dann beruhigte sich die Hand, die das Handy hielt, und fixierte sich förmlich auf Jeffs Schwanz.

Ihr wurde eiskalt, als sie sich vorstellte, dass die Leute dort direkt vor ihm praktisch nur die Arme hätten ausstrecken müssen, um ihn anzufassen.

Aus dem Off hörte man die begeisterten Stimmen der Fans. »Oh mein Gott! Sieh dir diesen Hammer-Schwanz an!«, kreischte eine weibliche Stimme. »Bones! Bones! Gib mir deinen Steifen!« Es waren Stimmen, die in reine Hysterie abzugleiten schienen. »Bones – Fick mich!«, gellte es.

Als habe man ihr einen Schlag versetzt, zuckte Ivy zusammen. Sie konnte es kaum ertragen. Wenn sie jetzt anfinge zu rechnen, wie lange er für den Weg zurück nach London brauchen würde, wäre sie verloren. Denn sobald er zu Hause wäre, würde sie nachrechnen, wie viel Zeit ihm geblieben sein mochte, um die Wünsche dieser Frauen in die Tat umzusetzen ...

Ruhelos wanderte sie in der Wohnung auf und ab. Sie wollte, dass er nach Hause kam. Dann wieder fürchtete sie sich vor genau diesem Moment, wenn sie seine Schritte hören würde ... Was, wenn er nach fremdem Parfum riechen würde? Was, wenn er die Spuren einer anderen Frau an seinem Körper trug?

Die Abwärtsspirale in ihrem Kopf schraubte sich immer tiefer in sie hinein. Niemals hätte sie mit ihm zusammenziehen dürfen, ihn so nahe an sich heranlassen dürfen.

Ivy erinnerte sich an jene Szene auf der Damen-Toilette ... Wie ausgesperrt sie sich gefühlt hatte. Welch fremde Welt das gewesen war. Es war besser, den Dingen ins Auge zu sehen: Jeff war Künstler und er war ein Star. Und er war unberechenbar. Sogar für sich selbst.

Plötzlich hörte sie den Schlüssel im Schloss. Schwere Schritte, das Klirren seines Schlüsselbunds in der kleinen Schale auf dem Garderobenschränkchen. Das Geräusch der schweren Lederjacke. Als das Licht anging, blickte sie zu ihm.

»Du bist noch wach, Baby?«, sagte er verblüfft.

Sie nickte nur.

»Alles okay?«, fragte Jeff und beugte sich für einen Kuss zu ihr.

»Ehrlich gesagt – nein.«

Sein Blick fiel auf den Fernseher, der noch leise lief. »Fuck«, brummte er. »Du hast es also mitbekommen ...«

»Allerdings.«

»Ich weiß, es war 'ne Mist-Aktion. Aber ich war so sauer auf Ashes.«

»Was war passiert?«

»Er wollte mir verbieten, ein bestimmtes Shirt anzuziehen ...«

Sie war irritiert. Das klang verdächtig nach Hahnenkampf oder Kindergarten. »Aha«, gab sie zögerlich von sich. »Und deswegen ziehst du dich vor hunderten von Leuten nackt aus ...«

»Ich sag doch – das war Mist.«

»Um was für ein Shirt ging es denn?«

»Das hier!« Jeff richtete sich auf und breitete die Arme aus.

Ivy starrte auf das schwarze Shirt mit dem riesigen Efeublatt. Eine Welle der Zuneigung überflutete sie. »Deswegen hat er sich aufgeregt?«

»Ja, er meinte, damit würde ich die weiblichen Fans verärgern. Aber das ist mir vollkommen egal. Du bist meine Freundin und das soll jeder wissen. Und von jetzt an werde ich das in jedem Interview sagen. Ashes kann mich kreuzweise!«

Sie musste laut lachen. »Das ist wirklich kindisch, Schatz ...«

Seine ernste Miene wandelte sich und ein breites Grinsen ersetzte die harten Züge. »Stimmt! Und weißt du, was auch kindisch ist?«

Sie blickte zu ihm auf und sah die Antwort in seinen Augen.

»Dass ich fast verrückt bin vor Gier ... Ich hätte mir am liebsten auf der Bühne einen runtergeholt, weil ich nur an dich denken konnte.« Er beugte sich zu ihr hinunter. Sein Kuss war so von Hunger erfüllt, dass Ivy alles um sich herum vergaß.

***

»Herrgott, Ashes ... Das haben wir schon zehntausend Mal gespielt. Wir können diesen verdammten Song!«, stieß Bones hervor. Langsam konnte er seine eigenen Songs schon nicht mehr ertragen.

Dave ließ die Drumsticks zwischen seinen Fingern wirbeln. »Ich finde, wir sollten ›Till My Life Ends‹ vor ›Wreck‹ spielen.«

Bones stöhnte auf und verdrehte die Augen. »Das ist doch nicht dein Ernst. Fangen wir die Debatte schon wieder an?«

»Also ich denke auch ...«, hob Declan an.

Entnervt stand Bones auf, zerriss einen leeren Bogen Papier und schrieb auf jeden Schnipsel etwas, dann warf er die Fetzen in einen alten Armeehelm, der auf einem leeren Bierkasten lag. »So ... Dann fangen wir noch mal ganz von vorn an. Jeder zieht ein Los und in der Reihenfolge spielen wir dir Songs.«

Was als zynischer Scherz gedacht war, fiel bei seinen Freunden auf fruchtbaren Boden. Eifrig zogen sie aus dem Helm, legten die Schnipsel nebeneinander und begannen sodann die Diskussion.

»Das glaub ich jetzt nicht ...«, stieß Bones hervor und marschierte nach draußen. Seine Laune wurde immer schlechter, je näher der Tag der Abreise rückte. Er konnte sich nicht vorstellen, einen ganzen Monat von Ivy getrennt zu sein. Hinzu kam noch, dass ihre Praxis bis ins neue Jahr geschlossen bleiben würde. Sie hätte dann also Zeit für ihn gehabt ...

Es belastete ihn, wenn er sich vorstellte, wie sie zu Hause sitzen und ihn vermissen würde. Es genügte doch, wenn *er* litt wie ein Hund.

Wie ein wildes Tier im Käfig marschierte er den Flur auf und ab. Da kam ihm eine Idee ... Er würde sie heiraten! Es war wie ein Sonnenstrahl in einer dunklen Welt. Was war naheliegender? Lächelnd schüttelte er den Kopf über sich selbst. Wieso war er bisher nicht auf den Gedanken gekommen?

Sie würden heiraten und dann würde er mit dem ganzen Musik-Business aufhören. Nie mehr auf die Bühne steigen. Nie mehr die Angst haben zu versagen. Keine Furcht mehr, dass die Umsatzzahlen fielen oder dass er mal wieder in einem Interview Mist erzählte und sie ihm hinterher um die Ohren flöge. Nie mehr auf Tour gehen müssen! Kein Aufeinanderhocken im Tourbus. Kein dummes Gelaber. Keine Frauen mehr, die seine Selbstbeherrschung herausforderten ... Suff und Drogen – alles Vergangenheit.

Es war eine Welt aus Hoffnung, die sich vor seinem inneren Auge auftat.

Bones würde Ivy am Weihnachtsmorgen fragen ... Richtig traditionell. Er würde vor ihr niederknien und das Kästchen mit dem Ring überreichen. Ivy war die erste Frau in seinem Leben, bei der er das tun wollte, mit der er alt werden wollte. Er liebte und begehrte sie aus der Tiefe seines Herzens.

Dann fielen ihm die Jungs ein. Aber er sagte sich sofort, dass sie klarkommen würden. Sie konnten sich einen neuen Sänger suchen. Oder sich jeweils anderen Bands anschließen. Sie hatten einen sehr guten Namen in der Szene, also würde ihnen das nicht schwerfallen. Alles wäre perfekt, sobald die Tour vorbei wäre.

»Kommst du auch mal wieder rein?« Tommy streckte seinen Kopf in den Gang. »Wir wollen los. Autogrammstunde!«

Sie stiegen in einen Kleinbus, der sie zu einer W.H. Smith-Filiale in Westlondon bringen sollte. Es wurde bereits dunkel und die Leuchtreklamen an den Läden waren eingeschaltet. Der Regen fiel ohne Unterbrechung und trübte Bones Stimmung. Die Unsicherheit packte ihn, wie viele Fans kommen würden.

Als der Wagen in die Zielstraße einbog, sahen sie schon die lange Schlange schwarzgewandeter Wartender. Kapuzen über den Köpfen und Regenschirm an Regenschirm, standen sie im strömenden Regen und froren.

»Wenn die alle Autogramme wollen, fällt mir die Hand ab ...«, murmelte Alan.

Bones stellte den Kragen seiner Jacke auf. Der Druck in seinem Magen nahm mit jedem Moment zu. Beinahe wünschte er sich, es wäre niemand gekommen. Seine Hände waren eiskalt und er sehnte sich nach einem Drink. Nur, um diese höllische Nervosität loszuwerden ...

»Da können wir nicht halten«, erklärte der Fahrer und fuhr langsamer. »Wir müssen zum Hintereingang.«

Mit jedem Moment strömten mehr Leute zu den Wartenden. Ein paar Fans hatten die Band erkannt und begannen, gegen die Scheiben zu klopfen und zu winken. Bones hob die Hand und nickte den nassen, bleichen Gesichtern zu.

Der Fahrer brachte den Wagen zum Hintereingang, doch auch hier standen die Fans dicht gedrängt. Als sie die Insassen des Wagens erkannten, kamen sie angelaufen, winkten und schlugen gegen die Scheiben.

Der Fahrer hupte und einige Fans sprangen zur Seite. Düster sagte er: »Noch gehen sie weg ... Aber wenn wir noch eine Zeitlang warten ...«

Bones' Herz schlug schneller. Diese Massen von Fans ... Was würden sie mit dem Wagen anstellen? Was würden sie mit ihm und seinen Bandkumpeln machen, wenn sie sie zu fassen bekamen ...

Doch zu seiner Erleichterung tauchte ein Mann in grauen Hosen und braunem Sweater auf. Er hielt eine Plastiktüte über seinen Kopf und winkte. Der Wagen folgte seinen Zeichen in einen Hinterhof. Sobald das Auto durch das Tor gefahren war, verriegelte der Mann es.

»Mister Woodrow!«, rief er begeistert, riss die Tür auf und schüttelte dem Manager wild die Hand. »Meine Herrn, es ist uns eine solche Ehre ... Mein Gott! Wer hätte mit solch einem Andrang gerechnet!« Er strahlte und schien aufgeregt wie ein kleiner Junge im Angesicht der Weihnachtsgeschenke.

Die Männer stiegen aus. Bones' Knie waren weich. Obwohl es nur ein kleines Stück vom Wagen bis zum Eingang war, war die Band innerhalb kürzester Zeit durchnässt. Bones blickte zum Tor. Die Fans riefen und winkten. Dann verschwand er mit den anderen im Gebäude. Hier schoben sie sich an leeren Bücherkartons und Rollbehältern vorbei und es roch nach feuchtem Papier. Bones drehte sein offenes Haar zu einem Zopf und drückte ihn aus.

»Wir sind wirklich überwältigt. Absolut überwältigt!«, frohlockte der Filialleiter.

»Es ist schweinekalt«, bemerkte Bones. »Können Sie Tee organisieren?«

Der Manager sah ihn im ersten Moment verwirrt an, dann aber beeilte er sich, eine Verkäuferin mit der Aufgabe zu betrauen.

»Tee für die Herren!«, rief er.

Doch Bones schüttelte den Kopf. »Nicht für uns. Für die da draußen ...!« Er deutete mit dem Dauen in Richtung des anderen Flurendes.

»Ähm ... Das ist aber viel Tee.«

Bones kramte seinen Geldbeutel aus der Hosentasche.

»Nein, nein. Wir machen das schon ... Irgendwie ...« Nachdem er seine Verkäuferinnen angewiesen hatte, führte er die Gruppe in Richtung Laden. Er war vollgestopft mit Bücherregalen, CDs und DVDs. Überall hingen selbst gemalte Pappschilder in Neonfarben, die mit dicken Pfeilen auf besondere Angebote hinwiesen. Die Fans trommelten an die Scheiben.

»Wir haben den Laden geschlossen, damit Sie erst mal Ihre Ruhe haben«, erklärte der Filialleiter und deutete dann auf einen langen Tisch mit mehreren Stühlen. »Bitte.«

Sie setzten sich. Bones blickte sich um und bemerkte die Absperrbänder, die durch die Ladengänge gezogen worden waren, um ein bisschen Ordnung in das Chaos zu bringen, das wohl folgen würde.

Über den Köpfen der Band war ein Banner aufgespannt worden, das sicher die Plattenfirma spendiert hatte. In einiger Entfernung befanden sich ein Verkaufstisch mit Kasse und Kassiererin.

Zufrieden bemerkte Bones zwei Verkäuferinnen, die – todesmutigen Blicks – mit Tabletts voller Pappbecher bewaffnet waren und mit großen Warmhaltekannen nach draußen marschierten.

Als sie die Tür öffneten, drängten die ersten Fans herein. Sie umspülten die Frauen in einer schwarzen Woge.

Bones versuchte, die Situation im Auge zu behalten. Es waren ungeheuer viele Menschen. Es brauchte nur einer zu fallen oder ein Streit ausbrechen, dann wäre seine körperliche Kraft gefragt. Halb rennend, halb stolpernd stürmten die ersten an den Tisch.

»Bones ... Bones ...« Rufe, Arme, Köpfe, CDs – alles ging wild durcheinander.

»Hallo, meine lieben Freunde, mein Name ist Jameson. Ich bin der Manager dieser Filiale, bitte nicht so wild!«, tönte der Mann in Graubraun über alle Köpfe hinweg, und seltsamerweise erreichte er ein gewisses Maß an Ordnung, denn alle lauschten ihm. »Liebe Band, ich möchte Ihnen sagen, wie sehr wir uns freuen, Sie an diesem unfreundlichen Tag, so kurz vor Weihnachten, bei uns zu haben.«

Bones wurde ungeduldig, denn er hatte festgestellt, dass der Tisch, an dem sie saßen, ein Tapeziertisch war, und extrem wackelte. Vor ihm lagen mehrere schwarze Stifte und zahllose Packen Autogrammkarten. Da mehrere Fans bereits begannen, gegen den Tisch zu drücken, wurde ihm klar, dass er das Ding irgendwie von sich fernhalten musste. Zumal er nicht wusste, wohin mit seinen langen Beinen. Aufstellen konnte er sie nicht, da hätte er den Tisch wegkatapultiert. Ausstrecken ging auch nicht, dann fielen die Fans darüber. Also überkreuzte er sie unter seinem Sitz, wobei er das Gefühl hatte, seine Kniescheiben müssten herausspringen.

»Hey, Bones ... Ich bin schon seit Jahrhunderten ein Fan von dir – hammermäßig, dich hier zu sehen! Ich bin Tim ...«, rief ein Mann, der tatsächlich so aussah, als habe er eine äußerst lange Zeitspanne in einer Gruft zugebracht.

»Sehe ich so alt aus?«, fragte Bones mit ernster Miene und schrieb »Für Timmy« auf die Karte.

Mit Hilfe des geschickten Mister Jameson kam Ordnung in den Laden. Diszipliniert stellten sich alle Fans brav in einer langen Schlange auf, die kreuz und quer durch das Geschäft lief, während draußen Tee ausgeteilt wurde.

»Eure neue CD ist der absolute Hammer!«, erklärte ein junges Mädchen mit weißem Gesicht. »Darf ich ein Bild machen?«, fragte sie und reichte bereits ihr Handy an ihren Begleiter weiter.

Bones reckte sich nach vorn, sodass sie ihre Köpfe fast aneinandertackern konnten. Er machte ein böses Gesicht, der Freund drückte auf den Auslöser und Bones lachte wieder.

»Und? Ist es was geworden?«, fragte er interessiert.

Das Mädchen hielt ihm das Bild vor die Nase.

»Du siehst großartig aus .... Aber wer ist der hässliche Kerl neben dir?«, feixte Bones, was sie mit lautem Kichern quittierte.

Nach der hundertsten Karte tat seine Hand weh.

»Was hast'n da am Hals, Bones?«, fragte ein junger Mann mit Jeansweste, die gepflastert war mit den Aufnähern seiner bevorzugten Bands.

»Einen Knutschfleck. Hast du so was nicht?«

Der Typ schaute verdutzt.

Bones winkte einem Mädchen, das neben dem Burschen stand und sagte: »Verpass ihm mal 'nen Knutschfleck. Er hat keinen!«

Allgemeines Gelächter.

Bones fragte sich selbst, wann ihm die Sprüche für diese Gelegenheiten ausgehen mochten. Oder wann der Moment käme, wo jemand etwas wirklich Abgefucktes zu ihm sagen und ihn richtig sauer machen würde ...

Die meisten Fans wussten, wie lang die Schlange hinter ihnen war und beeilten sich. Einige wenige hingegen versuchten, Bones in ein längeres Gespräch zu verwickeln. Dann war es an ihm, den Fans klarzumachen, dass er nicht ewig Zeit hatte, dabei galt es, höflich und nett zu bleiben. Mit einem kurzen Seitenblick versuchte er zu erkennen, wie viele noch draußen anstanden und zu überschlagen, wann er zu Hause sein würde. Er war müde und sehnte sich danach, mit Ivy im Arm einzuschlafen.

Als er aufblickte, sah er in die Handys, die ihm entgegengereckt wurden und machte abwechselnd ein lachendes und ein grimmiges Gesicht. Ein Junge, blass und dünn wie ein Handtuch, drängte sich an ihn und hielt Bones seine Faust unters Kinn. Cheese!

»Wir müssen langsam zum Ende kommen ...«, raunte Ashes in sein Ohr.

»Da draußen stehen aber noch so viele«, erwiderte Bones.

»Mag sein. Die haben halt Pech. In einer Dreiviertelstunde haben wir das Interview mit ›MetalSat‹ und das ›Meet and Greet‹ ... Das schaffen wir sonst nicht.«

Bones stellte erschrocken fest, dass er das verdrängt hatte. Es würde also ein längerer Abend als gedacht werden – wie so viele, seit das neue Album erschienen war.

Jameson zog das große Los und durfte hinaus in den Regen gehen, um die noch immer Wartenden zu enttäuschen.

Bones schrieb so schnell wie es seine verkrampften Finger erlaubten. Jetzt stieg der Druck wieder an, denn er wollte noch so viele Autogramme geben, wie er nur konnte. Der Zeitdruck war grauenvoll. Wie ein Roboter warf er seine Unterschrift auf die Karten, sagte kaum mehr als »Dankeschön!« und »Vielen Dank, dass du so lange gewartet hast!« ... Und dann wurden die Türen geschlossen. Die Schlange endete. Wieder war da das nagende Gefühl in ihm, es nicht geschafft zu haben, es nie schaffen zu können, egal wie schnell er schrieb. Es war ein totes Rennen und es machte ihn wahnsinnig.

Nachdem der letzte Fan durch die Tür hinausgeleitet worden war, schob Ashes die Band auch schon durch den Hinterausgang. Der Wagen wartete bereits mit laufendem Motor. Bones kam sich vor wie in einem Gangsterfilm. Es war stockfinster ...

***

Wenige Zeit später hielt der Wagen vor einer vollkommen überfüllten Location, in der der Lärmpegel nur mit dem Rauchnebel konkurrierte, der einem die Sicht und den Atem nahm. Gläser klirrten und die Gäste sahen sich interessiert nach den Neuankömmlingen um.

»Hey, du bist doch Bones«, brüllte jemand und machte stoßende Bewegungen mit dem Unterleib. Er hatte wohl auch den berüchtigten Auftritt gesehen …

Ashes schleuste sie in Richtung der holzgetäfelten Rückwand. Neben der Bank, auf der sie sich zusammenquetschten wie Hühner auf einer Stange, brannte ein Kamin, der die Hitze noch verstärkte.

Die Crew hatte bereits begonnen, ihr Equipment aufzubauen und musste dabei mit jenen Gästen kämpfen, die ganz nahe dabei sein wollten, wenn es losging.

»Ey, Ashes, das geht so nicht. Ist viel zu laut hier!«, schrie der Kameramann. »Gibt's hier kein Hinterzimmer?«

Ashes schüttelte den Kopf.

Der Kameramann presste die Lippen zusammen und stieß einen stummen Fluch aus. Jemand brachte der Band Bier. Bones wollte nur nach Hause. Sein Kopf dröhnte und seine Füße in den Stiefeln waren eiskalt.

Der Interviewer war ein hagerer Typ in schwarzer Lederhose und schwarzem Hemd. Sein dunkelblondes Haar hing lang und vollkommen glatt über seine Schultern. »Hi. Ich bin Tobey. Ich werde euch interviewen. Danach filmen wir das ›Meet and Greet‹. Die Gewinnerinnen warten schon an der Bar.«

Bones Blicke wanderten zu den beiden jungen Mädchen, die ganz offensichtlich nicht zum üblichen Publikum dieses Pubs passten. Die eine hatte weiße Haare, die andere schwarze. Ihre Kleidung war das Standard-Emo-Programm.

»Es ist hier verdammt nochmal zu … LAUT!«, brüllte der Kameramann und Tobey zuckte mit den Schultern.

»Wir müssen halt sehen, dass wir's irgendwie hinkriegen«, brummte Ashes.

»Als ich den Pub ausgesucht habe, war hier alles leer«, erklärte Tobey mit einer gewissen Genervtheit in der Stimme. »Egal. Wir fangen jetzt an, okay?«, fragte Tobey in die Runde.

Er hielt ein Mikrofon mit einer angeklebten Fledermaus vor die Band. »Wir machen erst einen Tontest. Okay?«

Der Kameramann nickte.

»Also ... Hi Freunde der Düsternis! Ich bin TallTobey für ›MetalSat‹ und bin hier in einem saugemütlichen Pub im Herzen des Empire ...« Er drehte sich um und wartete auf ein Nicken. Als es kam, machte er weiter.

Bones bemühte sich um einen entspannten Gesichtsausdruck.

»Und nun ratet mal, wen ich hier getroffen habe? Genau!« Er lehnte sich ein wenig zur Seite, damit der Kameramann die ganze Band einfangen konnte. »Hi, Bones ... Hi, Jungs! Das ist ja ein Hammer, euch hier zu treffen. Was macht ihr gerade?«

»Saufen«, erwiderte Bones mürrisch und leerte sein Bier.

TallTobey lachte schallend. »Ihr habt gerade euer neues Album rausgebracht ... Die kommen bei euch in ziemlich schneller Folge. Bones?«

»Na ja ... Wir haben wohl gerade eine kreative Phase ...« Er begann mit dem nächsten Bier.

»Du willst doch nicht damit sagen, dass wir schlampige Massenprodukte rausbringen, oder?«, setzte Tommy nach.

»Nein! Um Gottes willen! Das Teil ist echt großartig. Und ihr seid damit ja sogar in den Top100 auf Platz 29 eingestiegen.«

»Das hat uns selbst am meisten überrascht.«

»Verdient wäre Platz eins gewesen«, verkündete Dave lachend.

»Sagt ihr auch, dass das jetzt euer bestes Album ist?«

In seinem Kopf breitete sich der Nebel aus. Und das wurde durch die Hitze im Raum nicht gerade besser. Hätte er ein Pfund für jede sich wiederholende Frage bekommen, er wäre einer der reichsten Männer des Landes, dachte Bones. »Jedes

Album ist ein Produkt der Phase, in der wir uns befunden haben. Insofern gibt es kein bestes Album.«

»Du schreibst ja alle Texte, Bones. Woher nimmst du deine Ideen?«

»Vom Ficken …«, sagte Bones trocken.

TallTobey lachte wieder. »Na ja … Aber bei dem aktuellen Album sieht das ja anders aus. Da sind viele Balladen dabei …«

Schnell legte Bones seinen Zeigefinger an die Lippen. »Still!«, zischte er. »Wenn das rauskommt, kauft kein Schwein mehr das Teil!«

Allgemeines Gelächter.

TallTobey fragte etwas.

»Was?«, rief Bones durch den Lärm.

»Ob du ruhiger geworden bist …«

»Ach so … Was meinst du damit? Weiber flachlegen?«

»Zum Beispiel.«

TallTobey rutschte ihm wegen des Krachs fast auf den Schoß. »Ich habe deinen Auftritt gesehen, wo du dich ausgezogen hast … Danach haben die Fans doch garantiert Schlange vor deiner Garderobe gestanden.«

Bones lachte auf. »Nein, eher nicht. Sie waren wohl von meinem Schwanz enttäuscht.«

»Kann ich mir nicht vorstellen. Das ist doch ein echtes Prachtteil. Wie der ganze Kerl.«

Bones mochte die Richtung nicht, in die das Interview lief.

»Reden wir jetzt über meinen Schwanz oder über unsere Musik?«

»Über deinen Schwanz«, versetzte TallTobey lachend.

»Okay. Dann solltest du mit den Mädels da drüben weiterreden, die haben sicher mehr Ideen zu dem Thema.«

Bones Laune sank in den Keller. Er bekam das nächste Bier.

»Hey, Mann ... tut mir leid. Ich wollte dich nicht beleidigen.« TallTobey schien überrascht von Bones ablehnender Haltung. »Also machen wir weiter mit eurer Musik ... Von diesem Auftritt abgesehen, bekommt man den Eindruck, dass du wirklich zur Ruhe gekommen bist. Du greifst auch mehr Themen aus dem Alltag auf. Vereinsamung, die Gewalt in den Vororten, aber auch das politische Desinteresse der Menschen ...«

»Ich schreibe über Dinge, die mir auffallen, und die ich für wichtig genug halte, um sie anzusprechen ...«

TallTobey nickte und schaute dann auf einen kleinen Zettel. »Wenn ich eure Pläne richtig verstehe, habt ihr als nächstes vor, die USA zu erobern. Stimmt das?«

Genau diese Interviews liebte er. Fragen abhaken und bloß kein Thema vertiefen ... »Sagen wir mal so ...«, hob Bones an.

»Na klar!«, fiel ihm Ashes ins Wort. »Das ist jetzt unser nächstes großes Ziel.«

»Denkt ihr, ihr seid reif für den US-Markt?«

»Fragt sich eher, ob der reif ist für uns ...«, feixte Bones.

Ashes nickte zufrieden.

»Ihr werdet bei drei Gigs als Vorgruppe von ›Metallica‹ auftreten. Ist das nicht der wahrgewordene Traum jeder Metal-Band?«

»Natürlich. Das wird einer der klaren Höhepunkte meines Lebens.«

TallTobeys Augen öffneten sich weit. Also war ihm der zynische Unterton nicht entgangen. »Das klingt jetzt nicht so ..., wie soll ich sagen ... begeistert.«

Bones leerte sein Bier und beugte sich ganz dicht vor den Interviewer. »Das wird eine ... ganz ... große ... Sache!« Dann richtete er sich wieder auf. Das Bier begann zu wirken.

TallTobey nickte schnell und durchsuchte wieder seinen Zettel. »Jaaaa ... Dann kommen wir jetzt zu unserem beliebten

Preisrätsel. Die beiden Gewinnerinnen vom letzten Mal sind heute Abend bei uns und schon ganz heiß drauf, euch endlich mal Auge in Auge gegenüberzustehen. Es sind Tammy und Jinny.« Er gab den beiden Mädchen ein Zeichen, die sofort ihren Platz an der Theke verließen. »Aber bevor wir die beiden auf euch Jungs loslassen, erst noch unsere heutige Gewinnspielfrage: Wie heißt das aktuelle Album von ›Amon Armath‹?«

Bones zweifelte an seinem Verstand ...

»Für die Gewinner gibt es wie immer ein ›Meet and Greet‹. Diesmal mit ...«

»Charlie Chaplin«, murmelte Bones und es war ihm egal, ob man es hören konnte oder nicht. Er setzte sein frisches Bier an und leerte das halbe Glas. »Genug«, wollte er schreien. »Es reicht!« Aber er schwieg.

»Okay, Mädels ... Sie gehören euch!« Damit schaltete Tall-Tobey sein Fledermaus-Mikro aus und lehnte sich zurück, während es dem Kameramann überlassen blieb, das Event für die Ewigkeit festzuhalten. Zunächst wurden brav Hände geschüttelt, wozu die Band sogar von ihrer Bank aufstand.

Ashes orderte mehr Getränke – welche Überraschung – und die beiden Mädchen quetschten sich an Bones Seiten, wodurch den anderen nichts übrig blieb, als noch enger zusammenzurutschen.

Declan schaute genervt, denn sein Bier fiel dabei fast um.

»Hey, Bones, es ist soooo cool, dich so nahe zu sehen«, sagte eins der Mädchen mit schwärmerischem Gesichtsausdruck.

Er zuckte mit den Schultern. »Also ich habe das seit über dreißig Jahren ... Da gewöhnt man sich an so manches«, versetzte er trocken. Seine Braue wanderte nach oben, als Tammy ihre Hand ganz ungeniert auf seinen Oberschenkel legte und dann langsam zur Innenseite wandern ließ.

»Du gehst ja ganz schön ran ...«, murmelte Bones und nahm einen tiefen Schluck. Er bemerkte, dass die Mädchen sich anfeixten. Die hatten offensichtlich eine Wette laufen. Damit kannte er sich aus.

Wer kriegt ihn heute Abend rum?, hieß das Spiel, bei dem er sonst immer gern mitgemacht hatte. Die Mädchen hatten ihm nie etwas bedeutet, was kein Wunder war, denn in den seltensten Fällen hatte er eine auch nur ansatzweise näher gekannt, bevor sie die Beine breit gemacht hatte. Es war für beide Seiten eher wie eine Art Sport.

Aber seit es Ivy gab, hatte er kein Interesse mehr an dieser Art Wettbewerb, bei der er immer als Sieger vom Feld gegangen war.

Jetzt fing sie an, mit den Fingerkuppen sein Fleisch zu kneten. Und wenn ihn nicht alles täuschte, näherte sie sich dabei gefährlich seinen Kronjuwelen. Schnell schlug er die Beine übereinander, in der Hoffnung, sie so zu vertreiben. Doch Tammy fasste es genau verkehrt auf. Nämlich so, als wolle er ihre Hand dicht an seinen Eiern festhalten. Er verschluckte sich beinahe an seinem Bier, als sie ihre Hand ganz ungeniert auf seine Beule legte und dabei ihre Freundin angrinste. Jetzt blieb ihm nur noch die Flucht. Also stand er auf und ging zum Klo.

Als er wieder herauskam, wartete bereits Tammy auf ihn. »Hey«, sagte sie heiter.

»Hey«, erwiderte Bones und wollte sich an ihr vorbeidrängen.

»Wohin so schnell, großer Mann?«, flötete sie.

»Zu meinem Bier ...«

»Aber wieso denn? Hier ist es doch viel lauschiger ...«

Er blickte herab auf ihre Apfel-Titten, die sie appetitlich in einem tiefen Ausschnitt präsentierte. Tammy stellte sich auf die Zehenspitzen und schlang ihre Arme um seinen Nacken. »Komm schon, Bones, nimm mich ... Wir machen nur schnell deine Hose auf ...« Ihre Zungenspitze leckte an seinem Hals entlang, während ihre Hand hinter seinen Hosenbund glitt und blitzschnell seinen Schwanz ergriff.

Bones schluckte hart. Die Hand an seinem Schaft erregte ihn gegen seinen Willen. Langsam glitt sie an ihm auf und ab ...

Er riss sich zusammen. »Hey, Lady ... Ich bin nicht interessiert. Okay?«

Sie grinste ihn aufreizend an. »Dein Ruf sagt aber etwas anderes ...«, hauchte sie.

»Mein Ruf hat wenig mit mir zu tun.«

»Wirklich?«, fragte sie zuckersüß und rieb ihn weiter.

Er ergriff entschlossen ihr Handgelenk und zog ihre Hand aus seiner Hose. »Du gehst jetzt am besten wieder rein und nimmst noch einen Drink.«

»Hey, Bones, seit wann bist du so scheu? Nur eine kleine Nummer!«

Er hatte sich eigentlich schon abgewendet, als er sich doch noch einmal umdrehte. »Es gibt noch andere Jungs in der Band. Ihr könnt ja eure Wette abändern ...«

Tammy zeigte ihm mit verzerrter Miene den Mittelfinger. Als sie kurz nach ihm an den Tisch zurückkehrte, beugte sich Jinny sofort zu ihr hinüber und sprach mit der Freundin, als sei Bones gar nicht da.

»Und? Wie war's?«

Tammy rollte die Augen. »Er hat keinen hoch gekriegt.«

Es verschlug Bones die Sprache.

Jinny nickte mit ernster Miene. »Schätze, das ist der Suff.«

In einem ersten Reflex wollte er beiden beweisen, dass er ganz und gar kein Problem hatte, einen hoch zu kriegen, doch dann besann er sich eines Besseren und wandte sich an Ashes: »War's das? Wenn ja, dann ruf ich jetzt ein Taxi und fahre nach Hause.«

Ashes blickte ihn verwundert an und nickte schließlich.

Bones erhob sich und ging auf den Ausgang zu. Als er sich umdrehte, um sich mit einer erhobenen Hand von seinen Jungs zu verabschieden, sah er, wie Tammy zu Tommy gerutscht war und es bei beiden zur Sache ging.

***

Als Bones draußen im Regen stand und von seinem Handy gerade ein Taxi gerufen hatte, wurde hinter ihm die Tür aufgezogen. Ashes trat in einer Wolke aus Qualm und Lärm ins Freie. »Was war da drinnen los?«, herrschte er Bones an.

»Was soll losgewesen sein? Die Kleine wollte ficken und ich nicht. Ich habe genug für heute.«

Er hielt Ausschau nach dem Taxi als Ashes ihn am Ärmel packte. »Hör mal zu, mein Lieber, deine traute heimische Zweisamkeit geht mir langsam auf den Geist. Du hast 'nen Ruf zu verlieren!«

»Ich bin nicht dein Lieber«, brummte Bones.

»Ich schau nicht zu, wie du alle vor den Kopf stößt, die was von dir wollen.«

»Ficken?«

»Du weißt, was ich meine. Ständig höre ich nur noch: ›Da mache ich nicht mit. Das tu ich nicht. Ich bleib zu Hause. Ivy hier und Ivy da.‹ Es kotzt mich an! Verstehst du? Du bist ein Rockstar und kein Kammersänger! Seit diese Frau aufgetaucht ist, hast du 'nen Keuschheitsgürtel an und zu allem Überfluss zeigst du das auch noch allen!«

»Das geht dich 'nen verdammten Scheiß an.«

»Ja? Das sehe ich anders. Schau mal in deinen Vertrag! Ich bin auch für dein Image verantwortlich. Und das geht gerade den Bach runter.«

Bones' Kopf schien zu platzen. Er kam nicht gegen die

Schmerzen und das Glühen an. Dazu zitterte sein Körper vor Nässe und Kälte. Ganz ruhig sagte er: »Tu dir selbst 'nen Gefallen, Ashes, und geh einfach wieder rein, okay?«

»Nein, mein Junge. Das bereden wir jetzt und hier.«

»Das ist keine gute Idee«, stieß Bones zwischen zusammengepressten Zähnen hindurch und blickte finster auf den wesentlich kleineren, bärtigen Mann herab.

»Du wirst dich von jetzt an zusammenreißen. Wir stehen so dicht vor der Chance unseres Lebens ...« Er hielt Zeigefinger und Daumen aneinander. »Von mir aus kannst du mit Ivy machen was du willst, aber von jetzt an wirst du dich wieder wie früher benehmen. Und das heißt: Gar nicht!«

Bones schüttelte die nasse Mähne. »Ashes, ich bin keine neunzehn mehr! Ich bin ein erwachsener Mann, der einen Vollidioten aus sich macht, wenn er jede Frau flachlegt, die ihm vor die Füße fällt.«

»Tu wenigstens so. Früher ging es doch auch ...«

Er begriff es nicht ... Er wollte es nicht begreifen! »Bin ich ein Schauspieler oder was?«

»Verdammt, Bones! Du weißt doch, wie es läuft. Du bist ein Profi! Gib ihnen, was sie wollen. Das ist alles, was ich verlange. Du musst sie nicht ficken, gib ihnen das Gefühl, dass du willig wärst und benimm dich nicht wie 'ne Betschwester. Das hilft weder deiner Ivy noch dir, wenn ihr die Rechnungen nicht mehr bezahlen könnt ...«

Tief in seinem Innern wusste Bones, dass er recht hatte.

»Schau in deinen Vertrag«, sagte Ashes ruhiger.

Es war wie Sklaverei. Natürlich kannte Bones seinen Vertrag. Und er kannte auch die Höhe der Konventionalstrafen. Er wusste, dass Ashes ihm jederzeit die Daumenschrauben anlegen konnte. Müde zog er seinen Kragen unter seinem Kinn zusammen. Nur noch raus aus diesem Wahnsinn ... Aber wie?

Die Idee, sich einen Job zu suchen, war natürlich nett gewesen, aber konnte er wirklich ohne seine Musik leben? Ohne die Auftritte? Die Fans, die Schlange standen, um sein Autogramm oder ein Foto zu bekommen?

Nichts kam an das Gefühl heran, wenn sie da unten standen, dicht an dicht, zu ihm aufsahen und die Lieder so intensiv mitsangen, dass er manchmal die Rolle tauschte und ihnen zuhörte. Einfach nur da stand und lauschte, wie aus zahllosen Kehlen seine Lieder zu ihm empor getragen wurden. Das war seine wahre Droge. Davon würde er nie mehr lassen können, ohne unterzugehen. Und dieses Wissen machte ihn irre.

Er stand hier im strömenden Regen und fand keinen Ausweg mit seinem dröhnenden Schädel.

Der Zwiespalt würde ihn zerreißen.

***

»Deine Temperatur ist zu hoch. So kannst du nicht auf Tour gehen ...« Ivy machte sich große Sorgen um ihn. Sein Fieber lag bei vierzig Grad. Was sie ihm auch an fiebersenkenden Mitteln gab, es schien nur zeitweilig zu wirken.

»Hast du nicht noch irgendwas anderes?«

Ivy schüttelte den Kopf. Sein Gesicht schien aus Wachs zu sein und glänzte vom Schweiß.

Es waren noch zwei Tage bis zum geplanten Abflug und sie bezweifelte stark, dass er sich bis dahin soweit erholen konnte, um die Strapazen zu überstehen.

Er hatte den Infekt eindeutig verschleppt. Wenn er wach war, hörte sie immer wieder seine Lungen ab, in der Furcht, er könnte sich eine Lungenentzündung zuziehen.

»Du kannst nicht reisen, Jeff. Das ist Wahnsinn. Und dann noch auf die Bühne ... Du musst mit Woodrow reden. Er muss einen Ersatzmann finden!« Im gleichen Moment, da sie dies laut aussprach, wusste sie, wie dumm es war. Es gab keinen Ersatzmann für Bones Armstrong. Entweder stand *er* am Mikrofon oder keiner. »Wenn er dich sieht, wird er wissen, dass es nicht gehen kann. Du wirst zusammenbrechen.«

Seine Augen waren vom Fieber ganz glasig und sie wusste nicht, wie viel von dem was sie sagte, überhaupt bei ihm ankam. Sein Kopf kippte zu ihrer Seite, als er tief Luft holte und schwach sagte: »Es muss gehen. Gib mir 'ne Spritze!«

Sie hatte nur eine Wahl: Sie musste Woodrow anrufen, ihn herbitten, damit er sich selbst ein Bild machen konnte.

Als Jeff die Augen schloss und sie seinen schnellen, aber gleichmäßigen Atem vernahm, ging sie zum Telefon und wählte Woodrows Nummer.

»Bones?!«, kam es wütend aus ihm herausgeschossen. »Wo zum Henker bist du? Vielleicht erinnerst du dich daran, dass du auch noch einen Job hast! James Baker ist hier und wir warten auf dich! Hast du's nicht mehr nötig, oder was?«

»Mister Woodrow?«

Stille am anderen Ende.

»Hier spricht Ivy Newman ...«

Immer noch Schweigen.

»Jeff geht es sehr schlecht. Ich wollte Sie bitten, herzukommen.«

»Wenn er sich drücken will ...«

»Jeff hat hohes Fieber. Sie sollten wirklich herkommen.«

Es kostete Ivy alles, so ruhig und gefasst zu sprechen und diesem Idioten nicht stattdessen ihre Meinung zu sagen.

»Sind Sie nicht Ärztin? Geben Sie ihm irgendwas und packen Sie ihn ins nächste Taxi!«

Auch diese Beleidigung nahm sie hin. »Ich werde ihn nicht

in ein Taxi packen. Bitte, kommen Sie selbst her ...«

Ohne ein weiteres Wort zu sagen, legte er auf.

***

Zwanzig Minuten später stand Woodrow vor der Tür. Er musste sich also sehr beeilt haben.

»Und? Was ist jetzt?«, begrüßte Woodrow sie und marschierte an ihr vorbei, bis ihm klar wurde, dass er noch nie in dieser Wohnung gewesen war und gar keine Ahnung hatte, wo Jeff sich befand.

»Ich gehe mal vor, wenn ich darf ...«, sagte Ivy noch immer höflich bis zu ihrer persönlichen Schmerzgrenze.

Mit einer gewissen Befriedigung betrachtete sie Jeff mit den Augen Woodrows. Er sah wirklich todkrank aus, wie er da so bleich im Schweiß gebadet lag.

»Ach du Scheiße!«, stieß Woodrow aus. Dann flog er förmlich zu Ivy herum. »Seit wann ist er schon so? Warum habe ich davon nicht früher erfahren?«

»Er will unbedingt auf Tour gehen ... Aber ich sehe das nicht. Wir können froh sein, wenn ich ihn nicht in die Klinik einweisen muss.«

Woodrow begann, nervös auf und ab zu laufen. »Verdammt! Verflucht ... Scheißdreck!«, brummte er und begleitete mit seinen Flüchen jeden Schritt, den er tat. »Er muss mit. Wir haben Verträge. Spritzen Sie ihn irgendwie fit.«

Der Zorn wallte in Ivy auf. »Ich kann ihn nicht fitspritzen! Er braucht Ruhe, Pflege, alles ... Aber mit Sicherheit keinen Tourstress!«

Woodrow hielt für einen Moment inne und setzte sich dann zu Jeff auf das Bett. »Bones? ... Bones? Kannst du mich hören?«

Als keine Reaktion kam, drückte er Jeffs Schulter. »Ob du mich hören kannst?«

»Mr Woodrow!«, herrschte Ivy ihn an, doch er ignorierte sie.

Jeff schlug die Augen auf, wobei seine Lider flatterten.

»Na also … geht doch!«, erklärte der Manager zufrieden.

»Das ist eine …«, hob Ivy an, doch er gebot ihr Einhalt.

»Pass auf, alter Junge … Das heute machen wir ohne dich. Du ruhst dich noch schön aus und in zwei Tagen stehst du frisch und fröhlich wie ein junger Vogel am Flughafenschalter. So eine kleine Erkältung haut doch einen Baum wie dich nicht um!« Ein kleines Schulterklopfen und Woodrow war schon fast wieder an der Wohnungstür.

Ivy eilte ihm nach. Noch im Laufen sagte sie: »Ich werde das nicht zulassen!«

Er drehte sich zu ihr um. Sie standen sich dicht gegenüber. »Hören Sie jetzt gut zu, Miss Newman. Sie haben zwei Tage, um ihn zum Laufen zu bringen. Wer hier etwas zulässt und wer nicht, das bestimme ich!«

Die Tür fiel hinter ihm ins Schloss und sie blieb zurück mit einer Mischung aus blankem Hass und tiefer Enttäuschung. So hatte sie sich den Ausgang nicht vorgestellt. Wie konnte ein Mensch nur so ignorant sein?

Niedergeschlagen ging sie zurück ins Schlafzimmer. Jetzt rächte es sich auch mental, dass sie seit Beginn seiner Krankheit kaum geschlafen hatte. Mit einem feuchten Tuch tupfte sie seine Stirn ab, dann hörte sie noch einmal seine Lungen ab, maß seinen Puls, seinen Blutdruck und legte sich neben ihn. Die Hitze seines Körpers war kaum zu ertragen.

Zwei Tage …

»Ich lass dich nicht gehen!«, sagte sie und schloss die Augen.

***

Jeff stand am Schrank und warf seine Sachen in einen großen Koffer. Er hatte abgenommen und sah krank und erschöpft aus. Jetzt, da er sein Haar hinten zusammengebunden hatte, wirkte sein Kinn noch kantiger.

»Ich habe Verträge!« Mit diesem Satz verweigerte er seit Stunden jegliche Einsicht in seine Lage.

Ivy sah seinen fiebrigen, unsteten Blick, seine fahrigen Bewegungen. »Du überstehst das nicht!«, mahnte sie voller Verzweiflung.

Sie stritten sich schon den ganzen Morgen wegen dieses Themas, seit Jeff sich aus dem Bett gequält und geduscht hatte und in seine Sachen gestiegen war.

»Wie kann man nur so ignorant sein? Du wirst auf der Bühne umkippen! Wenn du es überhaupt bis dorthin schaffst ...«

Und dann hörte sie immer nur: »Ich habe Verträge!«

Gegen Mittag war sie so entnervt, dass sie ihn anfuhr: »Gut! Dann geh doch! Mach was du willst!« Sie knallte ihm eine Box auf das Bett.

»Was ist das?«, fragte er schwach und blickte sie an.

»Medikamente!«

Er lächelte. »Danke. Niemand kümmert sich so um mich wie du ...«, sagte er leise.

»Wenn du schon keine Vernunft annehmen willst ...«

»Es geht nicht anders, Baby. Außerdem habe ich schon unter ganz anderen Umständen gearbeitet.«

Ivy ahnte, welche Maschinerie für eine solche Tour in Gang gesetzt wurde, wie viele Menschen da involviert waren und welche enormen Summen investiert wurden.

Ich hasse dieses Business, dachte sie und biss sich doch auf die Zunge, um diesen Gedanken nicht laut auszusprechen, denn es war doch Jeffs Leben.

»Hey, guck nicht so. Es soll auch in den USA Ärzte geben, habe ich gehört.«

»Aber keinen wie mich«, erwiderte Ivy.

Jeff legte seine Hand an ihre Wange und lächelte. »Nein. Keinen wie dich!« Er senkte seine Lippen sanft auf die ihren und küsste sie zärtlich. Als seine Hand unter ihren Pullover wanderte, überzog ein wohliger Schauer ihre Haut. Sein Atem ging stoßweise und Ivy wurde feucht. Sie wusste, was er wollte und sie wollte das Gleiche. Seine große Hand unter ihrem Rücken, ließ er sie vorsichtig auf das Bett gleiten. So lag sie da und sah ihm zu, wie er sich auszog. Jede Sekunde saugte sie in sich auf, um sie in ihrem Gedächtnis zu behalten. Er war hart und seine Eichel glänzte vor Anspannung. Ivy streifte ihren Slip ab und begann, sich selbst zu streicheln.

»Ja, Baby ... oh verdammt ... das ist so geil ... mach weiter!«

Seine Augen blickten gierig auf ihr Delta, während ihre Finger streichelnd in ihre Spalte tauchten. Die Lust erfasste sie und sie rieb sich immer schneller, bis Jeff ihr Einhalt gebot. Er ließ sich über ihr nieder, stützte sich auf einen Arm und führte seinen Schwanz in sie ein. Ivy hob den Kopf und beobachtete seinen Schaft, der sich langsam in ihr bewegte. Mit einem fahrigen Griff schob er sein Haar auf den Rücken und beobachtete seinen eigenen Schwanz. Er schien sich in ihr auszudehnen, von ihrem geschwollenen Fleisch massiert zu werden. Und dann küsste Jeff sie. Beinahe gemächlich. Ruhig. Während seine Lenden pumpten.

Doch plötzlich richtete er sich auf.

Ivy starrte ihn überrascht an.

»Warte!«, stieß er hervor und ging zu seiner Jacke, die seit Beginn seiner Krankheit am Türhaken gehangen hatte.

Sie konnte nicht sehen, was er in seiner Hand hielt, als er neben dem Bett auf ein Knie sank.

»Das hätte ich beinahe vergessen ... Wegen dieses Drecks-

Fiebers.« Er machte ein sehr ernstes Gesicht.

Sie setzte sich auf.

»Ivy ... Das ist jetzt vielleicht ein blöder Moment ... und ich hätte es eigentlich anders gewollt, aber ... Also ich habe mich gefragt, ob du dir wohl vorstellen könntest ... Obwohl du mich kennst und weißt, was ich für ein Arschloch bin ... Also, ob du vielleicht ...«

Sie konnte ihn nicht mehr so stammeln lassen und sagte: »Ja!« Das Herz hüpfte in ihrer Brust.

»Wie Ja? Dass ich ein Arschloch bin, oder dass du meine Frau werden willst?«

»Beides.«

Ein breites Grinsen erhellte sein Gesicht. Er reichte ihr die kleine Box. »Sieh rein. Ich hoffe, er gefällt dir ... und passt ...«

Ihre Hände zitterten so sehr, dass sie kaum den kleinen Knopf drücken konnte, der das Döschen öffnete. Dann aber schaffte sie es. Überwältigt starrte sie auf den schönen Ring. Ein goldener Reif, in dessen Mitte ein Diamant thronte, der von zwei Smaragden umrahmt wurde. Sie zog den Ring vorsichtig aus seiner Halterung.

»Das musst du machen«, erklärte sie leise.

»Oh Gott, Baby ... Ich bin so aufgeregt ...« Sein Gesicht hatte zum ersten Mal seit Tagen leichte Farbe angenommen. Er schob ihr den goldenen Ring langsam über ihren leicht zitternden Finger.

»Und? Wie fühlt es sich an?«, fragte er mit bebender Stimme.

»Der Ring oder verlobt zu sein?«

»Beides!«, erwiderte er.

»Wundervoll! Oh Jeff ...« Noch nie hatte ein Mann ihr ein solches Geschenk gemacht.

Er ergriff ihre Hände, küsste erst ihre Fingerspitzen und

dann ihre Lippen. »Wenn ich von der Tour zurück bin, fangen wir an zu planen, okay?«

Sie nickte, denn ihre Kehle war wie zugeschnürt.

»Ivy, du bist mein Leben!«

Überwältigt schlang sie ihre Arme um seinen Nacken und zog ihn über sich. Abermals glitt er in sie hinein und fickte sie, während Ivy ihre Beine um seine Hüften geschlungen hielt. Ihn so zu fühlen, tief in sich, ließ Tränen in ihr aufsteigen.

»Hey, Sweetie ... Nicht weinen!« Sanft strich er eine Strähne aus ihrem Gesicht und küsste sie. Sein Schwanz bewegte sich dabei unablässig in ihr. Es war der ruhigste und zärtlichste Fick, den sie je hatten.

»Ich hasse es, dich gehen zu sehen ...«

»Und ich hasse es, gehen zu müssen.« Er schloss die Augen und seine Züge schienen zu erstarren. Dann kam ein tiefer, knurrender Laut und er verströmte sich in ihr.

Eine Weile blieben sie Arm in Arm liegen, schwiegen und hingen ihren Gedanken nach.

Im Stillen dachte Ivy: Es sind die letzten gemeinsamen Momente für eine lange Zeit. Eine Ewigkeit ...

***

Das Wartezimmer war voller Patienten. Das anhaltend schlechte Wetter schlug sich auf den allgemeinen Gesundheitszustand nieder und so lauschte Ivy dem permanenten Niesen und Husten in ihrer Praxis.

Dank der vielen Arbeit bekam sie die Ablenkung, die sie benötigte, um die Tage ohne Jeff ohne Sehnsucht hinter sich zu bringen.

»Der Nächste bitte!«, sagte sie in die Gegensprechanlage und ließ dann den Knopf los.

Kurz darauf öffnete sich die Tür. Ivy schaute kurz auf die

frisch angelegte Karteikarte. Eine neue Patientin.

Eine schlanke junge Frau mit welligem roten Haar kam herein.

»Setzen Sie sich bitte. Was kann ich für Sie tun?« Das war Ivys Standardspruch bei neuen Patienten.

Die Frau hatte eine große Shoppertasche, die sie neben sich auf den Boden stellte und sagte: »Mein Name ist Linda Bergstrom. Ich ...ich segle ... unter falscher Flagge, sozusagen.«

»Das ... heißt?«, fragte Ivy freundlich, aber wachsam.

»Ich bin nicht als Patientin hier, Dr. Newman. Ich bin Journalistin und schreibe für ›Noise Blast‹.«

Ivy setzte sich sehr gerade hin. »Aha. Und wieso kommen Sie zu mir?«

Die Rothaarige holte Luft. »Ich habe Sie auf dem Flughafen gesehen und mich gewundert, dass niemand von Ihnen Notiz genommen hatte, obwohl Bones ganz offensichtlich ...«

Ivy legte ihren Kopf ein wenig schräg, als müsse sie besonders angestrengt lauschen. Sie tat den Teufel, dieser Miss Bergstrom aus der Verlegenheit zu helfen.

»Also ... Er hat ja seine Zuneigung recht offen demonstriert. Und das ist mir aufgefallen. Zudem habe ich bemerkt, dass Sie einen Ring tragen, von dem ich vermute, er ist von ihm.«

Das ging zu weit! »Dürfte ich mal Ihren Presseausweis sehen?«, sagte Ivy kalt.

»Selbstverständlich«, sagte die Journalistin schnell und zog die Karte aus ihrer Tasche.

Ivy studierte sie ausführlich. Der Ausweis schien echt zu sein. »Leider kann ich Ihnen nicht helfen. Ich gebe keine Auskünfte zu Mr Armstrong. Das ist alles Privatsache. Wenn Sie etwas wissen wollen, wenden Sie sich bitte an sein Management.« Diesen Spruch hatte sie sich schon lange zurechtgelegt und war ein wenig stolz, ihn endlich einmal anbringen zu können.

»Ich habe allerdings eine Frage, die mir kein anderer außer Ihnen beantworten kann.«

»Ich sagte Ihnen bereits ...«, hob Ivy säuerlich an.

Doch die Journalistin ließ sich nicht beirren. »Es geht nur darum, was Sie von den neuen Fotos halten.«

Ivy lachte kurz auf. Diese Frau hatte sich doch wohl nicht deswegen stundenlang ins Wartezimmer gesetzt, um zu hören, wie Ivy die neuen Promo-Fotos fand ... »Sehr schön! Sie sind ... atmosphärisch dicht, würde ich sagen.« Das las sie immer in den Zeitschriften.

Miss Bergstrom hob überrascht die Brauen. »Ähm ... Dr. Newman ... Ich weiß jetzt nicht, ob wir von den gleichen Bildern sprechen ...«

»Wieso?«, fragte Ivy.

Die Journalistin beugte sich tief über ihre Tasche und zog dann eine etwas dickere Zeitschrift heraus. Bevor sie diese auf den Schreibtisch legte, schien sie einen Moment zu zögern. »Es handelt sich um eine Zeitschrift, die eigentlich nur in den USA vertrieben wird. Aber aufgrund des Rummels, den die Auftritte mit ›Metallica‹ ausgelöst haben, werden die Bilder jetzt auch hier in England abgedruckt.«

Ivy blickte mit angehaltenem Atem auf das Magazin. Auf dem Titelbild prangte Jeff mit nacktem Oberkörper. »So kennt man ihn, und so liebt man ihn«, sagte Ivy mit einem erleichterten Lächeln.

»Vielleicht sollten Sie ein wenig blättern, Dr. Newman ...«

Ivy nahm das Heft beinahe genervt an sich und ließ die Seiten unter ihrem Daumen durchrauschen.

»Der Mittelteil ...«, half Miss Bergstrom.

Ivys Daumennagel bohrte sich bei der Lücke in der Mitte zwischen die Blätter – es war eine ausklappbare Posterseite.

Doch was sie darauf sah, nahm ihr den Atem: Jeff mit laszivem Blick, der seinen erigierten Penis hielt. Über ihm eine dunkelhaarige Schönheit, die auf seinem Schoß saß, den Po ein wenig angehoben, den Rücken zur Kamera, einen Arm um seinen Hals geschlungen.

Alles begann sich um Ivy zu drehen, ihre Hände begannen zu zittern.

»Ist das ... ist das eine Fälschung oder ...« Ivy versagte die Stimme. Sie blickte fast flehend in das Gesicht der Journalistin, als sie leise sagte: »Es ist doch eine Fälschung, oder? Ich meine, heutzutage kann man doch alles mit diesen Programmen machen ...« Es waren sinnlose Sätze, die sie aufbaute wie eine Schutzwand, um das Feuer abzuhalten. Ihre Hände waren eiskalt und feucht, wohingegen ihr Kopf zu brennen schien. Ivy atmete durch die Nase, die Lippen fest aufeinander gepresst. »Das ist ... unerträglich«, flüsterte sie.

»Es tut mir leid«, sagte die Journalistin.

»Ich ... kann das nicht glauben ...« Im gleichen Moment klingelte ihr Handy. Jeff war auf dem Display zu lesen. Das war ein weiterer Schock. Sie schaltete das Handy aus.

»Wenn Sie bitte gehen würden ...«, sagte Ivy tonlos.

Miss Bergstrom erhob sich langsam und schob dabei die Träger ihrer Tasche über ihre Schulter. »Es tut mir wirklich leid, Dr. Newman.« Damit verließ sie das Behandlungszimmer.

Ivy schloss die Augen. Für einen Moment wollte sie alles hinwerfen. Die Praxis, die Beziehung ... Alles.

Dann aber drückte sie den Knopf der Sprechanlage und sagte tonlos: »Der Nächste bitte!«

***

Bones war nervös. Er hatte das Gefühl, sein Kopf müsse zerspringen. Seit sie in den USA gelandet waren, hatte man ihn von einem Termin zum nächsten gescheucht, obwohl er eigentlich nur hatte schlafen wollen. Wenigstens hatten sie ihm Ivys Medikamente gelassen, von denen er reichlich nahm. Es herrschte eine Aufregung um ihn herum, wie er sie aus England nicht kannte. Selbst Tommy hatte seinen sprichwörtlichen Humor verloren und suchte wie ein Irrer irgendwelche Plektren, von denen eigentlich genügend herumlagen. Am liebsten hätte Bones geschrien, alle sollten mal für zehn Minuten die Fresse halten. Die Übelkeit verbesserte seine Stimmungslage auch nicht gerade.

Bis vor Kurzem hatte er noch gehofft, er würde einen der Metallica-Jungs persönlich treffen können, doch Ashes hatte ihm mitgeteilt, dass Metallica erst kurz vor ihrem eigenen Auftritt in die Halle kommen würden und danach auch gleich wieder gingen. Es würde nur am kommenden Tag einen kurzen gemeinsamen Fototermin geben. Die Band hätte einen auf die Minute ausgeklügelten Terminkalender. Anders als Bones und seine Jungs, die genügend freie Zeit hatten, um sich ausgiebig verrückt zu machen. Hinzu kam, dass er Ivy nicht erreichen konnte. Ständig hatte er ihren Anrufbeantworter am anderen Ende, und auf seine SMS reagierte sie nicht. Er verstand es nicht und die wildesten Befürchtungen machten sich in seinem dröhnenden Schädel breit. So sprach er ihr einfach immer wieder auf das Band.

»Hast du meine Drumsticks gesehen?«

Bones schüttelte verärgert den Kopf. »Nein, Mann.«

»Hey, Alter ... Nimm ’nen Schluck!«

Alan hielt ihm eine Flasche Whiskey hin und Bones trank gegen die Angst. Die halbe Flasche. Endlich wurde er ruhiger. Schnell warf er noch ein paar von Ivys Pillen ein und spülte sie mit Whiskey herunter. Eine tiefe Ruhe kam über ihn. Seine Gedanken wurden immer langsamer. Die Angst verzog sich wie ein böser Schatten. Jeff setzte sich auf einen Stuhl und beobachtete das Treiben um ihn herum, als sehe er einem Film zu. Seine Lider wurden schwer und sanken nieder, doch er schlief nicht ein, sondern ein Gefühl, nicht mehr Teil dieser Hektik zu sein, breitete sich in ihm aus. Er wurde aus dem Wahnsinn ausgegliedert.

»Bones?« Jemand rüttelte an seiner Schulter. »Bones? Los, wachwerden! Wir müssen auf die Bühne ...«

Willenlos ließ er sich auf die Füße ziehen.

»Was ist denn mit ihm los?«

»Ich hab keine Ahnung. Er saß einfach da ...«

Wie aus weiter Ferne lauschte er den Gesprächen, doch sie hatten nichts mit ihm zu tun.

»Bones? Alles klar?«

Er reagierte nicht. Seine Gedanken kreisten um Ivy. Sie hatte nicht ein einziges Mal zurückgerufen ...

»Hat er irgendwas genommen? Hat jemand von euch was gesehen?«

»Ich glaub ... vorhin ... irgendwelche von den Pillen, die er mit sich rumschleppt.«

»Oh Gott. Scheiße. Sag Ashes Bescheid. Er soll sofort herkommen.«

Scheinbar drückte ihn jemand gegen die Wand, obwohl er sich viel lieber setzen wollte. Seine Beine waren nicht mehr da.

»Was ist los?«

»Keinen Schimmer ... Er ist vollkommen weggetreten.«

Scharfe Schläge auf seine Wangen, doch er rührte sich nicht.

»Hol mal vom Catering den Eiskübel. Wie lange ist er schon so?«

»Weiß nicht. Ist mir eben erst aufgefallen, als ich ihn holen wollte.«

Wiederum Schläge. »Verdammte Kacke, Bones. Geht es nicht wenigstens einmal, ohne dass du Scheiße baust?«

»Wir sollten vielleicht die Sanis verständigen ...«

»Schwachsinn! Damit auch der letzte Trottel da draußen mitkriegt, dass unser Wunderknabe sich ins Nirwana gedröhnt hat? Im Leben nicht!«

»Ich hab das Eis.«

»Gut. Schütte ihm den Kübel über!«

»Was? Nee! Damit er aufsteht und mir eins in die Fresse haut? Ich denk nicht dran!«

»Gib her!«

Im nächsten Moment befand er sich unter einem Gletscher. Alles um ihn herum war eiskalt. Seine Haut zog sich zusammen. Und dann wurde ihm schlecht. Bones beugte sich nach vorn und erbrach sich.

»Ähhh! Mann! Das waren meine Stiefel!«

»Halt's Maul! Hauptsache, er ist wieder fit. Du bist doch fit, Bones. Oder?«

Er versuchte, tief durchzuatmen. Die saure Galle erfüllte seinen Mund und er spuckte aus.

»Hier ist Wasser ...«

Bones nahm den Becher von Woodrow, gurgelte und spuckte dann abermals.

»Geht's?«

Er nickte vorsichtig, denn er ahnte, welches Gewitter ansonsten in seinem Schädel losbrechen würde.

»Gut. Wir können!«

Bones öffnete die Augen und sah einen langen, grauen Tunnel vor sich. Alles Beton. Leute standen da und beobachteten ihn. Ein Geräusch drang an sein Ohr. Mit jedem Schritt wurde es lauter. Der Tunnel schien kein Ende zu nehmen. Eine der

Neonröhren zitterte. Bones Körper war eiskalt. Er fror. Die nassen Klamotten klebten unangenehm an seiner Haut. Das Geräusch steigerte sich zu Lärm. Er bekam Angst. Todesangst. Alles an ihm schien sich zu verkrampfen. Er blieb stehen. Keinen Schritt konnte er mehr gehen. Doch man schob ihn. Zog an seinen Armen. Ruckartig ging sein Atem.

»Da geht's rauf!«, hörte er Ashes sagen und jemand drückte seinen Hintern, um ihn ein paar Stufen hinaufzuschieben.

Er erinnerte sich nicht an seine Texte. Alles weg. Zu seinen Füßen und an den Wänden hoch bis zur Decke: Menschen!

Sein Kopf war vollkommen leer. Panik. Eiskalte Angst.

Tommy trat dicht neben ihn, berührte ihn mit der Gitarre. »Suckers ... Bones ... Suckers!«, rief er direkt in sein Ohr.

Er wusste, dass er dieses Lied tausend Mal gesungen hatte, aber jetzt erinnerte er sich nicht mal an die erste Zeile. Mit unsicherem Blick schaute er Tommy an.

»Hell's breakin' lose ... Bones! Hell's breakin' lose ...«

Die ersten Takte. Kalter Schweiß auf seiner Stirn.

Hell's breakin' lose. Und dann war es da. Maßlose Erleichterung erfasste ihn. Die Lippen dicht am Mikrofon, begann er zu singen.

Sie grölten. Machte er etwas falsch? War es das falsche Lied, das er sang? Er spürte, dass er seine Hände rang. An seinen Fingern zog. *Bleib ganz ruhig ... Ganz ruhig*, redete er sich selbst gut zu. Sein Blick wanderte hinter die Kulissen. Ashes stand da. Wie immer. Und er nickte mit strengem Gesicht. Zum ersten Mal in seiner Karriere konnte er die Reaktionen des Publikums nicht einschätzen. Trotz seiner Kopfschmerzen merkte er, dass die wenigsten die Songs kannten, bei denen in England wirklich jeder mitsingen konnte. Sie grölten an den falschen Stellen und die leisen bemerkten sie zu spät. Für seine

Begriffe lief gerade alles schief. Er wollte nur noch runter von der Bühne, doch er riss sich zusammen. Er war Profi und als solcher gab er auch unter widrigen Umständen alles. Wobei er selbst nicht zuletzt zu diesen Umständen beigetragen hatte. Und in seinem Hinterkopf lauerte noch immer die Frage, warum Ivy sich nicht rührte. Das war das Schlimmste.

Als alle Lieder gespielt waren, bedankte er sich und ging dann von der Bühne. Es gab vereinzelte Forderungen nach Zugabe, aber er wusste, dass das nicht eingeplant war.

Bones war noch nicht richtig von der Treppe, als schon die »Roadies« an ihm vorbeistürmten, um mit den Umbauten zu beginnen. Jetzt wurde auf der Bühne alles um einige Nummern größer. *Das ist nicht meine Welt*, dachte er, und dass die Auftritte in den USA ein Fehler waren. Vielleicht sein größter Fehler überhaupt. Wäre es nach ihm gegangen, sie hätten den nächsten Flug nach Hause genommen. Er konnte nur beten, dass Europa besser laufen würde.

»Toll, Jungs. Hat mir richtig gut gefallen«, verkündete Ashes und rieb sich die Hände.

Zuerst sahen alle ihn an und dann wanderten die Blicke hin und her und auch zu Bones. So hatte er die Jungs noch nie auflaufen lassen. Schnaps und Tabletten – er hätte es wissen müssen.

»Ein Scheiß war's!«, brüllte Alan auf einmal. »Die haben doch alle wie angetackert auf ihren verfluchten Stühlen gehockt!«

»Ja gut ... Aber hier ist nun mal Bestuhlung ...«, wiegelte Ashes ab.

»Ach, das war alles Bullshit«, nörgelte Declan.

Bones schwieg. Er wusste nicht, ob er eine Debatte um seine Leistung durchhalten würde.

»Und was war mit dir los?«

Die Frage war an ihn gerichtet. Er zuckte mit den Schultern. Die Lust sich zu erklären ging gegen Null.

»Du konntest am Anfang nicht mal deinen Text ...«

»Ach komm ... Er war nervös. Wem ist es noch nicht so ergangen?« Überraschenderweise kam diese Hilfestellung ausgerechnet von Ashes.

»Leck mich am Arsch«, knurrte Bones und griff nach der Whiskeyflasche, die noch immer neben ihm auf einem kleinen Tisch stand.

Das Handy schien in seiner Hand so zu kribbeln, dass er immer wieder irrigerweise meinte, Ivy melde sich. Doch jedes Mal wenn er dann auf das Display schaute, war es eine falsche Annahme gewesen.

»Was hast'n dauernd mit deinem Handy?«, wollte Declan wissen.

»Hättest dich besser auf den Gig konzentrieren sollen«, sagte Dave sichtlich wütend.

»Er wartet sicher auf 'ne Nachricht von seiner Süßen ...«, mutmaßte Alan.

Bones leerte die Flasche, erhob sich und baute sich sodann vor Alan zu seiner vollen Größe auf. Alan blickte zu ihm hoch, als stünde er vor einem gewaltigen Felsmassiv.

»Hast du ein Problem mit mir?«, fragte Bones. »Quatsch dich ruhig aus!«

»Macht keinen Stunk, Jungs«, mahnte Ashes, der seinen Schützling nur allzu gut kannte.

Aber Bones merkte selbst, dass er wieder in ein altes Muster zu verfallen schien. Dennoch, er konnte nicht anders.

Alan lehnte sich zurück. »Ich werde dir keinen Vorwand liefern, mir eins in die Fresse zu hauen!«, erklärte er.

Bones wandte sich ab, doch nicht, ohne Alans Stuhlbein

einen Tritt zu verpassen, woraufhin dieser beinahe umfiel. Mit wedelnden Armen fing er sich gerade noch ab.

Bones verlor die Kontrolle. Wenn Ivy nicht in seiner Nähe war, entglitten ihm die Dinge. Und obwohl er es wusste, griff er nach der nächstbesten Flasche, die er fand. Diesmal war es Wodka. Er wollte sich die Lichter ausschießen.

»Ich schlage vor«, rief Ashes, »dass wir heute Abend alle ein bisschen ausgehen. Ich habe von einem erstklassigen Club gehört. Nicht weit von hier. Also finden auch diejenigen zum Bus zurück, die einen längeren Weg nicht mehr schaffen würden.« Er lachte breit in die Runde. »Vergesst den Kram von heute Abend einfach und schaut nach vorn. Übermorgen ist der nächste Gig und der muss der beste werden!«

Eins musste man Ashes lassen, sagte Bones sich, er wusste, wie er Dampf aus dem Kessel ließ. Hätte er sie jetzt alle in den Bus geschickt, hätten sie sich gegenseitig die Köpfe eingeschlagen. Alle, außer ihm. Ihm hätten sie das Kreuz gebrochen.

***

Der Club war nur zwei Straßen von der Halle entfernt. Über dem Eingang hing eine Leuchtreklame mit dem Schriftzug »Cavalier's Club«. Neben der Tür gab es einen Schaukasten, in dem fleckige Fotos von Table-Dance-Schönheiten hingen.

»Ein erstklassiger Club, wie?«, brummte Bones in Ashes Richtung.

»Warte ab bis du die Mädels siehst …«, verkündete der Manager verheißungsvoll.

Bones hatte kein Interesse an den Mädels, er wartete immer noch, dass Ivy sich meldete.

Aber einen guten Drink konnte er nach diesem Tag sehr wohl vertragen.

In der Bar erwartete die Gruppe eine kleine Überraschung.

Ein paar Männer mit Baseball-Caps saßen am Tresen aufgereiht. Sie trugen Holzfällerhemden und wattierte, ärmellose Westen. Über der Bar hing ein Fernsehapparat, der zwar stummgeschaltet war, aber ein Baseballmatch zeigte, das die Männer mehr zu interessieren schien, als die Frau, die sich an einer Stange die Seele aus dem Leib tanzte. Sie trug einen goldenen Bikini, der mit baumelnden Glitzerfäden überzogen war, die mit jeder Bewegung mitschwangen. Die Tänzerin war eigentlich zu mollig für einen solchen Bikini, aber ihre Bewegungen waren reizvoll und durchaus gekonnt. Zudem war sie ausgesprochen gelenkig, wie sie sich so in ihren goldenen Highheel-Stiefeln um die Stange wand.

Tommy war ohne zu zögern zu einem der Tische marschiert, die der Tanzfläche am nächsten standen. Außer ihnen war dort niemand.

Declan sammelte ihre Getränkewünsche und ging dann zum Tresen, um zu ordern.

Die etwas in die Jahre gekommene Bardame mit der zementierten Dauerwelle zapfte das Bier und gab Declan sogar ein Tablett, damit er alle Gläser auf einmal zum Tisch tragen konnte.

Declan kam an den Tisch zurück und verteilte die Drinks.

Die Tänzerin witterte wohl Trinkgeld und gab sich besondere Mühe, die Gruppe gutaussehender Kerle zu animieren. Nur Ashes und Bones sahen sich eher gelangweilt um. Für den Rest schien sie die aufregendste Frau aller Zeiten zu sein. Tommy, der zur Hochform auflief, kommentierte ihre lasziven Bewegungen mit Applaus und Gejohle, woraufhin sie die Hüften noch exzessiver kreisen ließ und mit den Brüsten wackelte.

Eine weitere Drehung um die Stange, dann kam sie an den Tisch getanzt. Natürlich war Tommy ihr erstes Ziel. Sie rüttelte ihren Busen vor seinem begeistert strahlenden Gesicht, woraufhin er ihr einen Geldschein in den Ausschnitt steckte. Ihr Unterleib machte ruckende Bewegungen, während sie sich über seinen Schoß gestellt hatte.

Bones amüsierte der Anblick seines Freundes, der die Tänzerin bei den rundlichen Hüften hielt und so tat, als schnuppere er verzückt in ihrem Haar. Sie war ohne Frage attraktiv, und sie wusste ihren Körper einzusetzen. Bones fiel es schwer, nicht zu ihr hinzusehen. Auch wenn sie mollig war, so war ihr Körper doch fest und sexy. Keines von den dürren Dingern, die sich ihnen normalerweise nach den Shows anboten. Und ihre Titten, die aus dem goldenen BH zu hüpfen schienen, machten ihn genauso an.

Die Art wie sie Tommy antanzte, war professionell und dabei extrem heiß. Er war sich unsicher, ob er noch etwas trinken sollte, um seine Gier einzudämmen, oder ob er dann Gefahr lief, die Kontrolle zu verlieren.

Es war ihm nämlich nicht entgangen, dass sie zwar Tommy aufheizte, aber ihm immer wieder tiefe Blicke zuwarf.

Dennoch, er hatte sich vorgenommen, Ivy nicht zu betrügen. Dieses Mal würde er treu sein. Dieses Mal würde er die Beziehung nicht zerschießen. Bones hatte sich entschlossen, diesen Abend zu ertränken und so merkte er nicht gleich, dass die Tänzerin sich von Tommy abgewendet und ihm dafür zugewendet hatte.

So stand sie vor ihm, die Knie leicht gebeugt, und wackelte mit ihrem Po. Das Höschen war ein wenig in die Spalte gerutscht und ließ ihre Hinterbacken noch runder wirken. Mit ein paar kräftigen Stößen schien sie ihn zum Zugreifen animieren zu wollen, dabei bebten die goldenen Fädchen.

Hätte es Ivy nicht gegeben, er hätte sich kaum die Gelegenheit entgehen lassen ... So aber saß Bones nur ruhig da und trank, damit der Nebel in seinem Kopf dichter werden konnte.

Die Tänzerin hatte ihre Taktik geändert und ließ nun ihr Becken langsam kreisen. Ihr Körper war biegsam und ihre Bewegungen erinnerten an die einer Bauchtänzerin. Lasziv reckte sie die Arme über den Kopf.

Die Jungs schienen beinahe durchzudrehen. Sie feuerten die Tänzerin an, forderten, sie solle sich ausziehen.

»Ich heiße Dolores. Aber du darfst mich Dolly nennen ...«, hauchte sie Bones ins Ohr, was der mit einem erhobenen Glas quittierte. Ihr Hintern strich in gleichmäßigem Rhythmus über seinen Schoß. Bones lehnte sich ein wenig zurück, da ihr Haar in seinem Gesicht zu kitzeln begann. Außerdem drohte sie, mit seinem Glas zu kollidieren.

Ashes hob die Runde auf. »Okay, Jungs, genug für heute! Wir müssen los. Wir müssen heute Nacht noch weiter und wir haben morgen einen Auftritt.«

Die Bandmitglieder murrten und schnaubten. Bones war es nur recht, zu diesem Zeitpunkt aufzubrechen. Vielleicht hatte Ashes auch gespürt, wie unwohl sich Bones in der Nähe der Tänzerin gefühlt hatte.

Alle folgten Ashes, nachdem er an der Bar bezahlt hatte und das Tanzlokal verließ. Er teilte ihnen mit, dass er extra den Hinterausgang wählte, weil sich am Haupteingang schon wieder einige Fans versammelt hatten und er keine Lust auf Autogrammeschreiben von Bones und den Jungs hatte.

Als Bones die Tür aufstieß, standen sie plötzlich Dolly gegenüber. Einen wattierten Mantel über ihrem Kostüm, stand sie auf dem leeren Hinterhof, der eher Brachland ähnelte, und hatte offensichtlich auf sie gewartet. Ein halb zerbrochener Bretterzaun trennte diesen rückwärtigen Bereich von der Umgebung. Hart getretener Sand. Zwischen wilden Brombeersträuchern hatte jemand Müll abgeladen, der vor sich hin rottete. Im fahlen Mondschein erkannte Bones einen alten, abgehängten Trailer.

»Wollt ihr noch kurz zu mir, Jungs? Dann kommt mit!«, forderte Dolly sie auf.

Der Trailer war ihr Zuhause. Die verbeulte Tür wurde lediglich von einem kleinen Vorhängeschloss gesichert, wie man es in jedem Baumarkt für ein paar Pennies bekam. Dolly steckte einen winzigen Schlüssel hinein und öffnete.

Bones dachte sich, dass er diese Tür hätte aufhusten können.

In dem Trailer war es angenehm warm. Es war das einzig Positive, was ihm bei dem Anblick des Innern einfiel. Sie waren umgeben von alten Möbeln, die wirkten, als seien sie beim Sperrmüll eingesammelt worden. In dem kleinen Küchenspülbecken stapelte sich schmutziges Geschirr. Es war die Einrichtung einer Frau, die keine Aussichten auf ein halbwegs besseres Leben hatte und die sich keine Mühe mehr gab, das zu verbergen.

»Ich hab noch nicht aufgeräumt, Jungs. Hatte nicht mit Besuch gerechnet.« Ihr goldener Bikini hatte etwas beinahe Bizarres in dieser Umgebung. »Entspannt euch!«, sagte sie und deutete zu einer abgenutzten Sitzgruppe im hinteren Teil des Wagens. Ein Kopfkissen und eine Steppdecke lagen dort. Offensichtlich diente die Sitzgruppe Dolly als Bett.

Wie in einem Automatismus schaltete Dolly einen kleinen Fernseher an, drehte aber gleich den Ton leise.

»Du ... Schau mal da hinten in den Schrank, da sind noch ein paar Flaschen ... Hol die mal raus!«, bedeutete sie Dave, der sich sofort an die Arbeit machte. »Wenn ihr Gläser braucht, müsst ihr spülen!« Es war keine launige Bemerkung, sondern eine trockene Feststellung.

Niemand hatte Lust zu spülen.

Dolly setzte sich und zündete sich eine Zigarette an.

»Wo kommt'n ihr her?«, fragte sie, während sie den Rauch gegen die niedrige Decke blies.

»London«, antwortete Tommy.

»Is das in Iowa?«

»London, England.«

»Au verdammt«, sie stieß einen Pfiff aus. »Deswegen redet ihr so komisch.«

Sie lachten.

»Und was macht ihr hier?«

Es war an Ashes zu erklären und während er sprach, öffneten sich Dollys Augen immer weiter.

»Leck mich am Arsch. Dann seid ihr Jungs ja richtige Berühmtheiten!«, verkündete sie verblüfft. »Und appetitliche noch dazu ...« Sie drängte ihre Brüste gegen Dave, der neben ihr saß.

Bones sah, dass ihre Hand zu seiner Beule wanderte.

»Denkst du, du kannst es mit uns allen aufnehmen?«, wollte Tommy wissen, der dem billigen Whiskey aus Dollys Hausbar begeistert zusprach.

Sie lachte hell auf. »Lass es uns ausprobieren!«, rief sie, öffnete Daves Hose und beugte sich über ihn.

Bones sah nur noch ihr Haar, das sich auf und ab bewegte.

»Oh mein Gott«, stöhnte Dave und legte den Kopf in den Nacken.

Ohne etwas dagegen unternehmen zu können, schwoll Bones Ständer. Das Blut schoss in seine Lenden, während er die Vorgänge beobachtete.

Plötzlich tauchte Dolly wieder auf. »Schieb mal den Riegel vor!«, sagte sie und Declan, der am leichtesten aus der Sitzecke zur Tür kam, folgte ihrem Befehl.

Jetzt kletterte sie auf Daves Schoß, beugte sich aber zu Tommy und küsste ihn leidenschaftlich. Dieser, so aufgeheizt, löste sich von ihr und zog sein Shirt über den Kopf, woraufhin Dolly sich über seine Brust beugte und begann, seinen Nippel zu saugen.

Declan kam zurück. Ohne abzuwarten, stieg er aus seinen Sachen. Er nahm den kleinen Tisch und zog ihn in den engen Mittelgang. Jetzt hatten sie alle freien Zugriff auf Dolly. Alan stellte sich hinter sie und zog ihr Höschen zur Seite. Sie war rasiert, stellte Bones erregt fest. Als Alan die Hand ausstreckte und ihre Pussy zu reiben begann, musste er tief Luft holen. Sie war heiß. Und die Vorstellung, dass sie es mit allen treiben würde, löste bei ihm wilde Gier aus.

Er nahm einen großen Schluck aus der Flasche.

Declan stand neben ihr und rieb seinen harten Schwanz. Als sie sich aufrichtete, zog Dave ihren BH über ihren Brüsten nach oben, sodass ihre Nippel sich sofort aufrichteten. Sie streckte eine Hand in Ashes Richtung aus. Außer Bones war er inzwischen der Einzige, der noch seine Sachen anhatte.

»Komm her, Süßer«, murmelte sie.

Während die anderen an ihrem Körper saugten und kneteten, versenkte sie ihre Zunge in Ashes Mund. Alan wollte offensichtlich nicht mehr warten. Er stellte sich hinter Dolly, zog ihre Spalte auseinander und schob seinen Schwanz in ihr Loch. Sie kauerte in höchst unbequemer Position und nahm abwechselnd die ihr dargebotenen Schwänze in den Mund.

Die schmatzenden Laute erregten Bones noch mehr. Er sah die verzückten und konzentrierten Gesichter der Männer.

Der nächste war Alan, der Dolly, den Rücken ihm zugewandt, auf seinen Schaft zog. Die Beine angewinkelt und gespreizt, ließ sie ihren Kitzler gleichzeitig von Dave lecken und reiben. Sie begann, laut zu stöhnen, während Alan ihre Brüste so heftig knetete, dass das Fleisch sich rötete.

»Ja – gib's mir, Baby!«, keuchte sie.

»Hey, du schiebst ihr deinen Schwanz in den Arsch und ich nehme ihre Pussy«, schlug Declan vor.

Sie benutzten die Tänzerin wie eine Gummipuppe und diese stellte keinerlei Forderungen, sondern ließ sich in alle Löcher ficken.

Im Sandwich genommen zu werden, bereitete ihr offensichtlich keinerlei Schwierigkeiten. Im Gegenteil – Dolly schrie und stöhnte, während ihre Brüste auf und ab ruckten. Sie hielt lediglich ihre Beine mit den Händen hoch, da sie kraftlos zu werden drohten. Alan spritzte mit einem lauten Schrei ab.

»Oh Gott ... du Sau«, keuchte Dolly, als er sich mit einem Ruck aus ihrem Hintern zog und ein Schwall seines Samens aus ihr herauslief.

»Wer will jetzt?«, grinste sie in die Runde und ihre Blicke blieben an Bones haften. Sie merkte offensichtlich jetzt erst, dass er sich noch nicht ausgezogen hatte.

»Was ist los, Süßer?«, murmelte sie und befreite sich von allen Schwänzen, die sie umgaben.

Bones sah sie lange an. Er hatte die Nässe bemerkt, die an ihren Schenkeln herabfloss, und der sie keinerlei Aufmerksamkeit schenkte. Sanft strich sie sein Haar zurück und küsste ihn zärtlich auf den Mund. Ihre Hände glitten unter sein Hemd und streichelten über seine Brust und den Bauch. »Ich spüre, dass du heiß bist, Baby ... Ich gefalle dir doch ...«

Er lächelte. »Klar gefällst du mir, aber ich habe eine Freundin ...«

Dolly grinste verführerisch. »Du sollst mich ja auch nicht heiraten ... nur ein bisschen vögeln ... Da ist doch nix dabei ...«

Bones sah Ashes, dessen eine Hand in seiner Hose wirkte, während seine andere gedankenversunken mit ihrer Klitoris spielte.

»Die Jungs machen mich so geil ... Und du lässt dir den ganzen Spaß entgehen«, murmelte sie. »Komm schon ... Ich lecke dich ein bisschen und dann steckst du ihn auch mal rein ... Ja?«

Er schüttelte seine schwarze Mähne. »Lass gut sein. Ich schau euch zu, okay?«

Dolly warf lachend den Kopf hoch. »Na gut. Vielleicht ja später ...« Damit lehnte sie sich über Ashes Hose und zog seinen Ständer heraus. »Komm her ...« Sie setzte sich auf ihn und bewegte sich langsam auf und ab.

»Oh Gott, ich spritze«, ächzte der Manager bereits nach wenigen Hüben. »Uuuuuh«, stöhnte er, doch Dolly ritt ihn gnadenlos weiter.

»Leck mich sauber!«, kommandierte sie plötzlich, legte sich auf den Tisch und spreizte die Beine.

Ashes ließ sich das nicht zweimal sagen und schob sein Gesicht vor ihre nasse Spalte.

Alan allerdings war noch nicht fertig mit Dolly. Er kniete sich neben sie auf den Tisch und schob ihr seinen Schwanz zwischen ihre Lippen. Ihren Kopf zwischen seinen Händen wie in einem Schraubstock, gab er sich mit geschlossenen Augen einem heftigen Facefuck hin.

Tommy wiederum wichste seinen Ständer bis er laut stöhnend auf Dollys wippenden Brüste kam.

Mit ihren langen Nägeln streichelte sie intensiv ihren Lustkern, während Ashes gar nicht mehr aufhören wollte sie zu lecken.

»Ja, das ist gut ... uuuh ... jaaaa ... genau da ... oooh ...«

Sie ließ ihre Finger durch Tommys Samen gleiten, zog dann Ashes Kopf hoch und schob ihm die benetzten Finger in den Mund. Er saugte sie genüsslich.

»Komm hier rüber!«, rief Dave und dirigierte Dolly auf die Sitzbank. Sie kniete sich hin und ließ sich von ihm von hinten nehmen, während sie Declans Schwanz tief in ihre Kehle gleiten ließ. Ashes war erschöpft. Er lag halb auf seinem Stuhl und rieb seinen weichen Schwanz.

Bones konnte sich nicht mehr beherrschen. So schnell er konnte, stand er auf und verschwand in dem winzigen Bad.

Mit fahrigen Händen öffnete er seine Hose und ließ sie herabgleiten. Er presste seine Stirn gegen die Tür und begann, sich zu reiben. Vor seinem inneren Auge sah er Ivy. Er stellte sie sich vor, wie sie auf dem Esstisch lag. Die Schenkel weit gespreizt. Der Geschmack ihrer Spalte schien sich auf seiner Zunge auszubreiten. Sie tauchte mit ihren Fingern tief in ihre nasse Spalte. Das verzückte Gesicht spiegelte ihre Geilheit, während sie es sich machte. Bones spürte, wie sich sein Handgelenk schmerzhaft verkrampfte. Er wollte nichts so sehr, wie sie jetzt ficken. Hart und pulsierend lag sein Schaft in seiner Hand. Er quetschte und zerrte ihn. Riss seine Vorhaut brutal vor und zurück. Seine Kehle war wie eingeschnürt. Mit offenem Mund stöhnte er und hörte dabei durch die dünne Tür die Geräusche der anderen. Die Bilder vermischten sich in seinem Kopf. Dolly, die von seinen Männern benutzt wurde und Ivy, die sich wild zuckend auf dem Tisch selbst befriedigte. Seine Lenden krampften. Das Blut pochte in seinen Schläfen. Er pumpte gegen den Druck an, der seinen Schwanz zu sprengen schien. Kraftvoll stemmte er eine Hand gegen das Türblatt und wichste mit der anderen so schnell er konnte. Und dann kam er. Es war eine ungeheure Explosion. Die Hitze schoss durch seinen Körper, während sein Samen hervorspritzte und seine Hand zu überziehen begann. Dicke Tropfen landeten an der Tür und auf dem Boden. Jede Faser seines Körpers hatte sich zu einem einzigen Punkt konzentriert. Die Lust riss ihn mit sich. Die Stirn noch immer gegen die Tür gepresst, nahm er seine andere Hand und knetete seine straffen Eier. Sein Schwanz war noch immer hart, wenn auch die wildeste Gier überwunden war. Hätte er Ivy jetzt bei sich gehabt, er hätte sie nochmals gevögelt. Sein Hunger auf ihren Körper schien keine Grenzen zu kennen. Er stellte sich vor, wie Dolly sie verführte. Wie die beiden Frauenkörper sich aneinander rieben. Die harten Nippel ... die nassen Mösen. Zungen, die sich umtanzten, um dann in den Mund der jeweils anderen einzutauchen. Sein Schwanz spannte sich an. Die Haut trocknete und bekam wieder die seidige Geschmeidigkeit, die sich so gut anfühlte. In seiner Fantasie kniete Ivy vor Dolly. Die Tänzerin zog Ivys Spalte auseinander und züngelte das nasse, geschwollene Fleisch. Keuchend begann seine Hand wieder, an seinem Schaft auf und ab zu fliegen. Er musste ficken. Jetzt. Sofort. Sein Schädel platzte beinahe. Was hielt ihn davon ab, diese Tür aufzureißen, sich Dolly zu schnappen und seinen Ständer in ihre Pussy zu rammen? Oder in ihren Arsch. Diesen engen, geilen Arsch, dessen Muskeln ihn mit Sicherheit in den Wahnsinn treiben würden. Er wand sich selbst unter dem Ansturm der Geilheit. Seine Nägel gruben sich in seine Eier. Nur der Schmerz konnte ihn davon abhalten, sie zu ficken. Seine Eichel, seine Vorhaut, sie schienen zu verbrennen, so hart benutzte er sie. Er würde es nicht tun. Niemals. Aber der Druck war so unerträglich. Und auch jetzt, da er zum zweiten Mal heftig kam, ließ er nicht nach.

Schenkel und Lenden nass von seinem Samen, sackte Bones

in die Hocke. Wenn er Ivy nicht bald bekam, würde er wahnsinnig werden. Er überlegte ernsthaft, den nächstmöglichen Flug nach England zu nehmen. Schon im Flur würde er über sie herfallen. Sie in der offenen Wohnungstür rannehmen. Es war reiner Wahnsinn, der ihn beherrschte. Die beinahe übermenschliche Gier nach ihrem Körper, nach ihrer nimmersatten Geilheit. Keine andere Frau war wie sie.

Mühsam kam er wieder auf die Beine, doch es war nicht die Erschöpfung nach zwei Orgasmen, die ihn lähmte, sondern die Sehnsucht nach Ivy. Nach diesem funkelnden Diamanten. Es war Bones, als habe man ihm die Luft zum Atmen genommen. Er hasste Ashes, er hasste die Tour, er hasste Amerika. Er hasste alles, was ihn von ihr fernhielt.

Als er aus dem Bad trat, hatte sich das Bild vollkommen gewandelt. Dolly trug einen Kimono aus billigem Seidenimitat und die Jungs hatten sich wieder angezogen. Sie saßen um den Tisch herum und tranken und rauchten. Jemand hatte Koks-Lines gezogen, die reihum aufgesaugt wurden. Dolly hatte sich überraschenderweise in Ashes Arme gekuschelt, der gedankenverloren ihre Brüste in dem weit aufklaffenden Morgenmantel streichelte.

»Er hat sich einen runtergeholt …«, johlte Tommy, als sein Blick auf Bones fiel. Seine Augen waren glasig.

»Dolly hätte dir so gern geholfen!«, fügte Dave mit unsicherer Stimme an.

»Was habt ihr? Bones hat nur gerade seinen Lieblingsmenschen gefickt!«, kam es laut glucksend von Declan.

»Wir sollten zum Bus zurückgehen«, sagte Bones wie ein Lehrer, der seine Schüler nach einem Ausflug zusammentrommelt.

Niemand beachtete die Aufforderung.

Er machte eine wegwerfende Handbewegung, als er sah, wie Dolly sich mit weit offenem Mund zu Ashes Gesicht emporreckte. Die beiden würden sicherlich noch einen Durchgang machen ...

***

Ivy konnte sich nur schlecht auf ihre Lektüre konzentrieren. Sie hatte sich für ihre Mittagspause die Liste mit den gesetzlichen Änderungen der Verordnungs-Vorschriften vorgenommen. Ein Paragraph reihte sich an den anderen. Und draußen fiel der Schnee in dichten Flocken. Seit dem Jahreswechsel erstickte London beinahe im Schnee. Es hatte einen Tag nach Jeffs Abreise begonnen und seitdem nicht mehr aufgehört. Selbst auf den Weihnachtsbeleuchtungen lagen dicke weiße Kissen.

Je näher die Termine für die Europatournee rückten, desto unwohler wurde ihr. Sie schlief kaum noch und essen konnte sie auch praktisch nicht mehr.

Es war schwer, Jeffs Nachrichten zu ignorieren, aber wie sollte sie sich verhalten, wenn sie – wie Jenny vorgeschlagen hatte – in Paris vor ihm stünde? Ja, sie wollten sich tatsächlich in Paris treffen! Kannte sie nicht seine Anziehungskraft? Sie liebte ihn noch immer ...

Und seine SMS zu lesen, wie er litt, dass sie sich nicht bei ihm meldete, machte sie beinahe wahnsinnig. Doch sie machte sich nichts vor. Sie kannte alle Berichte in den britischen Medien. Die Jubelarien auf den Stern, der dort am Firmament der Rockmusik aufgegangen war. Die Bilder der Fans, der Hysterie nahe, die vor den Plattenläden Schlange standen, um das neueste Album in der Special Edition zu ergattern.

Sie wollte seine Nachrichten nicht mehr lesen. Es war für sie, wie mit dem Rauchen aufzuhören. Entweder man ließ die Finger davon oder rauchte weiter. Aber so sehr sie sich auch bemühte, es gelang ihr nicht, die grauenhaften Bilder von ihm mit anderen Frauen zu verdrängen, sie kamen ihr ständig vor Augen. Und je länger die Trennung von ihm dauerte, desto mehr vermisste sie Jeff. Immer wieder stellte sie sich die Frage, warum er es getan hatte.

Noch nie hatte Ivy so viel wegen eines Mannes geweint. Sie wünschte sich nichts sehnlicher, als dass er ein ganz normaler Mann wäre. Aber dann, und dessen war sie sich ebenso bewusst, wäre Jeff eben nicht Jeff, und schon gar nicht Bones. Mit all seiner Kreativität, seiner Einfühlungskraft, seinen vielen Ideen und Visionen ...

Ivy senkte den Kopf. Sie fühlte sich, als hätte sie jemand verprügelt. Ihr Körper schmerzte ebenso wie ihre Seele. Sie sah auf die Uhr ... Es war nach Mitternacht und somit waren es noch zwei Tage bis zu ihrer Abreise nach Paris. Die Stadt der Liebe.

Sie erhob sich und lief ruhelos durch die Wohnung. Überall standen noch seine Fotos. Schnappschüsse. Sie sah auf ein Bild und erinnerte sich, wie er in der Küche gestanden und Kaffee gekocht hatte. »Jeff!«, hatte Ivy gerufen. Er hatte sich umgedreht und sie hatte auf den Auslöser gedrückt. Ivy lächelte. Ihr Blick wanderte weiter zu eins ihrer Lieblingsbilder von ihm, wo er nackt auf dem Bett gesessen und in einem Buch gelesen hatte. Dieses Grinsen, dieses Funkeln in den Augen ... Er hatte das Buch zur Seite geworfen und sie gepackt. Wie die Kinder hatten sie sich mit Kissen verprügelt. Waren sich am Ende atemlos in die Arme gesunken und hatten sich geliebt ...

Das war der Mann, der all ihre Gedanken beherrschte, der aus ihrem eintönigen Arzt-Leben ein neues Dasein geschaffen hatte.

Tränen stiegen in Ivys Augen. Die Vorstellung, ihn zu verlieren, war unerträglich. Sie schaffte es nicht, ihn zu verbannen. Ihr altes Leben stand wie eine graue, trostlose Einsiedelei vor ihr. Dahin wollte sie auf keinen Fall mehr zurück.

Ivy kam zu einem Entschluss: Sie würde die Dinge auf sich zukommen lassen, nach Paris fahren und einfach sehen, was passieren würde.

***

Das Taxi hielt vor dem Eiffelturm. Ivy hatte Jeff kurz vor ihrer Abreise eine SMS geschickt. Nun stand sie hier, mitten im Schnee um neun Uhr morgens, vor diesem imposanten Bauwerk. Doch so sehr sie auch den Eiffelturm bewunderte, er schaffte es nicht, sie von ihrer Nervosität abzulenken. Ivy musste auf die Toilette. Sie hielt inne und zwang sich, ruhig durchzuatmen. Eins ... zwei ... drei ... Einatmen. Eins ... zwei ... drei ... Ausatmen. Sie hatte ihre Augen geschlossen gehalten und hatte das Gefühl, dass sie nun etwas beruhigter war. Als sie die Augen öffnete, sah sie Jeff. Ihr Herz machte einen Satz.

Er sah aus wie ein riesiger schwarzer Schatten, der mit weit ausholenden Schritten auf und ab ging. Sie bemerkte auch den Soldaten, der Jeff aus dem Augenwinkel beobachtete.

Als müsse sie sich noch sammeln, verharrte Ivy in gewissem Abstand und beobachtete Jeff, wie er wieder stehen blieb, seinen Ärmel etwas zurückschob und auf seine Uhr schaute.

Plötzlich überfiel Ivy Panik. Sie wollte weg. Was, wenn er gerade aus dem Bett einer dieser vielen hübschen Französinnen gekommen war? Ihr Gesicht begann zu glühen. Sie ging einen Schritt rückwärts.

Dann trafen sich ihre Blicke.

Jeff schien zu erstarren, dann kam er mit langen Schritten auf sie zu, sicher und bestimmt.

Wie zur Salzsäule erstarrt stand Ivy im Schnee und blickte

ihm entgegen. Jeff sagte kein Wort, sondern legte nur die Arme um sie. Fest. Warm. Entschlossen.

»Du bist da ... endlich!«, flüsterte er in ihr Haar.

Es war eine solche Erleichterung in seiner Stimme, dass sie beinahe weinen musste. Dann legte er seine Finger unter ihr Kinn und hob ihr Gesicht zu sich. Seine Augen wanderten über ihre Züge, als müsse er sich ihrer erinnern, die Details neu erfassen. Seine dichten Wimpern senkten sich über seine Augen, er neigte den Kopf und berührte ihre Lippen ganz sacht.

Mit allem hatte sie gerechnet, nur nicht mit dieser Sanftheit. Seine Lippen waren warm, sein Kuss süß.

Ivy war glücklich.

Jeff löste seine Lippen von ihren, doch sein Gesicht ruhte noch immer mit geschlossenen Augen an ihrer Wange. Der Duft seines Haares umhüllte sie und sie fühlte sich geborgen.

»Es kommt mir vor wie eine Ewigkeit, dass ich dich so gehalten habe ...«, flüsterte er und richtete sich auf. So zwang er Ivy, zu ihm aufzusehen. »Ich hatte schon ganz vergessen, wie verdammt gut sich das anfühlt!« Sein Gesicht leuchtete, seine Augen blitzten. Plötzlich überzog ein Schatten seine Züge. »Du frierst! Komm!« Er nahm ihre Hand und eilte zu einem nahegelegenen Taxistand. »Wir fahren ins Hotel. Da kannst du dich aufwärmen und wir können etwas essen, wenn du magst. Danach machen wir eine kleine Besichtigungstour. Einverstanden?«

Ivy nickte. Mit einem Mal war ihr Herz schwer geworden. Er freute sich so offensichtlich. War wie ein kleiner Junge, der sein schönstes Spielzeug vorführt. Und sie würde ihm dieses alles kaputt machen.

Sie saßen dicht beieinander im Fond des Taxis. Jeff hatte seinen Arm um Ivys Schultern gelegt und ihr Kopf ruhte an seiner Brust. Sollte, oder konnte, sie überhaupt dieses Glück zerstören, indem sie von den Fotos sprach? War es nicht besser, einfach den Mantel des Vergessens darüber zu breiten? Es zählte doch eigentlich nur das Jetzt und Hier, das Glück, das sie miteinander teilten.

»Wie war Amerika?«, fragte Ivy während sich das Taxi durch den dichten Innenstadtverkehr mühte.

Jeff zuckte mit den Schultern. »Ich weiß nicht ... Die Leute waren soweit okay, aber ich habe mich nicht wohlgefühlt.«

»Und wie sind die Typen von ›Metallica‹?«

Jetzt überzog ein breites Grinsen sein Gesicht. »Die? ... Die haben wir nur mal aus der Ferne gesehen. Sie haben uns zugewinkt.«

»Ich fasse es nicht«, erwiderte Ivy überrascht. »Hattet ihr nicht die Konzerte zusammen?«

Ein Ruck ging durch ihren Körper, als er mit den Schultern zuckte. »Sie kamen nachdem wir gespielt haben und waren in einem abgetrennten Bereich. Ashes sagte, er hätte Hetfield auf dem Klo getroffen und kurz mit ihm geredet. Das war alles.«

»Und denkst du, das Ganze hat sich gelohnt?«

Ohne zu überlegen, schüttelte er sofort den Kopf. »Wenn du mich fragst: Es war für den Arsch. Rausgeschmissene Kohle. Außerdem will ich gar keine große Nummer in den Staaten werden. Aber das wollte ich nie. Wenn man das will, muss man nach Amerika ziehen. Man muss sein ganzes Leben auf die einstellen, dazu habe ich keine Lust, bin dafür zu alt, zu eingefahren. Nein, ich bleibe hier und fühle mich wohl, so wie es ist.«

Ivy war nicht überrascht. Das, was Jeff vor der Tour befürchtet hatte, war eingetroffen. »Und Ashes?«, fragte sie.

»Keine Ahnung, aber ich hoffe, er ist geheilt.« Damit stieß

er sein tiefes, kehliges Lachen aus, das mehr einem Vulkanausbruch ähnelte, als einem Lachen. »Und jetzt suchen wir uns ein Taxi und ich zeige dir das Hotel!«

Ivy erwiderte seinen langen, hungrigen Kuss.

***

Kaum hatten sie das Hotelzimmer betreten, kickte Jeff die Tür mit dem Fuß zu und drückte Ivy gegen die Wand. Seine Hände öffneten die Knöpfe ihres Mantels und schoben sich dann unter ihren Pullover.

»Oh Gott ...«, stöhnte er gedehnt, als er ihre Brüste berührte. »Wie sehr habe ich das vermisst.«

Sie hatte das Gefühl, sich unter seinen Griffen aufzulösen. Ihr Verstand schien nicht mehr zu existieren, sondern nur noch ihre animalische Begierde, die er stets in ihr auslöste.

Sie zogen sich gegenseitig aus, wobei sein Ständer bereits hart gegen ihren Bauch drückte, als sie seine Hose öffnete. Stoßweise schlug sein heißer Atem gegen ihre Haut. Sie spürte, wie die Nässe in ihrer Spalte zusammenfloss. Ohne Vorspiel stieß Jeff sie aufs Bett und schob sich zwischen ihre Schenkel. Ivy stöhnte auf, als sein dicker, langer Stamm sich in sie hineinschob. Er drängte ihr geschwollenes Fleisch auseinander und sie hob den Kopf, um seinen Schwanz beobachten zu können, der feucht und stramm in sie hinein und wieder hinaus glitt. Wie ein fleischiges Schwert teilte er ihre Scham und der Anblick brachte sie beinahe um den Verstand. Dazu die Muskulatur seines Bauches und seiner Brust, die unter der Haut arbeitete, sich aufwölbte und wieder sank, die Konzentration auf seinem Gesicht ... Alles schien ihr überwältigend. Sie kam noch vor ihm zum ersten Orgasmus. Wie in Raserei packte sie sein Haar, riss seinen Kopf zurück und gab ihm zu verstehen, dass sie ihn reiten wolle.

Jeff packte ihre Arschbacken und rollte sich auf den Rücken. Den Kopf in den Nacken gelegt, die Augen geschlossen, keuchte er, während sie sich so weit erhob, dass sein Schwanz ihr beinahe entglitt, nur um sich sofort wieder mit einem Ruck herabsacken zu lassen.

In diesem Moment wurde Ivy sich erst wirklich bewusst, in welchem Aufruhr ihr Körper war, seit sie Jeff unter dem Eiffelturm hatte stehen sehen. Wie sehr sie sich mit jeder Faser nach ihm verzehrte. Gierig beugte sie sich über seine Brust, leckte an seinen Nippeln und wanderte dann aufwärts, bis zu seinem Hals, wo sie so heftig zu saugen begann, dass innerhalb kürzester Zeit ein tiefblauer Fleck zu sehen war.

Jeff reagierte auf ihre raue Art und stieß seinen Schwanz tief in sie hinein. Seine Bewegungen, sein Stöhnen ließen einen Schwall Lava über ihre Haut rasen.

Plötzlich richtete er seinen Oberkörper auf, bis er saß, hielt Ivy aber noch immer so fest, dass sie nicht abrutschen konnte. Ihre nackten Brüste rieben an seiner Haut, während er sich langsam in ihr bewegte. Es fühlte sich an, als würden sie miteinander verwachsen. Mit einer Hand griff er nach ihrem Busen, drückte ihn zusammen und schloss sodann seine Zähne um ihren hochstehenden Nippel. Der scharfe Schmerz, als er zubiss, ließ sie aufkeuchen. Sie packte sein Haar und zog daran, als wollte sie ihn von sich losreißen.

»Ich will deinen Arsch ficken, Baby ...«, raunte er.

Und noch ehe sie reagieren konnte, hatte Jeff sie hochgehoben und auf den Bauch gelegt. Flach, die Beine fest aneinandergepresst, lag sie da und harrte dessen, was da kommen würde. Furcht und Gier mischten sich in ihr. Sie wusste, welcher Schmerz sie erwartete, und gerade das war es, was sie wollte. Als er ihre Hinterbacken teilte und auf ihre Rosette spie, verkrampfte sich ihr Magen. Ein Nebel schien in ihrem Kopf aufzusteigen, als sie seinen Daumen spürte, der in sie eindrang und sie ebenso behutsam wie intensiv zu dehnen begann. Instinktiv spannte sie ihren Hintern an, doch Jeff versetzte ihr einen Klaps mit der flachen Hand.

»Bleib locker, Ivy …«, murmelte er mit strengem Unterton, der sie noch mehr erregte.

Sie widersetzte sich seiner Anordnung und kniff die Pobacken so fest zusammen, wie sie nur irgend konnte.

»Locker!«, knurrte Jeff und versetzte ihr einen noch härteren Schlag.

Ivy hörte das Klatschen und Hitze überströmte ihr Gesicht. Das Brennen wanderte von ihrem Hintern über ihren Rücken und die Rückseite ihrer Oberschenkel.

»Tu, was ich dir sage!«

Ivy reagierte blitzschnell, packte ein Stück der Bettdecke und zog sich daran mit einem Ruck zur anderen Seite des Bettes, während sie gleichzeitig ein Knie aufsetzte und ihrer Bewegung so mehr Druck verschaffte.

»Hey, wo willst du hin?« Er packte ihr Haar im Nacken. Seine Größe machte die Verfolgung zu einem Kinderspiel für ihn. Seine Lippen pressten sich auf die ihren und seine Zunge stieß tief in ihren Mund. Dabei schlug er mit der Hand auf ihre bebenden Brüste. Er kniff in ihre Nippel. Und mit jeder groben Berührung wurde Ivy geiler. Die Nässe floss aus ihrer Spalte, benetzte ihre Schenkel.

»Gefällt dir das?«, raunte er in überheblichem Ton und seine Hand prüfte ihre Nässe. »Ooooh jaaa … Es gibt keinen Zweifel. Du magst es, wenn man dich hart anpackt.«

Ivy stieß einen hilflosen Schrei aus, als mehrere seiner Finger in sie eindrangen und ihr Loch dehnten. Sie spürte, wie ihr Körper ihm Widerstand bot, doch er ignorierte ihn und machte fickende Bewegungen.

»Willst du kommen?«, raunte Jeff. Sein Daumen rieb intensiv ihren Lustknoten und sie spürte, dass sie kurz vor einer gewaltigen Explosion stand. »Du bist so nass, Baby.«

Mit einem schnellen Griff stieß er ihren Oberkörper nach vorn, zog sie auf die Knie und begann sie heftig zu züngeln. Selbst ihre Rosette blieb nicht verschont. Winzig kleine, zitternde Bewegungen an ihrem geschwollenen Fleisch, dann wieder ein langes Lecken über die gesamte Länge ihrer Spalte. Es zerriss sie beinahe, dass er so ihren Orgasmus bis ins Unendliche hinauszögerte.

»Fick mich!«, stöhnte sie.

Beinahe im gleichen Moment schob er seinen Schwanz in ihren Hintern. Sie schrie auf. Der Schmerz war da. Jeffs Schwanz war so groß und lang, dass sie sich sicher war, er würde sie zerfetzen. Tränen schossen in ihre Augen. Ihre Nägel gruben sich in das Laken, während Jeff lustvoll ihren Hintern benutzte.

Ivy wimmerte.

»So willst du es doch, oder?«, ächzte er. Und ein neuerlicher, gewaltiger Hub traf sie. Ivy schrie auf und kam ohne Vorbereitung, sie explodierte, zitterte und bebte unter seinem Ansturm.

Langsam zog er sich aus ihr heraus, was ihr noch ein Stöhnen abrang, und drehte sie auf den Rücken, ihre Beine legte er auf seine Schultern.

Sie sah seinen nassen, geröteten Schwanz. Ihr Bauch hob und senkte sich hektisch. Jeff legte seine Hand auf ihr Delta und begann, mit seinem Daumen ihre Klit zu reiben. Und als sie gerade kommen wollte, drückte er seinen Finger in ihr Loch.

»Soll er jetzt da rein?«

Sie nickte. Der Anblick seines muskulösen Körpers, seiner

pumpenden Lenden, machten sie fast wahnsinnig. Ivy wand sich unter seinen erneuten Stößen.

»Oh Gott, Baby!«, keuchte er und presste seine Lippen gierig auf die ihren. Und so, wie er ihre Möse benutzte, drang er mit seiner Zunge in ihren Mund ein.

»Oh Gott, Baby … Ich komme …«, ächzte er plötzlich, schien zu erstarren, dann folgte ein langgezogener Schrei. Jeff biss in ihre Schulter. Wieder und wieder schoss er ab. Ivy spürte, wie der heiße Saft aus ihr herausfloss und das Bett durchtränkte.

Ihren Rücken und Hintern an seine Brust und seinen Bauch gedrängt, konnte es nichts Schöneres geben. Sanft wanderten seine Lippen über ihre Schultern und küssten die Stelle, in die er hineingebissen hatte. Er streichelte ihre geröteten Brüste und ließ seine Hand zu ihrer nassen Spalte wandern.

Sie schloss die Augen, nahm seine Hand von ihrer Spalte und zog seinen Arm unter ihrer Achsel durch. Als sei es ein Stück der Decke drückte sie ihn gegen ihre Brust und schmiegte ihr Gesicht in seine Hand. Die Wärme seines Atems umhüllte ihren Nacken. So lagen sie lange, schweigend beieinander. Arm in Arm. Körper an Körper. Und Ivy vergaß die Zeit, ihre Sorgen und Bedenken. Sie fühlte sich ganz in ihrer Mitte. Angekommen. Bei dem Mann, den sie liebte.

***

Es war bereits Nachmittag, als sie beschlossen, eine Kleinigkeit essen zu gehen. Arm in Arm schlenderten sie die Straße entlang, bis sie zu einem kleinen Bistro kamen. Die wenigen Tische waren gut besetzt, dennoch fanden sie einen freien Platz direkt am Fenster.

»Wie sehen eure Pläne für die nächsten Tage aus?«, fragte Ivy.

Jeff zog eine Schachtel Zigaretten aus der Jackentasche und zündete sich eine an.

Sie bemerkte die Blicke der anderen Gäste. Wenn sie sich auch nicht im Klaren darüber war, ob sie einfach seine auffallende Erscheinung beachteten oder ihn erkannt haben mochten, so erfüllten diese Blicke sie doch mit größtmöglichem Stolz.

»Heute um neunzehn Uhr machen wir einen Soundcheck, um einundzwanzig Uhr geht der Gig los. Zuerst eine Vorgruppe, dann wir. Morgen das Gleiche noch einmal. Und dann geht es weiter nach Norden.« Er nahm einen tiefen Zug. »Du kommst doch mit, oder?« Seine dunklen Brauen hatten sich tiefer über seine Augen gesenkt.

»Ich weiß nicht ... Ich will nicht stören ...«

»Wenn du versprichst, keinen Stecker zu ziehen, darfst du mitkommen«, feixte er und begann zu lachen.

Im Gegensatz zu Jeff hatte Ivy die beiden Mädchen gleich bemerkt, als sie auf der anderen Straßenseite stehen geblieben waren und in das Bistro geschaut hatten. Sie befanden sich in einer angeregten Unterhaltung und ihre Blicke wanderten immer wieder zurück zu Jeff. Eine der beiden zögerte, während die andere sich bereits auf den Weg gemacht hatte und dabei war, die Straße zu überqueren. Ihre Begleiterin folgte ihr schließlich. Es waren zwei hübsche Mädchen, kaum älter als sechzehn oder siebzehn in unauffälliger Winterkleidung.

Ivy legte ihre Hand auf Jeffs und nickte leicht in die Richtung der beiden, die jetzt keine zwanzig Schritte von ihnen entfernt im Bistro standen und sie eindringlich musterten.

Jeffs Augen verengten sich, wurden beinahe starr. Aus irgendeinem Grund fühlte Ivy sich alarmiert.

Die Mutigere von beiden schob den Gurt ihres Rucksacks energisch höher über die Schulter und kam dann geradewegs auf ihren Tisch zu. »Bones?«, fragte sie mit vorsichtigem Lächeln.

Jeff blickte sie direkt an. »Hey«, erwiderte er.

»Oh Mann – ich fasse es nicht!«, jubilierte sie und im gleichen Moment hatten sie die Aufmerksamkeit aller Anwesenden. Sie winkte ihrer Freundin enthusiastisch zu und rief dabei: »Er ist es!« Dann wandte sie sich wieder ihrem Idol zu.

Die Gesichter der Mädchen waren von einer hektischen Röte überzogen, als sie jetzt durcheinanderredend erklärten, dass sie schon ewig seine Fans seien und wie aufregend es sei, ihn leibhaftig zu treffen.

»Damit hätten wir ja nie gerechnet ... Oh mein Gott ...«

»Wo kommt ihr her?«, fragte er freundlich.

»Aus ... Wir kommen aus Manchester.«

Die Zurückhaltendere tippelte von einem Fuß auf den anderen.

»Und was hat euch nach Paris verschlagen?« Seine Stimme war noch immer freundlich.

»Ach, wir sind mit einem Austauschprogramm hier. Eigentlich wollten wir zu eurem Konzert heute Abend, aber wir haben keine Karten mehr bekommen.«

»Würdest du uns ein Autogramm geben?«

»Na klar doch. Habt ihr was dabei?«

Sofort rutschten zwei Rucksäcke zu Boden und wurden mit fahrigen Griffen geöffnet. »Mann, Mann, Mann ... Ich glaub's echt nicht ...«, murmelte die eine, während sie eine Zeitschrift aus ihrer Tasche holte. »Das da habe ich immer bei mir.«

Ivy erstarrte, als das Mädchen eben jenes Magazin auf den Tisch legte, das ihr so viel Kummer bereitet hatte. Mit einem Schlag war alles wieder da.

Auch Jeff wurde bleich. Er blickte auf das Heft, als habe man eine abgetrennte Hand vor ihn platziert. Seine Kiefer mahlten, als er den Stift des Mädchens entgegennahm und schwungvoll quer über seinen nackten Titelbild-Bauch schrieb. »Wie heißt du?«

»Sandy.«

Geübt fügte er ihren Namen in die Wünsche neben seiner Unterschrift ein. »Und du?«

Die andere trat einen Schritt vor und legte eine CD neben das Heft. »Maggie …«

Da der Stift nicht auf dem Kunststoff funktionierte, zog Jeff das Textheftchen aus der Box und unterschrieb dort.

Überschwänglich bedankten sich die beiden Mädchen und entschuldigten sich gleichzeitig für ihre Störung.

»Ist doch okay …«, murmelte Jeff. Er schien zu hoffen, dass er seine Pflicht erfüllt hatte, und sie nun gehen würden. Doch er wurde enttäuscht, denn die Besitzerin der Nacktfotos schlug das Magazin auf und verkündete: »Du bist wirklich der heißeste Typ, der rumrennt. Ist sie deine Freundin?« Der schmale Zeigefinger tippte auf die nackte Schöne, die sich über seinen Lenden räkelte.

Jeff brachte kein Wort heraus.

»Sie sieht auch toll aus. Meine Güte. Da haben wir normalen Mädels ja nicht den Hauch einer Chance …« Beide kicherten verlegen über so viel Wagemut.

Ivy wurde von beiden höchstens mal eines Seitenblicks gewürdigt. Da sie nicht im Entferntesten wie die Freundin eines Rockstars aussah, war sie sofort aus der Kategorie »Eifersuchtswürdig« gefallen.

»Die Fotos sind echt heiß … Meine Güte. Das war aber echt mutig von dir, die zu machen …«

»Bei so einer Frau … Da kann man doch stolz drauf sein!«, erklärte die andere ihrer Freundin.

Ivy wurde eiskalt, wenn auch ihr Kopf glühte, als bekäme sie ein heftiges Fieber.

»Ja, Mädels … Tut mir leid, aber wir haben nicht mehr viel

Zeit …«, murmelte Jeff. Er hatte kurz zu Ivy hingesehen und dann schnell weggeschaut, denn es war nur allzu deutlich, dass ihm nicht gefiel, was er in ihrem Gesicht gesehen hatte.

»Oh … ja, klar …« Sie bedankten sich abermals und verschwanden, nachdem sie noch mit den Handys ein paar Bilder gemacht hatten.

Ivy und Jeff blieben schweigend zurück. Sie saßen einfach nur da, bis Ivy sich fasste und erklärte: »Du hattest recht … Ich denke, wir müssen jetzt gehen.« Damit erhob sie sich. Welche Ruhe sie auch immer auszustrahlen schien, in ihrem Inneren tobte ein Orkan. Die Worte der Mädchen waren Salz in ihre offenen Wunden gewesen. Natürlich war diese Frau um Welten schöner als sie. Eine Ivy Newman passte nicht zu einem Mann wie Bones. Heiß stiegen die Tränen in ihr auf. Sie war draußen. Immer das Gleiche. Dort war Bones und seine Welt, und hier war sie. Lichtjahre von ihm entfernt. Sie wartete nicht, bis er an ihrer Seite war, sondern verließ das Bistro. Die eisige Winterluft schlug in ihr Gesicht.

»Ivy, ich muss mit dir reden …«, stieß er hervor, als er sie mit schnellen Schritten eingeholt hatte.

»Nicht nötig«, erwiderte sie kalt.

»Bitte … Ich will es dir erklären … Diese Bilder …«

Sie hatten das Hotel erreicht. Er schwieg im Angesicht der Gäste und des Personals, bis sie in seinem Zimmer waren.

»Ivy … Es ist nicht, was du denkst. Das war eine Publicity-Geschichte.«

»Ich sagte doch: Du brauchst mir nichts zu erklären. Das ist dein Leben.«

Er packte sie bei den Schultern und zwang sie so, ihn anzusehen. »Ich *will* es dir aber erklären. Ashes hatte mir gesagt, die Bilder würden nie in England veröffentlicht werden.«

»Oh – ach so ... Dann ist es natürlich etwas ganz anderes ... Dann hätte ich sie ja auch nie zu sehen bekommen ...«, höhnte sie. Wenn er die Auseinandersetzung wollte, konnte er sie haben.

»So habe ich es nicht gemeint!«, versetzte Jeff ebenso wütend wie hilflos. Abrupt ließ er sie los und ging ans Fenster. »Es waren nur die Bilder ... Ich war besoffen. Total abgefüllt.«

Ivy flog zu ihm herum. »Aha ... Das erklärt alles und entschuldigt ... nichts! Was, wenn du das nächste Mal besoffen bist? Wie oft warst du in Amerika abgefüllt? Und was hast du da getan?«

»Nichts! Ich war dir vollkommen treu! Ivy – ich liebe dich! Ich will dich heiraten! Wieso sollte ich dann in der Gegend rumficken?«

In ihrem Herzen kochte es und ihr Hirn schien versengt zu werden. »Du hast mich auch schon geliebt, als du dieser Fotoschlampe deinen Schwanz reingeschoben hast.« Im gleichen Moment verlor sie jede Beherrschung. Auch wenn sie wusste, dass es falsch war, ließ sie die wilden Hunde ihrer Seele von der Kette, griff nach einem Glas und warf es in seine Richtung. Es zerbrach direkt neben seinem Kopf in zahllose Scherben.

Jeff zuckte kurz zur Seite und wurde nur leicht getroffen. Funkelnde Scherben fingen sich in seinem schwarzen Haar.

»Ich habe ihr nicht ... Also nicht richtig ...« Er verhedderte sich in seinen eigenen Worten, in seiner eigenen Wahrheit und Ivy sah den Zorn in ihm aufsteigen.

»Nicht richtig?«, stieß sie aus zusammengepressten Lippen hervor. »Wenn das nicht richtig ist, will ich gern wissen, wie *richtig* dann bei dir aussieht!«

»Was soll das?«, brüllte er und schüttelte seinen Kopf, sodass die glitzernden Scherben umherflogen. »Ich dachte, du kennst mich?«

»Ja, das dachte ich auch. Aber dann habe ich die Bilder

gesehen und ich war ... nur noch abgenervt. Du hast mich nach Strich und Faden belogen und betrogen. Und mehr noch: Du hattest den Nerv, dich auch noch beim Ficken knipsen zu lassen. Aber es war ja nur ein PR-Gag.«

Er erstarrte. »Du kennst die Bilder?« Seine Stimme war kaum mehr als ein Flüstern.

»Natürlich kenne ich sie. Eine Journalistin war so umsichtig, sie mir vor die Nase zu halten.«

»Und du hast kein Wort gesagt?« Tonlos kamen seine Worte.

»Was hätte ich denn sagen sollen? Dass du mich vernichtet hast? Meine Liebe in die Tonne getreten hast?«

Schwer ließ er sich auf die Bettkante fallen. Jeff barg seinen Kopf in den Händen. Dann blickte er wieder auf. »Deswegen hast du auf meine Anrufe und SMS nicht reagiert ...«

»Exakt!«

Seine flache Hand rieb über seine Stirn. »Ivy – du musst mir glauben. Ich habe nichts mit ihr gehabt. Mit keiner!«

»Ich glaube, du bist ein gottverdammter Hurenbock, Jeff!«

»Und was tust du dann hier in Paris?«, stieß Jeff sauer hervor.

Ivy stand wie erstarrt. Unfähig, auch nur ein Wort zu sagen. Sie sah, wie er seinen Arm ausstreckte, die Minibar öffnete und eine Flasche Wodka herausnahm. Er setzte die Flasche an. Während er trank, schloss er die Augen. »Ich bin ein Hurenbock ...«, brummte er, als er abgesetzt hatte, dann leerte er den Schnaps.

Ivy nahm ihren Trolley und ging zur Tür. Dort blieb sie stehen und sah zu ihm. *Was für ein kindischer Streit ... Sinnlos und überflüssig,* dachte sie und seufzte.

»Was ist?«, fuhr er sie an.

»Lass uns reden ...«, sagte Ivy versöhnlich.

»Reden?«, stieß er hervor und leerte die zweite Flasche. Mit Schwung schleuderte er sie gegen die Wand. »Du hast alles gesagt, was es zu sagen gab. Also, du kannst verschwinden.«

»Jeff …«, nahm Ivy einen weiteren Anlauf.

Seine Augen funkelten wütend. »Was? Es war alles ein Irrtum. So sieht's aus. Ich dachte, du würdest mich lieben …« Er nahm einen Schluck. »Und soll ich dir noch was sagen: Keine von den Weibern, die ich sonst ficke, hat so ein Theater gemacht wie du. Aber ich hab's hingenommen, weil du 'n verdammt guter Fick bist.« Seine Stimme verschwamm, wurde undeutlich.

Ivy war fassungslos. Jetzt erst erkannte sie, welches Monster vom Alkohol freigesetzt wurde.

Mit unsicheren Griffen zog er seine Zigaretten heraus und zündete eine an. Die Asche fiel herab und versengte den Teppichboden.

»Dann war ich also nur ein Fick für dich …«

Mit wackelndem Kopf blickte er zu ihr auf. »Was denkst du? Hm? Was denkst du?«, brummte er.

***

»Verdammte Scheiße!« Der Schrei gellte in seinem Kopf und löste zahllose kleine Explosionen darin aus. Er verzog unter Qualen das Gesicht. Mit geschlossenen Augen hielt er sich am Mikrofonständer fest. Irgendwo gab es eine Rückkopplung und er wusste nicht, ob in seinem Schädel oder auf der Bühne.

Wie er sich auch konzentrierte – er konnte die Liedabfolge auf dem Zettel zu seinen Füßen nicht sehen. Schwarze Schlieren auf weißem Grund. Waren sie noch bei den Proben oder war das schon das Konzert?

Er war so besoffen wie seit Ewigkeiten nicht mehr. Es gab nur zwei Möglichkeiten: entweder sofort ins Bett gehen oder weitersaufen.

»Bones … reiß dich zusammen!«, kam es leise mahnend und jemand zog an seinem Oberarm.

Er wollte schlafen. Nur schlafen. Schwankend tappte er von der Bühne. Die Treppe war ein übles Hindernis. Mühsam klammerte er sich an den Handlauf und konnte nur hoffen, dass diese verdammten Stufen irgendwann ein Ende nahmen.

»Was machst du?«, rief jemand.

»Ich gehe.«

Bones glaubte zu fallen, als seine Beine unter ihm nachgaben, doch im gleichen Moment schob sich ein Arm unter seine Achsel und hielt ihn halb aufrecht.

»Der ist fertig. Lass ihn ...«

Halb wurde er gezogen, halb taumelte er vorwärts. Sein Kopf drohte zu explodieren. Die Schmerzen hämmerten in seinen Schläfen. Sein Genick war steif und er versuchte, mit dehnenden Bewegungen dem entgegen zu wirken, doch es half nichts. Er ächzte leise.

Derjenige, der ihn gepackt hielt, ließ Jeff jetzt auf eine harte Bank gleiten, wo er sich sofort hinlegte. Es tat gut, unterzutauchen.

In den ersten Tagen hatte er geheult, geflucht, geschrien. Er hatte alles zerschlagen, was ihm in die Finger geraten war. Selbst seinen Fernseher hatte er zertrümmert. Ganz bewusst war er in ein Meer aus Wut und Selbstmitleid gesprungen, hatte sich fallen lassen. Und wie er erwartet hatte, war alles blitzschnell gegangen.

»Komm, Bones, ich bring dich in den Wagen und dann fahren wir dich nach Hause ...« Es war Tommys Stimme, die fürsorglich wie die einer netten Krankenschwester klang.

Seltsamerweise wollte Bones' Kopf einfach nicht oben bleiben, als sei sein Hals aus Gummi. Schwer stützte er sich auf seinen Freund, während seine Füße mühsam nach Halt suchten.

***

Als sie vor Bones' Wohnungstür standen, fragte Tommy: »Wo ist dein Schlüssel?«

»Scheiß auf den Schlüssel«, erwiderte er, holte aus und trat mit aller Kraft gegen das Schloss, noch ehe sein Freund etwas unternehmen konnte.

»Ach du Scheiße!«

Bones wusste nicht, ob dieser Satz dem Tritt galt oder dem Anblick, der sich hinter der auffliegenden Tür dem Betrachter bot. Auf jeden Fall klang der Gitarrist schockiert.

»Hier kannst du doch nicht wohnen, Mann ...«, hörte er die fassungslose Stimme. »Warst du das? Mensch, Bones ... Das ist echt Kacke. Du hast deine ganze abgefuckte Bude zerlegt!«

Bones zuckte nur mit den Schultern.

***

»Was ist denn mit dem los?«, fragte eine rothaarige Frau.

»Er ist hackedicht, Pauly. Wir machen ihm 'n Bett auf der Couch.«

»*Du* machst das. Ich koche ihm 'nen starken Kaffee!« Damit verschwand sie.

Bones wusste, dass Tommy eine Freundin hatte, die er aber noch nie zu Gesicht bekommen hatte. Bones' Lider waren so schwer, dass sie sich immer wieder über seine Augen senkten. Er schlief ein, noch bevor der Kaffee fertig war.

***

Irgendwann – Bones hatte jegliches Gefühl für die Zeit verloren – hörte er Tommy am Telefon. »Ja. Er ist hier. Er ist soweit okay. Ich glaube, er pennt ... Ja. Ist gut. Ich komme gleich ...«

Dann dämmerte Bones wieder weg.

***

Als Bones das nächste Mal erwachte, war es von einem anderen Geräusch. Wasser. Jemand duschte. Sein Schädel brummte noch immer. Als er den Oberkörper aufrichtete, um sich zu vergewissern, ob er wirklich in Tommys Wohnung war, setzte der Schwindel wieder ein. Der Kaffee stand auf dem kleinen Tisch vor ihm. Zwischen Tabakpäckchen, Zeitungen, Kerzen und Feuerzeugen. Bones erhob sich langsam. Die Welt schien in Zeitlupengeschwindigkeit zu ihm zurückzukehren. Er musste Tommy fragen, was passiert war. Hatte er ein Konzert geschmissen oder nur eine Probe?

Schritt für Schritt näherte er sich dem Geräusch aus dem Badezimmer. Alles drehte sich, als er die schmale Klinke herunterdrückte. Er musste sich mit allem Zeit lassen, denn der Alkohol wirkte noch immer. Er öffnete die Tür ein Stück, sodass er hineinsehen konnte.

Der Plastikvorhang der Duschwanne war durchsichtig und von den Ringen, die ihn an einer Stange hielten, waren einige abgerissen. Dahinter stand eine Frau, die nur verschwommen zu erkennen war. Als sei er unsichtbar, verharrte Bones in der Tür und betrachtete die nackte Frau, deren langes, rotes Haar an ihrem weißen Rücken klebte. Sie hatte eine schmale Taille und schlanke Hüften. Ihre Beine waren wie Alabastersäulen, die ihren Körper trugen. Ihr Po war wohl gerundet und fest. Sie musste etwas bemerkt haben, denn sie drehte sich langsam um. Es war eine unwirkliche Szene, gerade so, als schaue Bones lediglich einen Film. Zu diesem Gefühl trug auch noch die Tatsache bei, dass sie sich nicht bedeckte. Im Gegenteil. Sie ließ die Arme sinken und bot sich seinen Blicken dar. Ihre vollen Brüste, der flache Bauch und das wollige Delta. Sie stand regungslos unter dem strömenden Wasser.

Bones spürte, wie sein Atem schwerer ging. Seine Lenden zogen sich schmerzhaft zusammen und ein heißes Kribbeln rann über seinen Rücken. Gleichzeitig strömte das Blut in seinen Schwanz und richtete sich in seiner Hose auf. Seine Blicke wanderten über den von der Nässe glänzenden Körper vor ihm. Ihre Nippel standen in die Höhe und die Vorhöfe hatten sich zu kleinen, etwas runzeligen Kreisen erigiert. Die Art, wie sie sich ihm darbot, war eine klare Aufforderung und er würde ihr nachkommen. Spätestens, als er aus seiner Jeans stieg und sie ihm sich nicht verwehrte, war dies klar. Er zog das Shirt über seinen Kopf und riss den Duschvorhang zur Seite.

»Fick mich!«, hauchte sie mit belegter Stimme.

Bones presste seine Hand auf ihre Kehle. Ihre Augen weiteten sich vor Schreck, der aber sogleich von tiefer Lüsternheit abgelöst wurde.

Mit seiner freien Hand schob er ihre Beine auseinander, sodass er ihre Klit berühren konnte. Das Wasser erhitzte seinen Körper und er begann, an ihren Nippeln zu saugen, während seine Hand ihre Spalte massierte. Der Körper der Frau war biegsam und weich, und wie sie sich jetzt unter seinen Griffen zu bewegen begann, wollte er sie benutzen.

Plötzlich schob sie ihren Kopf nach vorn, drückte die Hand an ihrer Kehle weg und versuchte, ihn zu küssen. Doch er entzog sich ihren Lippen sofort.

Wie sich die nasse Haut unter seinen Händen anfühlte ... Die Bewegungen ihres Unterleibs ...

Bones drückte sie in der engen Duschwanne auf die Knie, legte seine Hände an ihren Kopf wie in einen Schraubstock und sagte: »Mach den Mund auf!«

Ihre weit geöffneten blauen Augen sahen zu ihm auf. Wie wunderbar ihre Brüste aussahen. Kleine geile, cremige Puddinghügel mit einer Erdbeere obenauf. Er liebte den Anblick ihrer geöffneten Knie am Boden der Dusche. Die Vorstellung ihrer gespreizten Spalte. Sie wollte nach seinen Hüften greifen, doch er wehrte sie ab. »Nimm die Hände auf den Rücken!«, sagte er knapp und rammte ihr im selben Moment seinen Schwanz so tief in die Kehle, dass sie zu würgen begann. Er sah, wie sein Schwanz ihre Wange ausbeulte, spürte, wie sie mit ihren Lippen seine Vorhaut zurückschob. Sein Atem ging nur noch stoßweise, im Gleichklang mit seinen Hüben in ihren Mund. Es geilte ihn auf, ihre Kehle wie eine Pussy zu benutzen.

Das Wasser schob sein Haar nach vorn und er konnte seine Blicke nicht von dem harten Schwanz lassen, der in sie eindrang. Er wurde immer schneller. Viel zu lange hatte er nicht mehr in einer Frau abgespritzt. Gurgelnde Laute kamen aus ihrem Mund. Sie versuchte, seiner Geschwindigkeit, seinen Stößen Stand zu halten. Die Explosion kam immer näher. Sein Hirn vernebelte sich. Das Reißen und Ziehen in seinen Lenden wurde unerträglich. Weit aufgerissene Augen, die ihn anstarrten. Furcht? Geilheit? Und dann passierte es. Der erste Schuss zerfetzte ihn beinahe. Er schrie wie ein Tier, als sich sein Samen in ihre Kehle entlud. Die ungeheure Anspannung löste sich in einer Wolke aus Glücksgefühl. Bunte Farbspritzer tanzten hinter seinen halb geschlossenen Lidern und er spürte, wie sein praller Schaft im eigenen Saft badete. Als er auf sie herabblickte, floss es bereits aus ihren Mundwinkeln.

»Schluck!«, befahl er und ihre Zunge arbeitete sich an ihm ab. »Schluck, Schlampe!«, wiederholte er und sah dabei die Röte in ihren Wangen. Doch er war noch nicht fertig mit ihr. »Steh auf!«

Mühsam kam sie auf die Füße.

Bones nahm den Duschkopf aus der Halterung, verstellte den Strahl und hielt ihn zwischen ihre Beine. Sie stöhnte auf. Langsam ließ er die harte Fontäne über ihre Spalte wandern. Die Frau taumelte und presste kraftlos ihren Rücken gegen die Fliesen. Sie begann ihre Brüste zu kneten, während er sie mit dem Duschkopf aufgeilte.

»Gefällt dir das?«, fragte er und versuchte nicht einmal, den bösartigen Unterton in seiner Stimme zu unterdrücken. »Los, spreiz deine Möse!«

Mit einer Hand zog sie ihre Schamlippen auseinander, was das Gefühl, das der Wasserstrahl in ihr auslöste, noch intensivierte. Sie schloss die Augen und stöhnte mit weit geöffneten Lippen.

Doch er wollte nicht ihre Befriedigung, sondern seine eigene. Also drehte er das Wasser ab.

Sie starrte ihn verwundert an. »Was machst du da?«

»Geh ins Schlafzimmer!«

So schnell sie konnte, wickelte sie sich in ein Badetuch, überholte ihn und ging dann voran. Bones hatte keine Ahnung, wo das Schlafzimmer war. Doch im gleichen Moment, da sie die Tür öffnete, traf ihn die Erkenntnis wie ein Schlag mit einem Stahlrohr. An der Wand hingen Konzertplakate und auf dem Nachttisch stand ein Foto von Tommy und der Rothaarigen. Sein Atem stockte. Wie angewurzelt blieb er stehen. Seine Gedanken rasten. Er fickte gerade Tommys Frau!

Paula ... Pamela ... Pauline ... oder wie sie hieß!

Hitze schoss in sein Gesicht und Schweiß brach auf seiner Stirn aus, als sie mitten im Schlafzimmer stehen blieb und ihn abwartend ansah.

»Was ist?«, fragte sie nach einer Weile mit Ungeduld in der Stimme.

Bones schüttelte den Kopf. »Nicht hier.«

Wortlos ging sie an ihm vorbei ins Wohnzimmer. Bones folgte ihr. Es war sowieso schon zu spät. Er hatte die Grenze bereits überschritten, als er sie in der Dusche betrachtet hatte.

Eine kleine Stimme in seinem Hinterkopf mahnte ihn. Bis jetzt hatte er keine Ahnung in seinem versoffenen Gehirn gehabt, wer sie war. Aber nun ...

Als er neben der Couch stand, schlang sie ihre Arme um seinen Hals und begann, ihn leidenschaftlich zu küssen. Ihre Zunge fühlte sich warm an ... und entschlossen. Sie rieb ihren Unterleib an seinen. Wie weich ihre feuchte Haut war, dazu das Kitzeln ihrer Nippel an seiner Brust ...

»Du bist ein verdammt scharfes Weib«, murmelte er in ihr nasses Haar.

»Du machst mich geil ...«, erwiderte sie mit ihrer merkwürdig tiefen, rauen Stimme.

»Setz dich hin ... Spiel an dir!«

Eine Frau zu dirigieren, machte Spaß. Wie sie so dasaß, die Beine gespreizt, ihre Pussy dunkelrot und geschwollen, wie zwei dicke Kissen, durch die sich ihr Kitzler drückte ...

Sie benetzte ihre Finger mit Speichel und streichelte sich. Seine Augen weiteten sich und er griff nach seinem Schaft. Mit vorgeschobenem Becken rieb er langsam seinen Ständer. Aufreizend leckte sie mit ihrer Zunge über ihre Lippen.

»Komm her ...«, murmelte sie und streckte ihm eine Hand entgegen.

Seinen Schwanz in der Hand trat er zwischen ihre Schenkel. Ihre beiden Löcher lagen so dicht beieinander, dass er nicht wusste, in welches er zuerst eindringen sollte. Die kleinen Löckchen reizten ihn und er überlegte für einen Moment, sie zuerst zu lecken. Dann aber entschied er sich anders, ergriff ihre Kniekehle und legte das Bein gegen seine Brust. Halb kniend rieb er seine Eichel über ihre harte Klit. Sie stöhnte und bohrte ihre Finger in die Rückenlehne der Couch. Es machte ihn an, sie aufzugeilen. Die Eichel an ihrem Loch schob er ihre

Schamlippen ein wenig auseinander, doch als sie aufstöhnte, zog er sich sofort zurück. Bones beugte sich weit nach vorn und begann sie zu lecken. Ihre Reaktion war heftig. Ihr Saft ergoss sich über seine Zunge und floss in seinen Mund. Sie krampfte und schrie dabei. Ihre nasse Spalte klatschte gegen sein Gesicht und er hatte alle Mühe, sie wieder in eine ruhige Position zu bringen. Entschlossen presste er ihre Hüften gegen die Couch, richtete sich auf und stieß seinen Schwanz in sie hinein. Mit verzerrtem Gesicht starrte sie auf das herab, was sich zwischen ihren Schenkeln abspielte.

Bones packte ihre Brust und quetschte sie zwischen seinen Fingern, während er sie hart und schnell fickte. Er würde nicht mehr lange brauchen. Sein Ständer pochte und das Blut pulsierte in seinen Adern. Jedes Mal, wenn er in sie hineinrammte, wackelten ihre Titten. Seine ganze Konzentration galt seinem Schwanz, der sich in ihr aufzulösen schien. Die Reibung war unglaublich. Wenn sie auch nicht besonders eng war, schaffte sie es doch, mit ihren Muskeln seinen Schwanz zu massieren, dass er bereits nach kürzester Zeit wieder kurz vor dem Abschuss war.

Plötzlich kam ihm der Gedanke, wie es wäre, wenn Tommy nach Hause käme, vollkommen ahnungslos, und sie ebenfalls ficken würde. Bones stellte sich Tommys Schwanz vor, wie er in Bones Samen badete und im gleichen Moment spritzte er ab. Es war wie ein Blitz, der ihn traf, ihn durchrüttelte, seinen Körper förmlich explodieren ließ.

Als es geendet hatte, sackte er ein wenig in sich zusammen. Er ließ ihr Bein von seiner Schulter gleiten und stand auf.

»Komm her ...«, sagte sie mit lockender Stimme und bedeutete Bones, sich neben sie zu setzen.

Er aber schüttelte den Kopf. »Ich zieh mir was an. Und das

solltest du besser auch tun …« Damit ging er in Richtung Bad, wo seine Sachen lagen.

Im Wohnzimmer hörte er sie rumoren. Warum kamen keine Gewissensbisse, fragte Bones sich. Immerhin hatte er gerade die schlimmste Übertretung begangen, die man sich als Freund vorstellen konnte. Dabei liebte er sie nicht einmal. Selbst zu sagen, dass er irgendetwas für sie empfände, wäre gelogen. Da war gar nichts. *Fickfleisch* nannten sie in der Band so etwas. Aber es war bitter, wenn das *Fickfleisch* die Freundin des eigenen Kumpels war.

»Was machst du?«, rief sie, als er zur Wohnungstür ging.

»Ich hau ab.«

»Wieso denn das?« Sie kam um die Ecke und schaute ihn aus sicherer Distanz an. Offensichtlich hatte sie genauso wenig ein schlechtes Gewissen wie er.

Das waren Gespräche, die er nicht mochte. Einer Frau erklären, warum man nach einer Nummer ging … Er hatte sie gevögelt und nun war es vorbei.

»Ich muss noch meine Bude aufräumen«, erklärte er.

»Ich habe dir aber noch einen Kaffee gemacht …«

»Ein anderes Mal …« Dabei hatte er nicht vor, sie noch einmal zu bumsen. Vielleicht einfach, weil er unsicher war, ob das schlechte Gewissen nicht doch noch einsetzen würde.

»Ist es wegen Tommy?«

»Wie gesagt … ein andermal …«, wiederholte Bones und zog die Tür hinter sich ins Schloss. Sein Urteil stand fest: Diese Frau musste man meiden, sie hatte offensichtlich die Tendenz zu klammern.

Er nahm ein Taxi und fuhr nach Hause. Der Kater war noch immer da, wenn auch nur leicht. Übelkeit und Schwindel waren erträglich. Allerdings war er müde. Als er durch die

Wohnungstür trat, erschrak er im ersten Moment. Er hatte vergessen, dass er alles kurz- und kleingeschlagen hatte. Es sah aus, als hätten Einbrecher gewütet. Im Bildschirm seines Fernsehers klaffte ein schwarzes Loch, von dem diverse Risse ausgingen. Poster hingen in Fetzen von den Wänden. Bei jedem seiner Schritte knirschten Scherben unter seinen Stiefeln.

Bones atmete tief durch. Er hatte nicht vor aufzuräumen. Mit ein paar Handgriffen warf er die Sachen, die auf der Couch lagen, zu Boden und setzte sich dann. Die Wohnung war ein perfektes Spiegelbild seines Lebens. Nur die Leere fehlte. Keine verdammte Zeile hatte er seitdem zustande gebracht. Seit jenem Tag in Paris ...

Wenn man genug trank, konnte man vergessen. Und wenn man noch mehr trank, konnte man sogar das Vergessen vergessen.

Bones legte seine Füße auf den Couchtisch. Vielleicht sollte er schlafen. Oder eine Entziehung machen. Versuchen, sein Leben wieder in den Griff zu bekommen. Aber zu welchem Zweck? Was sollte denn danach kommen? Mit was sollte er die Leere füllen, wenn nicht mit Suff und Weibern?

Noch immer konnte er sich nicht an den Namen von Tommys Freundin erinnern. Wahrscheinlich hatte er einfach schon begonnen, sein Hirn zu versaufen. Aber auch das war ihm egal. Was auch immer die Leere, die Ivy hinterlassen hatte, füllte, kam ihm recht.

***

Zum nächsten Konzert schaffte Bones es leicht angetrunken. Vielleicht war es auch wegen des fehlenden Alkoholpegels, dass ihm die Mienen der anderen auffielen. Besorgt. Zweifelnd. Sie saßen in der Garderobe und das Fehlen der gewohnten Ausgelassenheit lag wie ein Nebel über der Szene.

Tommy rauchte. Las er in seinen Blicken Wut? Bones war sich nicht sicher. Möglicherweise hatte er Wind von dem Fick bekommen ... Etwas Ähnliches wie ein schlechtes Gewissen meldete sich und er setzte eine Flasche an, die auf dem Tisch stand. Sie war bereits offen, doch es störte ihn nicht. Die Stimmung im Raum bedrückte ihn und steigerte seine Nervosität. Er würde es nicht schaffen, auf die Bühne zu steigen ...

Vor seinem inneren Auge tauchte die schwarze Masse der Zuhörer auf. Ihre Erwartung. Wieso wurde er das Gefühl nicht los, dass sie nur darauf warteten, dass er versagte? Alles in Bones geriet in Wallung. Er leerte die Flasche und stellte sie zurück auf den Tisch. Endlich wurde er ruhiger. Aber noch nicht ruhig genug.

»Hier ist die Liste ... So okay?«, fragte Declan und reichte ihm ein Blatt mit der Songabfolge.

Er überflog sie und nickte. Es war egal, was er wann sang.

»Okay Jungs ... Fertig machen!«, erklärte Ashes und sah dabei nur Bones an.

»Ich bin fertig«, erklärte er.

»Ja. Das ist nicht zu übersehen«, versetzte Ashes zynisch.

Atme tief durch und dann raus!, sprach er sich selbst zu. Es ging nur darum, nicht mehr nachzudenken. Alles zu ignorieren. Bones schwankte.

»Reiß dich zusammen!«, knurrte Ashes, als sie an den Stufen zur Bühne angekommen waren. Alles war dunkel. Räuspern und Husten aus dem schwarzen Zuschauerbereich.

Das Intro setzte ein.

Er hasste es, sich durch die theatralische Dunkelheit bis zum Mikrofon durchkämpfen zu müssen. Dauernd fürchtete er, er würde über ein Kabel stolpern und mit lautem Knall auf die Bretter krachen.

Rotes Licht und Nebelschwaden. Der stickige Geruch setzte sich in seiner Nase fest, während er den Gitarrengurt umlegte. Es fühlte sich an, als habe man sich mitten in der Nacht im Moor verlaufen. Das erste Lied ... Tommy legte mit einem langsamen Riff los. Wie war die erste Zeile? Der Bass folgte. Das erste Wort? Wie lautete das verdammte erste Wort des Songs? Panik erfasste ihn. Er spürte, wie seine Hände feucht wurden. Eiskalt. Er spürte kaum die Saiten unter seinen Fingern. Sein Gehirn war vollkommen leer. Sein Puls raste und sein Herz trommelte gegen seinen Brustkasten. Wenn die Drums dazukamen, musste er singen. Aber was? Er erkannte die Melodie, aber er fand den Text nicht in seinem Gehirn. Wegrennen!

Renn einfach weg! Schmeiß die Gitarre hin und lauf!, schrie etwas in ihm. Natürlich konnte er nicht wegrennen, denn seine Füße waren mit dem Bühnenboden verschmolzen. Die Masse würde ihn zerfetztten. Er wollte schreien vor Angst und Qual. Zitternd riss er den Mund auf. Ein langer, befreiender Schrei ...

Doch dann hörte er jemanden singen. Die Stimme kam ihm bekannt vor. Er war seine! Er sang den ersten Song und seine Worte gingen unter im Chor der Sänger im Publikum. Ihre tausendfachen Stimmen trugen ihn wie auf Flügeln. Sie hatten ihn gerettet ...

Der Rest des Gigs lief wie am Schnürchen. Nur ab und an blickte er auf die Liste zu seinen Füßen und war sofort drin in den Songs. Für einen Moment, als das letzte Lied verklungen war und der Jubel ihn einhüllte, war er glücklich. Er liebte diese Menschen zu seinen Füßen. Er war eins mit ihnen. Tiefste Ruhe erfüllte ihn, wie er dastand, die Gitarre in Händen und sich von ihren Stimmen betäuben ließ. Ewig hätte es so weitergehen können. Dieser Moment war es, für den er lebte. Das war seine ganze Existenz. Sein innerstes Ich.

Doch dann zerplatzte die Seifenblase. Tommy zupfte ihn am Ärmel und sie verließen die Bühne.

Vor der Garderobe hatte sich eine kleine Traube aus Fans gebildet. Ashes bremste die Band, damit sie Autogramme gaben und kleine Gespräche führten.

Wann würde der Erste kommen und ihm sagen, dass früher alle Songs besser gewesen waren und seine Auftritte sowieso nur noch für die Mülltonne taugten? Doch noch nicht an diesem Abend. Noch waren alle voll des Lobes. Bones beugte sich zu ihnen herab und plauderte, als gebe es all die Wirrnis, all die Verzweiflung und die Leere nicht. Ab dem Moment, da ihm klar wurde, dass keine Kritik kommen würde, entspannte er sich. Und mehr noch: Er genoss es!

Ein Mädchen zeigte ihm ein Tattoo mit dem Bandlogo auf ihrer Schulter. Zu diesem Zweck zog sie ihre Bluse tief herab. *Hübsche kleine Titten*, dachte er. Die Lust, sie zu vögeln überkam ihn, doch er wusste nicht, wie er es sagen sollte. Normalerweise boten sich die Mädchen ihm direkt an. Er brauchte nicht flirten oder sie auffordern. Sie tauchten an seiner Türschwelle auf und er brauchte nur zu öffnen ...

»Komm mit rein ... dann schreib ich dir ein Autogramm daneben ...«

Das Leuchten in ihrem Gesicht sprach Bände.

Seltsam – Groupies gaben einem das absolut falsche Gefühl, jede Frau rumkriegen zu können, ging es Bones durch den Kopf, als sie ihm in die Garderobe folgte, die nur für ihn da war.

»Setz dich da hin.« Er deutete zu dem Schminktisch unterhalb eines von nackten Glühbirnen umgebenen Spiegels.

Sie trug eine sehr enge, auf Hüfte geschnittene Hose. Zierlich war sie. Mädchenhaft der ganze Körper.

»Wie heißt du?«

»Clarissa.« Plötzlich starrte sie ihn entsetzt an. »Du schreibst jetzt doch nicht etwa ›Für Clarissa‹ auf meine Schulter?«

Bones lachte. »Nein. Keine Angst.« Er setzte den Stift an und schrieb seinen Namen auf die weiche Haut, die mit einem goldenen Flaum überzogen war. Das würde sowieso demnächst verschmieren, dachte er und grinste. »Bist du allein hier?«

Sie schüttelte den Kopf, dass ihre brünetten Locken flogen.

Er war etwas enttäuscht. Ein Freund im Schlepptau bedeutete immer potentiellen Ärger.

»Meine Freundin Kitty ist auch da.«

Bones atmete auf. »Und wo ist Kitty jetzt?«

»Sie war gerade auf dem Klo, als du von der Bühne kamst.«

»Steht sie jetzt vor der Tür?«

Clarissa zuckte mit den Schultern. »Nehm ich mal an.«

»Hol sie rein ... Sie will vielleicht auch ein Autogramm ...«

Die junge Dame wirkte nicht gerade begeistert. Dennoch sprang sie federnd auf die Füße.

Kurz darauf trat eine Blondine ein mit knallroten Lippen und schwarz geschminkten Augen.

Wieso mussten diese Mädchen sich immer so heftig schminken, fragte er sich. Wahrscheinlich, um einfach nicht so jung und unerfahren zu wirken, gab Bones sich selbst die Antwort. »Ihr seid verdammt hübsch ... Wollt ihr das Autogramm jetzt ... Oder danach?«

Was ihm im wahren Leben mindestens eine Ohrfeige eingetragen hätte, war in diesem Raum nicht die Übertretung, sondern die Regel, an die er sich hielt.

Die beiden Mädchen grinsten.

»Danach«, schnurrte Blondie.

Bones trat zu ihnen und legte seine Arme um ihre Nacken, sodass sie einen kleinen Reigen bildeten. Immer dichter schob er ihre Köpfe zusammen. Dann ließ er zuerst seine Zunge in Clarissas Mund wandern und danach in den von Kitty. Er lächelte und nickte ihnen aufmunternd zu.

»Küsst euch!«, flüsterte er. Als die beiden zögerten, fürchtete er bereits, sie seien scheuer, als er gedacht hatte. Doch sie hatten offensichtlich nur einen kleinen Schubs gebraucht, denn jetzt versanken sie in gierigem, wilden Zungenschlag. Wie ein Zeremonienmeister blickte er auf sie herab, auf die kleinen festen Titten, die sich aneinander rieben und die beiden noch heißer zu machen schienen.

Er griff nach Clarissas Hand und legte sie auf die Brust ihrer Freundin. Ein erschrockener Blick traf ihn, doch er nickte nur lächelnd. Seine Hand wanderte unter den Rock der Freundin. Clarissas Pussy hätte er erst von der Hose befreien müssen und die von Kitty war nur mit einem String bedeckt. Bones hakte seinen Finger in das schmale Stoffband und zog energisch daran. Die Kleine keuchte auf. Ihre Schamlippen waren wie glattpoliert. Wie an einer Gitarrensaite zupfte er an dem String und studierte ihre Reaktionen. Es gelüstete ihn, ihr irgendetwas in die Pussy zu schieben. Indem er sich noch umsah, kam ihm eine andere Idee: Er stellte sich hinter Clarissa und zog ihre Bluse, die von einem Gummizug gehalten wurde, über ihre Brüste herab.

Wie geil ihre kleinen weißen Sahnehügel aussahen ... Er stieß mit der Zungenspitze gegen ihren Nippel. Hart und klein, dabei aber wie ein Stöpsel geformt. Bones schloss seine Finger um ihre Titte und drückte sie Kitty entgegen.

»Leck ihre Nippel!«, forderte er.

Es war unglaublich, dass Frauen alles taten, was er wollte ... Alle, außer einer ... Schnell wischte er den Gedanken beiseite und beobachtete die heiße Kitty, die die Brust ihrer Freundin gierig saugte und leckte. Er machte den Handlanger, indem er der benommen wirkenden Clarissa die Hosen herunterzog. Sie gab sich vollkommen den Liebkosungen ihrer Freundin hin, was Bones dadurch intensivierte, dass er ihr den Finger in die Pussy schob und sie zu kneten begann. Vorsichtig umfasste er Clarissas Hüften und hob sie wieder hoch auf den Schminktisch. Kitty folgte ihnen und zog sich dabei aus. Sie hatte einen winzigen, flachen Hintern.

Ohne seine Hilfe in Anspruch zu nehmen, spreizte Clarissa ihre Schenkel so weit, dass ihre Freundin bequem ihre Muschel auslecken konnte. Das Stöhnen und Keuchen der Mädchen erfüllte den Raum. Bones nahm einen tiefen Schluck aus einer Weinflasche und zog sich dann ebenfalls aus. Er streifte ein Haargummi von seinem Handgelenk und band sein Haar zu einem Zopf zusammen.

Nachdem er Kittys Hintern kurz betrachtet hatte, kniete er sich hinter sie, brachte sie in Position und schob dann seine Zunge in ihre nasse Spalte.

»Uuuuh«, machte sie und spreizte ihre Beine, sodass er tief in sie eindringen konnte. Ihr geiler Geschmack trieb ihm das Blut in den Schwanz, der sofort zu pochen begann. Kleine Härchen standen um ihr Loch, wo sie sich nicht rasiert hatte, aber er genoss dieses Kitzeln. Immer wieder hob er den Kopf, um den beiden dabei zuzusehen, wie sie sich gegenseitig mit heißen Zungenküssen verwöhnten oder ihre Brüste bearbeiteten. Schnell streckte er den Arm unter Kittys Achsel durch und griff nach ihrer Brust. Es ärgerte ihn ein wenig, dass sie kein Bett hier hatten. Nicht mal ein paar Kissen oder Decken, um es sich am Boden gemütlich zu machen.

Inzwischen hatte er beinahe das Gefühl, sein Schwanz müsse explodieren, wenn er ihn nicht in einem der Löcher, die sich ihm darboten, versenken konnte. Also zog er Kittys Hinterbacken auseinander, spie auf ihre Rosette und begann, sie mit dem Daumen zu dehnen. Erregt stöhnte sie auf, sodass der Nippel ihrer Freundin ihren Lippen entglitt. Bones packte ihr Haar, zog ihren Kopf nach hinten und küsste sie gierig. Ihr Mund schien den seinen fressen zu wollen, so wild bewegte sie sich auf seinem. Bones ließ ihr Haar los, um seinen Harten in ihren Hintern dirigieren zu können.

Clarissa hatte begonnen, sich selbst heftig zu reiben. Ihre kleinen, festen Brüste ruckten hin und her und reizten seine Geilheit noch weiter.

»Hör nicht auf, sie zu lecken!«, sagte er zu Kitty, nachdem er von ihren Lippen abgelassen hatte.

Und so saugte Kitty die Möse ihrer Gespielin mit wilder Leidenschaft, während Bones ihren Hintern benutzte. Ihr Ring war fest und hart. Bones fürchtete beinahe, sie könne seinen Schwanz strangulieren, wenn sie ihren Arsch nur fest genug anspannte. Der Druck in seinen Lenden wurde unerträglich. Er verlor die Kontrolle über seinen Rhythmus. Stieß mal schneller, mal langsamer zu. Würde er nur noch einen weiteren Hub in ihr bleiben, würde er gnadenlos abspritzen. Aber das wollte er nicht. Also zog er sich aus Kitty und drängte sie von Clarissa weg. Den Ständer im Anschlag, dirigierte er sich selbst auf deren dunkelrotes Loch zu, setzte die Eichel an und drückte seinen Schwanz in ihre Pussy. Clarissa schrie auf, als er mit einem Ruck bis zum Anschlag in sie eindrang. Mit weit aufgerissenem Mund packte sie ihre Schenkel und zog sie nach oben, damit er so tief wie möglich in sie hineinkonnte. In dieser Position schaffte Bones es, die volle Länge seines Schafts zu nutzen.

Überraschung und Genuss mischten sich, als er Kittys Zunge an seinen angespannten Eiern bemerkte. Mit Macht saugte sie seine Kugeln in ihren Mund, wo sie sie zu lecken begann. Zunge, Zähne – alles waren Mittel, ihn zur absoluten Geilheit zu führen. Jetzt konnte er sich nicht mehr beherrschen. Er schrie und stöhnte. Ihr wildes Saugen trieb ihn beinahe in den Wahnsinn und er wusste nicht, was ihn geiler machte. Das Blut pochte in seinen Schläfen, Schweiß rann von seiner Stirn. Er fickte Clarissa wie ein Wahnsinniger und es störte ihn keine Sekunde, dass man mit Sicherheit ihrer aller Schreie bis in die Gänge hören konnte.

»Du Sau!«, keuchte Clarissa und starrte auf seinen Schaft, der sich nass und glänzend zwischen ihren Schamlippen hin und her bewegte, während Kitty seine Eier mit den Händen massierte, um mit ihrer Zunge an seiner Rosette zu spielen.

»Legt euch hin!« Vergessen waren Bequemlichkeit und Kissen. Er wollte nur noch seine Lust auskosten. Die beiden nackten Frauen legten sich auf den Boden und Bones begann, sich über ihnen stehend zu wichsen. Seine Lenden verkrampften sich. Seine Haut schien über seinem Fleisch zu schrumpfen. Und dann kam er. Mit einem langgezogenen Schrei verschoss er seinen Samen auf den jungen Frauen. Vulva, Bauch, Brüste, Gesichter. Er ließ nichts aus. Schuss um Schuss feuerte er auf sie ab. Sein Gehirn wurde von bunten Farben erfüllt. Fieber wandelte sich in Hitze. Und alles an ihm, Körper und Geist, waren erfüllt von Zufriedenheit.

Ermattet beobachtete er die beiden, wie sie sich seinen Samen von den Lippen küssten, wie die zarten Hände seinen Saft verrieben, als handele es sich dabei um eine Lotion. Dabei schlangen sie ihre Beine umeinander, küssten und kneteten ihre Hintern, ihre Brüste und versanken dann wieder in langen, hungrigen Küssen.

Bones schloss sich ihnen an, indem er sich über sie kniete und jeden Körperteil, der sich ihm bot, mit Zunge, Zähnen, Mund und Händen bearbeitete. Er schmeckte seinen eigenen, herben Samen gemischt mit dem Mösensaft seiner Gespielinnen.

Plötzlich klopfte es energisch an die Tür. »Hey, Bones ... Komm mal zum Ende. Wir packen zusammen ...«

Voller Unmut richtete er sich auf. Die Mädchen hatten die Störung entweder gar nicht bemerkt oder beschlossen, sie zu ignorieren. Sie küssten und leckten sich noch immer, doch Bones zog es vor, in seine Hosen zu steigen. Außerdem hatte er ja gehabt, was er wollte.

»Okay, Mädels. Zeit zu gehen ...«, sagte er.

Kitty glitt an seinen Beinen empor und als sie bei seinem Hosenbund angekommen war, begann sie, an dem Knopf zu nesteln. Unwillig wehrte Bones ihre Finger ab. »Nein. Es ist gut für heute. Die machen hier dicht.«

»Wir könnten woanders weiterfeiern«, schlug Clarissa mit strahlenden Augen vor.

»Nein. Es reicht.« Er hatte beschlossen, sich dem Whiskey zuzuwenden. An den Frauen hatte er kein Interesse mehr. Und saufen konnte er auch zu Hause. Das war im Endeffekt billiger, als im Pub.

»Och Mann ... Du bist ja ein richtiger Spielverderber ...«, murrte Clarissa und ihre Freundin Kitty teilte diese Ansicht.

Da Bones die Lust an den Mädchen verloren hatte, wollte er auch nicht mehr mit ihnen diskutieren. Er drehte sich um, nahm seine Jacke und verließ die Halle.

Das Letzte, was er mitbekam, war, dass die Mädels wieder heftig zur Sache gingen.

***

Der Schnee war längst geschmolzen und im Park streckten Krokusse und Schneeglöckchen die Köpfe aus der kalten Erde.

Die Natur machte sich bereit für den Frühling, für die ersten Sonnenstrahlen, die zum ersten Mal seit Monaten wieder länger und intensiver währten, den Boden wärmten und das Grün aus den Hölzern trieben.

Mrs Jenkins hatte immer noch mit ihrer Bronchitis zu kämpfen und Ivy drohte ihr mit einer Lungenentzündung, würde sie nicht endlich vernünftig werden und ein paar Tage strikte Bettruhe halten. Es war immer dasselbe: die gleichen Patienten, die gleichen Krankheiten. Sie hatte das Gefühl, in einer Endlosschleife gefangen zu sein.

Seit Paris konnte sie nicht mehr aufhören, an Jeff zu denken. Er beherrschte sie wie ein düsterer Schatten. Wenigstens weinte sie nicht mehr so viel. In den ersten Wochen war es am schlimmsten gewesen. Da hatten sie die Weinkrämpfe urplötzlich überfallen und sie hatte nichts dagegen tun können.

Seine Sachen in Kartons zu packen und zu seinem Management zu schicken, hatte keine Erleichterung gebracht, denn sie erinnerte sich auch so bei jedem Schritt durch ihre Wohnung an ihn.

»Die Zeit heilt alle Wunden«, hieß es, doch Ivy stellte fest, dass das dummes Gerede war. Die Schmerzen veränderten sich, aber sie verschwanden nicht.

Sie ertappte sich bei jedem Kiosk dabei, dass sie nach Artikeln über Jeff suchte, dass sie wissen wollte, was er tat und wie es ihm ging. Ständig fragte sie sich, wo er jetzt wohl war, ob er wieder eine Neue hatte und ob er auch an sie dachte.

Außerdem ließ sie den fatalen Streit in Paris Revue passieren. Auch wenn sie es bedauerte, damals gegangen zu sein, so brachte sie es doch nicht über sich, sich bei Jeff zu melden und einfach zu sagen: »Hey, Schwamm drüber. Wir machen einen Neustart!«

Sie vermisste ihn, verzehrte sich nach ihm und doch war da eine Barriere, die sie nicht zu überwinden vermochte. Ivy konnte sich nichts vorstellen, das sie wieder an seine Seite bringen konnte.

Gar nichts.

***

Es war ein Misttag. Das war Jeff spätestens in dem Moment klar, als er die Titelseite einer der Zeitungen sah, die in dem kleinen Tabak-Laden auslagen.

»Sex-Skandal um Bones Armstrong!«

Schon wieder?, dachte er. *Was habe ich jetzt wieder angestellt?*

Sein Kopf dröhnte noch ein wenig von der letzten Nacht, doch er riss sich zusammen und teilte dem indischen Verkäufer mit, was er wollte. Mr Khan nahm die Schachtel Zigaretten aus dem Regal und legte sie abwartend neben die Kasse. Sie kannten sich seit er hier eingezogen war, und in so mancher Nacht hatte er schnell noch bei Mr Khan eingekauft. Kippen, Alkohol, Pariser. Seltener Lebensmittel …

»Wollen Sie auch die Zeitung?«, fragte der Inder mit seiner ruhigen, zurückhaltenden Stimme.

Bones schaute etwas verwirrt. Er war nicht einmal auf die Idee gekommen, sie zu kaufen, nur weil ein Artikel über ihn drin stand. Weniger aus Interesse, als vielmehr weil er dachte, es gehöre sich, nahm er ein Exemplar. Dann verließ er den kleinen Laden und winkte sich ein Taxi, das ihn zu Ashes bringen sollte. Sie wollten an diesem Tag diverse Events durchsprechen, die er geplant hatte.

Auf dem Rücksitz begann Bones zu lesen. Was in dem Artikel stand, verschlug ihm den Atem … Die beiden dämlichen Weiber hatten es offensichtlich weiter miteinander getrieben und da niemand sie bemerkt hatte, war die Halle verschlossen worden. Als die beiden wieder zu Verstand kamen, merkten sie, dass man sie eingesperrt hatte. Daraufhin hatten sie die Polizei angerufen und einen Großeinsatz ausgelöst. Warum auch immer ...

Den hungrigen Journalisten hatten sie, nachdem sie die Halle verlassen konnten, in die Blöcke diktiert, dass sie es mit Bones getrieben hatten und der böse Kerl sich dann davon gemacht hatte.

Schenkte man dem Artikel Glauben, war er der Mistkerl, der das Leben der beiden Mädchen bewusst aufs Spiel gesetzt hatte, nachdem er seine perversen Neigungen ausgiebig ausgelebt hatte ...

»Was für ein Scheiß!«, knurrte Bones und knallte die Zeitung neben sich auf den Sitz.

In Kensington angekommen, stieg er aus dem Taxi, verärgert, aber nichts ahnend, was auf ihn zukommen würde. Erst als ein zornesbleicher Ashes vor ihm stand, dämmerte es Bones, dass irgendetwas gar nicht gut lief.

»Was war das mit den beiden Weibern?«, stieß der Manager aus zusammengepressten Zähnen hervor.

Genervt legte er den Kopf in den Nacken. »Alles Schwachsinn. Ein paar Stunden später wären sowieso die Putzfrauen gekommen.«

»Wie kannst du die beiden ficken und dann einfach abhauen?« Ashes Stimme dröhnte durch den Korridor.

Bones kam sich wie ein Schuljunge vor, der vom Lehrer zusammengestaucht wird. Statt zu diskutieren, suchte er nach einer Flasche. Als er sie fand und gerade an die Lippen setzen wollte, traf ihn ein wuchtiger Schlag. Die Flasche krachte gegen seine Zähne und fiel ihm aus der Hand. »Hey!«, schrie er mehr erschrocken als wütend.

»Hör auf zu saufen, du Idiot! ... Wir haben ein ernstes Problem. Wenn die dummen Weiber auf die Idee kommen, dich zu verklagen, müssen wir einen Haufen teurer Anwälte in Bewegung setzen und das schmeckt mir nicht!« Ashes funkelte ihn an. »Wann schaltest du eigentlich dein Hirn mal ein? Du ruinierst alles!«

Er brauchte dringend einen Schluck, und dass der Inhalt der Flasche im Teppichboden versickerte, hob seine Stimmung nicht gerade. »Ach ... Lass mich in Ruhe!«, knurrte Bones.

»Ich werde dich nicht in Ruhe lassen! Noch so eine Nummer und du bist raus!«

Bones glaubte, seinen Ohren nicht zu trauen. »Wie meinst du das jetzt?«

»So, wie ich es gesagt habe. Du verbockst Auftritte, kommst besoffen zu den Proben ... Dass du in der Gegend rumhurst, das kann ich noch unter Rockstarleben verbuchen, aber wenn du anfängst, unsere Arbeit zu sabotieren und unprofessionell zu werden, dann werde ich aggressiv. Bones, du hast den verdammten Bogen überspannt. Ich verliere mit deinen Eskapaden mehr Kohle als du mir einbringst. Und ich sehe kein Licht am Ende des Tunnels.« Ashes Stimme war im Laufe seiner Tirade immer ruhiger geworden.

Das hatte Jeff alarmiert. Normalerweise brüllte sein Manager, bis er genug Dampf abgelassen hatte und dann war alles wieder gut. Doch diesmal war es anders. Ein Zug von Trauer hatte sich in Ashes Stimme geschlichen und das gefiel ihm ganz und gar nicht.

»Du willst mich aus der Band schmeißen?«, fragte er fassungslos.

Ashes schloss die Augen. Als er sie öffnete, lag tiefes Mitleid in seinen Blicken. »Hör zu, Junge. Das ist deine letzte Chance.

Hör auf mit der Sauferei. Reiß dich zusammen. Finde zu deiner alten Stärke zurück. Noch ein Knaller und du bist raus.« Ashes bewegte langsam seinen majestätischen Kopf hin und her. »Es tut mir leid, aber ich muss die Band retten.«

»Aber ich BIN die Band …« Etwas Besseres fiel Bones nicht ein.

Der lange Blick des Managers gab ihm die Antwort, die er nicht hören wollte.

»Das kannst du mir nicht nehmen …«, flüsterte er. Alles wurde wirr in seinem Kopf. Der Drang, etwas trinken zu müssen, wurde dagegen beinahe übermächtig. Er schluckte hart. »Wissen es die Jungs schon?«

Ashes hob seine Schultern und ließ sie wieder fallen.

»Wollen die mich auch raushaben?«

»Jeff, niemand will dich raushaben! Aber dein Verhalten in den letzten Wochen ist nicht mehr hinnehmbar.« Er schien einen Moment lang nachzudenken.

Bones Blicke wanderten über das müde Gesicht seines Gegenübers.

»Hör zu … Wir können eine Pause machen. Du gehst für ein paar Wochen in eine Entziehung und bringst dein Leben wieder auf die Reihe. Und danach starten wir dann wieder durch …«

Da war es wieder, dieses Bild der Verplanung auf alle Zeiten. Komponieren – Proben – Studio – Promo – Tour und wieder von vorn. Diesen ewigen Kreislauf, den er nicht mehr ertrug.

»Ich soll doch nur diese Entziehung machen, um wieder zu funktionieren!«, versetzte er bockig wie ein Teenager.

»Du sollst sie machen, um nicht zu krepieren, du Idiot!«, schrie Ashes so unvermittelt, dass Bones zusammenzuckte.

Ein Summen an der Tür unterbrach ihre Auseinandersetzung. Gleich darauf hörte man den Türöffner und Declan und Dave kamen hereinspaziert. Sie brauchten nur einen Blick, um zu realisieren, dass etwas vor sich ging. Zu viert standen sie im Flur und betrachteten sich schweigend. Jeder schien davor zurückzuschrecken, auch nur ein Wort zu sagen. Die Anspannung war mit Händen greifbar.

Bones wurde den Gedanken nicht los, dass sie alle Bescheid wussten. Mit allen hatte Ashes gesprochen, nur mit ihm noch nicht. Er bekam sein Urteil einfach so auf dem Gang überreicht. Zwischen zwei Terminen, im Vorübergehen. Die verlegenen Blicke der beiden schienen seine Gedanken nur zu bestätigen.

»Gut.« Ashes sprach das Wort so abgehackt, als habe er eine Axt daran gesetzt. »Gehen wir ...«

Abermals die Klingel und der Türöffner.

»Du gottverdammter Hurensohn!«

Der Schrei hallte noch in seinen Ohren, als Bones schon krachend gegen die Wand gerammt wurde. Sein Hinterkopf knallte gegen die Mauer und seine Augen schienen von der Wucht des Schlags aus ihren Höhlen getrieben zu werden. Er hatte sich noch nicht wieder erholt, als ihn Tommys Faust in den Magen traf. Augenblicklich krümmte er sich vornüber. Ein Würgen ging von dem Schmerzpunkt aus und alles drehte sich vor seinen Augen.

»Du Sau!«, schrie Tommy.

Er schlug wie ein Irrsinniger auf Bones ein. Dessen Beine gaben nach und er sackte zu Boden, unfähig, sich gegen die auf ihn einprasselnden Schläge zu schützen.

»Tom ... hey ... hör auf ...«

»Tommy ... um Gottes Willen ...«

Zu dritt versuchten sie jetzt, den halb Wahnsinnigen von seinem Opfer wegzuziehen. Wobei Bones bemerkte, dass die

Schläge weniger schmerzhaft waren als er erwartet hätte. Er lag auf den Knien und Tommy, der festgehalten wurde, versuchte, ihn jetzt mit Tritten zu erwischen.

»Ich bring dich um! Ich schwöre es dir! Dich mach ich kalt!«

»Hör endlich auf, Tommy! Was ist hier überhaupt los, verdammt?!«

Tommy deutete mit dem Kopf völlig außer Atem auf Bones: »Er hat meine Frau gefickt!«

Die Gesichter von Declan und Dave wurden bleich.

»Oh Scheiße ...«, stieß Ashes hervor.

Tommy sackte in sich zusammen und jetzt erst ließen seine beiden Aufpasser locker.

Leise wisperte er: »Er hat sie gefickt ...«

Ashes schüttelte den Kopf. »Das glaube ich nicht«, sagte er mehr zu sich selbst.

»Sie hat's mir heute Morgen erzählt.« Tommy hob seinen Kopf und blickte Bones aus tränenverhangenen Augen an. »Du hast es mit ihr getrieben. Du hast vor nichts und niemandem Respekt, Jeff. Das ist dein Problem. Wieso konntest du deine dreckigen Finger nicht mal von meiner Frau lassen?«

Bones konnte kaum den Kopf heben, um sich den Blicken des anderen Mannes zu stellen, der einmal sein bester Freund gewesen war.

Declan presste sein Kinn nach unten und trat dann direkt vor Bones hin. »Stimmt das? ... Stimmt das, was Tommy sagt?« Es war die Ruhe in seiner Stimme, die Bones eisige Schauer über den Rücken jagte. Seine Kehle war wie zugeschnürt. Er konnte nur noch schwach nicken.

Declan wandte sich ab. Er tippte Tommy auf die Schulter und sie gingen in eines der Besprechungszimmer. Alan folgte ihnen.

Jetzt waren Ashes und er allein.

»Du hast also allen Ernstes die Frau deines Kumpels gevögelt? Nicht irgendeine Schlampe ... sondern Paula ... Okay, Bones. Das war's. Du bist raus. Marla wird dir die Unterlagen schicken. Das Konzert in Birmingham wird noch stattfinden. Danach trennen sich unsere Wege.«

Bones schaffte es gerade noch bis zum nächsten Pub, um sich dort besinnungslos zu betrinken, bis er umfiel.

***

Bones hatte keine Ahnung, wo er war oder wie er hierhergekommen sein konnte. Schlaftrunken und mit rasenden Kopfschmerzen blickte er sich um. Die Wohnung war abgedunkelt. Der Gestank nach verrotteten Lebensmitteln, kaltem Rauch und Alkohol war höllisch.

Wo waren seine Sachen?

Überall am Boden verstreut lagen Kleidungsstücke, doch welche davon ihm gehörten, vermochte er beim besten Willen nicht zu sagen.

Als Bones sich vorsichtig aufrichten wollte, hörte er einen brummenden Laut, der von einem Gewicht unterhalb seines Bauchnabels kam. Dunkle Haare wallten dort, wo sein Schwanz war. Was auch immer er hier getrieben hatte – jetzt wollte er nach Hause zu Ivy. Im gleichen Moment senkte sich eine schwarze Wolke über ihn. Es gab keine Ivy und kein Zuhause mehr. Und es gab auch keine Band mehr. Er war allein ...

Jede Bewegung löste Gewitter in seinem geschundenen Hirn aus, doch er musste versuchen, aufzustehen.

»Ey ... Was machst'n?« Eine Frau rappelte sich mühsam hoch. Auf die Unterarme gestützt, sah sie ihn aus glasigen Augen an. Verwischte Schminke gab ihren Zügen etwas maskenhaft Bizarres.

»Ich muss … nach Hause.« Wie idiotisch das klang … Noch jemand war da, denn es brummte und gähnte neben ihm.

Noch eine?, fragte er sich. Totaler Filmriss. Als er langsam zur Seite blickte, erkannte er keineswegs eine andere Frau, sondern einen Kerl. Kurz geschorenes Haar und die Arme voller Tätowierungen. Der Typ sah aus wie ein Soldat … Doch wie sehr Bones sich auch zu erinnern versuchte, es gab nur ein klaffendes schwarzes Loch in seiner Erinnerung.

»Was 'n los?«, knurrte der Soldat schlaftrunken.

»Er will gehen …«, übersetzte die Frau.

»Ey nee … oder?« Der Soldat schob das fleckige Leinentuch von seinen Lenden und begann, seinen Schwanz zu reiben. »Ich hab die totale Morgenlatte …«

Ein Blick genügte, um diese Worte zu bestätigen.

»Du auch?«, fragte die Unbekannte und noch ehe Bones etwas sagen konnte, hatte sie ihren Kopf über seine Lenden gesenkt und ließ seinen Schwanz in ihrem Mund verschwinden. Das Saugen war im ersten Moment etwas heftig, zumal er nicht wirklich geil war, aber er ergab sich in ihre Aktion, vor allem auch, weil er sowieso nichts anderes vorhatte.

»Ich glaub, ich ficke sie von hinten …«, murmelte der Soldat, als müsse er eine schwierig positionierte Billardkugel erreichen. Er kniete sich hinter die Frau, legte seine muskulösen Hände an ihre Seiten und stieß zu, ohne sie vorher auch nur berührt zu haben. Sie schrie auf und ließ dabei Bones Schwanz aus ihrem Mund rutschen. Beim nächsten Stoß kippte sie nach vorn, schnappte sich seinen Steifen wieder und blies weiter.

Seltsamerweise war sie wirklich gut. Ihre Zunge umtanzte ihn förmlich und wie sie ihre Zungenspitze hinter seine Vorhaut schob – das hatte was. Zumal es Bones geil machte, zu sehen, wie ihre Titten bei jedem Hub des Soldaten hin und her ruckten. Sie waren von mittlerer Größe und verdammt spitz, zumal wenn sie wie jetzt herunterbaumelten.

»Los – setz dich auf ihn! ... Ähm ... Wie heißt du eigentlich?« Der Soldat blickte ihn aus großen, blauen Augen an, während die Rothaarige sich auf Bones Schwanz niederließ.

Sie blickte in die Richtung des Soldaten. »Rosie.«

»Hi Rosie. Ich meinte aber ihn ...« Er blickte an der Rothaarigen vorbei zu Bones hin.

Dieser musste sich zusammenreißen, nicht nur, weil er es gerade maßlos genoss, in Rosies enger Pussy zu stecken, sondern weil er schon lange nicht mehr erlebt hatte, dass jemand ihn nicht kannte.

»Jeff.«

»Hi Jeff!«, Rosie strahlte ihn über ihre Schulter hinweg an. Dabei bewegte sie sich langsam auf und ab. »Und du?«, fragte sie den Soldaten.

»Andrew.«

Andrew beugte sich nach vorn und begann, Rosies Klit zu lecken. Augenblicklich spannte sich ihr Unterleib an, was Bones zum Keuchen brachte. Im ersten Moment erschrak er, als die Zunge des Soldaten seinen Schaft berührte. Doch er schob es auf die Konzentration, die dieser beim Lecken an den Tag legte. Bones schob seine Hände unter Rosies Achseln hindurch und umfasste ihre spitzen Brüste, die weich in seinen Händen lagen. Offensichtlich wurden ihre Nippel nicht hart ...

Immer intensiver leckte Andrew Rosies Spalte und erwischte dabei Bones Ständer so oft, dass es sich um kein Versehen mehr handeln konnte. Er brauchte einen Schluck ...

Neben dem Bett stand eine Flasche Wodka, die er ansetzte und fast leer trank. Sie kippte um, als er sie auf den Boden stellte. Der Nebel in seinem Kopf setzte wieder ein und wurde von Rosies Stöhnen orchestriert. Das Klatschen ihres Hinterns auf seinen Lenden geilte ihn mehr und mehr auf. Der Schnaps wirkte und eine seltsame Lebendigkeit setzte ein. Er bemerkte es zunächst gar nicht, aber Rosie hatte mit einem Mal in etwas erhöhter Position innegehalten, woraufhin Andrew Bones' Schwanz aus ihrer Pussy gezogen hatte und anfing ihn zu lecken.

Bones war zu umnebelt, um gleich zu begreifen, was da geschah. Erst als er sich wunderte, wie Rosie es schaffte, praktisch senkrecht über ihm zu sitzen und gleichzeitig seinen Schaft zu bearbeiten, begriff er, was los war.

»Hey ... Bist du irre? Ich bin nicht ...«, weiter kam Bones nicht. Rosie hatte sich zu ihm umgedreht und überfiel seinen Mund förmlich mit ihrer Zunge.

»Schschsch ...«, zischte sie und löste sich um Haaresbreite von seinen Lippen. »Er tut dir doch gut, oder?« Ihre Stimme war weich wie Samt.

Sollte er widersprechen? Sie hatte ja recht. Aber trotzdem ... Er war ein Mann! Alkohol und Lust drückten schwer auf Bones' Lider. »Scheiß drauf ...«, murmelte er und beschloss, dass es vollkommen egal sei, so lange es ihm gut tat.

»Jetzt bin ich wieder dran!«, verkündete Rosie und Bones schlug die Augen auf. »Meint ihr, ihr beide packt mich gleichzeitig?«, feixte sie.

Er hatte keine Ahnung, ob er noch irgendetwas schaffte.

Rosie legte sich Bauch an Bauch auf Bones und führte mit entschlossenem Griff seinen Schwanz in ihre Pussy ein. Seltsamerweise verstärkte sich der Druck auf einmal und erregte ihn selbst bei seinem umnebelten Hirn. Der Raum um seinen Schwanz herum wurde beständig enger und Rosie stöhnte sich die Seele aus dem Leib. Er spürte das Blut in seinem Schaft pulsen. Seine Lungen arbeiteten immer schneller. Jetzt keuchte er auch. Seinen Kopf etwas anhebend, erkannte er, woher die plötzliche Luststeigerung kam: Der Soldat kauerte hinter Rosie und hatte seinen Schwanz in ihren Anus geschoben.

Bones versuchte die Bilder und Gefühle in Einklang zu bringen. Das Reiben an seinem Schwanz, die Enge, die Geilheit, die ihn wie in einer glühenden Woge mitrissen.

»Jaaaa ... Fickt mich, ihr Schweine!«, brüllte Rosie.

»Oh Gott ... Du bist so eng, Baby!«, keuchte Andrew.

Bones betrachtete die scharf hervortretenden Muskelstränge des Soldaten, der sich mit der Präzision einer Maschine in Rosie bewegte, wohingegen er selbst damit beschäftigt war, nicht aus ihrer nassen Pussy zu rutschen und im Gleichklang mit Andrew zu vögeln.

Ihre Nippel wippten über seiner Brust, strichen über seine Haut, die sich vor Erregung beinahe aufzulösen schien. Er sah ihre rote Zunge, die schönen Zähne, die glitzernden Ohrringe, die im Rhythmus der Stöße hin und her schwangen. Bones löste eine Hand von der Matratze und umfasste ihre Brust. Energisch drückte er sie zusammen und saugte sie in seinen Mund. Es fühlte sich fabelhaft an. Die warme, weiche Titte in seinem Mund, die Reibung an seinem Schwanz. Irgendwo tief hinten in seinem Hirn spürte er, dass er gleich abspritzen würde. Seine Haut kribbelte so sehr, dass Bones das Gefühl hatte, sich kratzen zu müssen.

Blind tastete er nach der umgefallenen Flasche. Ein paar Schlucke waren noch drin und die nahm er. Dann wechselte er wieder von der Flaschenöffnung zu Rosies Titte.

»Hey ... Soldat Andrew ... Ich spritz sie gleich voll ...«, brummte er und im nächsten Moment ließ die Anspannung in seinem Schaft nach. Er wurde schneller weich, als er erwartet hatte, was ihn ein wenig ärgerte.

Der Soldat hielt länger durch, doch schlussendlich füllte auch er seinen Samen in Rosie. Dann ließ er sich neben Bones fallen, verschränkte die Arme hinter dem Kopf und blickte zufrieden grinsend zur Decke.

»Wollt ihr auch ’n bisschen Gras?«, fragte Rosie munter. Sie saß im Schneidersitz an der Bettkante und drehte einen sehr üppigen Joint. Ihren Rücken hatte sie gekrümmt wie eine Katze. Dabei schien sie ganz auf ihr Tun konzentriert.

»Ich hätte lieber noch ’nen Schluck ...«, sagte Bones.

»Da hinten auf dem Tisch war noch was ...«

Andrew hielt den Joint zwischen Daumen und Zeigefinger und zog intensiv. Dann blies er genießerisch den Rauch gegen die Decke. »Gutes Zeug, Rosie!«, lobte er.

Bones tappte währenddessen zu dem zugemüllten Tisch und fand wirklich noch eine Flasche. Er versuchte, das fleckige Etikett zu entziffern. Cognac ... möglicherweise. Müde leerte er die Flasche in einem Zug. Der Sex mit dem Soldaten war gut gewesen, auch wenn es ihn noch immer verwirrte, dass ein Typ an seinem Schwanz rumgemacht hatte. Vor nicht allzu langer Zeit wäre er wahrscheinlich in der gleichen Situation augenblicklich abgehauen, aber jetzt hatten die Dinge nicht mehr die gleiche Bedeutung.

An die Wand gelehnt stand er nur da und betrachtete die beiden, die einträchtig im Chaos saßen und sich dem Genuss der Droge hingaben. Und dann fiel es ihm wieder ein. Sie hatten ihn aus der Band geschmissen. Wie hatte er es nur vergessen können? Jetzt war es wieder ganz präsent. Er fühlte sich elend. Er fühlte sich leer.

***

»So geht’s nicht weiter ...« Jenny klang, als sei sie am Ende ihrer Nerven. Sie hatte die Fäuste in die Taille gestemmt und beobachtete Ivy, die am Labortisch Reagenzgläser hin und her schob. »Und wieso willst du nicht hin?«, hakte sie nach.

Ivy war ebenso genervt und sie standen kurz davor, sich heftig zu streiten. »Weil ich mit ihm fertig bin.«

»Entschuldige bitte – aber das ist Schwachsinn!«

»Meinst du denn, nach diesen Sexfotos würde ich ihn noch wollen? Und außerdem: Hat er sich in Paris vielleicht bei mir entschuldigt? Hat er auch nur versucht, mir zu erklären, wieso er die Bilder gemacht hat?«

Jenny schüttelte den Kopf. »Ich sage dir nur, dass du ihn noch immer liebst und seit Paris leidest, schlimmer als ein Hund. Und das kann ich nicht mehr mit ansehen.«

»Es geht alles vorüber!«, erklärte Ivy nüchtern.

»Andere Paare streiten sich auch, bauen auch mal Mist, aber sie raufen sich wieder zusammen. Wieso könnt ihr das nicht? Ich meine ... Hey, du bist verrückt nach dem Kerl!«

Gerade wollte Ivy erwidern, dass sie ein gewisses Maß an Selbstwertgefühl besaß und, dass dieses ihr verbat, sich einem Kerl wie Jeff anzubieten wie schales Bier. Einem Kerl, der mit allem durch die Betten hüpfte, was nicht bei Drei auf dem Baum saß. Dass sie nie in seine Welt passen würde und er niemals in ihre. Dass er ihre Gefühle so zum Kochen bringen konnte, dass sie ihr inneres Gleichgewicht vollkommen verlor. Und dass sie so weder leben konnte noch wollte.

Da klingelte das Telefon.

Beide Frauen zuckten zusammen, denn die Sprechzeit war längst um, wo mit Patientenanrufen zu rechnen war.

»Newman«, sagte Ivy knapp und machte damit dem anderen Teilnehmer unmissverständlich klar, dass sein Anruf nicht willkommen war.

»Dr. Newman? Ich weiß nicht, ob Sie sich an mich erinnern.

Ich bin Dave aus ... Jeffs Band.«

Ivy schwieg, aber ihr Herz klopfte.

»Also ich ... Eigentlich geht es mich ja nichts an. Aber ich dachte, sie sollten es wissen ...Also ... Jeff ... er ist aus der Band geflogen.«

Das war ein Paukenschlag! Ihre Gesichtshaut fing an zu prickeln und eine Gänsehaut begann ihren Körper zu überziehen. Sie war unfähig, etwas zu sagen.

»Ashes hat ihn rausgeschmissen. Es gab ein paar unschöne Vorkommnisse.«

»Wo ist er jetzt?«, fragte sie vorsichtig.

»Das weiß keiner. Er ist völlig versackt. In seiner Wohnung war er wohl schon seit Tagen nicht mehr.«

»Seltsam ...«, sagte Ivy nachdenklich. »Ich habe eine persönliche Einladung zu einem Konzert von ihm bekommen.«

»Oh ... Ja, das ist das letzte Konzert mit ihm als Sänger.«

Eine Pause entstand.

Dann sagte Dave: »Sie wissen nicht zufällig, wo Jeff ist?«

»Nein. Aber ich wollte, ich wüsste es ...«

***

Ivy setzte sich auf ihren Platz in der ersten Reihe. Auf der Bühne machten sich noch die Techniker zu schaffen. Sie zogen Kabel, stellten Verstärker ein, trugen Kabel von A nach B.

Als sie Dave auf die Bühne kommen sah, stand sie auf und ging zum Bühnenrand. Er entdeckte sie, lächelte, lief mit langen Schritten ebenfalls zum Bühnenrand und ging in die Hocke, um ihr näher zu sein. »Hallo, Dr. Newman.«

»Hallo Dave. Und? Ist er inzwischen aufgetaucht?«

Dave schüttelte den Kopf. »Er hat sich auch nicht gemeldet.«

»Was macht ihr, wenn er nicht kommt?«

Dave rieb seine Hände zwischen den Knien. »Dann sind

wir im Arsch. Ohne Sänger müssen wir all die Leute wieder nach Hause schicken. Haben Sie ihn erreicht?«

Ivy schüttelte den Kopf. »Er hat sein Handy wohl ausgeschaltet. Aber ich hoffe sehr, dass er kommt ...«

»Dave?«, rief eine aufgeregte Stimme.

Er blickte sich um und Ivy folgte seinem Blick.

»Er ist da!«

Sofort sprang er auf die Füße. »Scheiße, der Mistkerl ist tatsächlich gekommen!« Er sah zu Ivy.

Ihr Herz klopfte laut. Sie sah, dass Dave schluckte. Also hatte nicht nur sie ihn vermisst. »Gut!«, sagte sie und nickte knapp. Sie schlug die Augen nieder, als sie merkte, dass ihr die Tränen kamen.

»Bis später, Dr. Newman«, sagte Dave und machte sich auf, um nach hinten zu gehen.

»Viel Glück!«, rief Ivy ihm nach. Sie setzte sich wieder und ließ ihre Blicke durch die sich füllende Halle wandern. Bald würde es beginnen. Hatte sie auch vor langer Zeit das Rauchen aufgegeben, so ärgerte sie sich jetzt darüber, denn sie brauchte dringend etwas, um ihre flatternden Nerven zu beruhigen.

Die Halle war bis auf den letzten Platz gefüllt. Ashes hatte ihn rausgeschmissen, aber wenn er diese Halle sah, dann würde er es wahrscheinlich bereuen.

Das Licht ging aus. Pfiffe und Johlen erfüllten die Luft, bis das Intro erklang. Jetzt rührte sich nichts mehr. Angespannte Stille. Bewegung auf der Bühne. Räuspern. Und mit einem Schlag setzte dröhnend der erste Akkord ein. Die Halle erbebte. Nicht nur unter dem Gitarren-Gewitter, sondern vielmehr unter dem tosenden Applaus, den zahllosen, stampfenden Füßen im Parkett und auf den Rängen. Die Welt schien in rotes Licht getaucht und da stand er: Groß. Breitschultrig.

Der Traum zahlloser Frauen. Und Männer. Das lange Haar wie Flammen um seine Schultern wehend.

Das Gefühl, das Ivy erfasste, war überwältigend.

Dann fing er an zu singen. Ivy bekam eine Gänsehaut. Seine tiefe Stimme war atemberaubend. Hatte er zu ihr geblickt? Sang er für sie? Er sang für alle und für sich.

Das Lied endete, das Publikum tobte, johlte, schrie ... Es war der reine Wahnsinn!

Doch vor dem nächsten Lied, dessen Klänge bereits im Hintergrund den Raum erfüllten, hob Jeff so die Arme, dass er die tobende Menge zum Schweigen brachte. Als er keine Anstalten zum Singen machte, verstummten auch die Instrumente.

Das Publikum lauschte ihm.

»Heute ... ist ein ganz besonderer Abend«, sagte er ruhig. »Ich habe ein Geschenk. An mich. An die Frau, die ich liebe. An euch alle.« Damit machte er eine Drehung um die eigene Achse und schien dabei nicht nur das Publikum, sondern auch die Band in seine Worte einzuschließen.

Ivy wartete gespannt. Doch ihr Magen verkrampfte sich ein bisschen. Ein Geschenk? Die Frau, die ich liebe? Ihre innere Unruhe wuchs. Aus irgendeinem Grund glaubte sie nicht, dass etwas Gutes käme.

Sie sah den anderen in der Band an, dass sie genauso auf der Hut waren wie Ivy. Die unsicheren Blicke, die hin und her gingen. Das Umwenden hinter die Kulissen, wo mit Sicherheit Ashes stand und die Aktion beobachtete.

»Und hier ist mein Geschenk ...« Bones legte den Gitarrengurt ab und stellte das Instrument in einen Ständer. Dann streckte er seine Arme nach vorn und legte gleichzeitig die Lippen dicht an das Mikrofon. Er begann zu singen. A Capella.

Keines der Instrumente folgte ihm.

Ivy beruhigte sich etwas. Seine Stimme war immer wieder berauschend. Doch noch während sie sich ein wenig entspannter zurücklehnte, sah sie etwas aufblitzen: Eine Klinge!

Ivy sprang auf. Sie konnte kaum schlucken, so eng wurde ihre Kehle. Ihr Kopf war eiskalt, ihr Körper glühte. Fassungslos sah sie, wie er in seine Handgelenke schnitt. Sie schrie auf! Als der Blutstrom den Boden traf, begann die Menge zu grölen. Die Band fasste sich und begann zu spielen.

Ivy starrte ungläubig zu Jeff, konnte das bizarre Schauspiel nicht begreifen. Das Blut floss aus Jeffs Handgelenken und schnell stand er in einer Lache. Seine Stimme wurde unsicher, matt. Wild blickte Ivy sich um, sie verstand nicht, warum alle weitergrölten, weitersangen, sich hin und her wiegten ... Sah denn niemand, was er tat?

Doch die Menschen reagierten noch abgedrehter, als sie es für möglich gehalten hätte: Sie schoben sich immer dichter an die Bühne, und die ersten tauchten ihre Shirts und Hände in sein Blut. Diese Leute hielten das für einen großen Bühnenzauber. War es ein großer Bühnenzauber? War sie die Einzige, die das nicht begriffen hatte?

Jeff wankte, seine Augenlider senkten sich über seine Augen.

Dann rannte Ivy. Niemand schien von ihr Notiz zu nehmen.

»Dave!«, schrie sie verzweifelt.

Und dann krachte Jeff begleitet vom Aufschrei der Menge auf seine Knie.

»Dave ... Er bringt sich um ...«, schrie Ivy der Panik nahe.

»Was?«, brüllte der Musiker, während Ivy versuchte, auf die Bühne zu kommen. Die Musik dröhnte so laut, dass Dave sich zu ihr herabbeugen musste.

»Er bringt sich um ...«, wiederholte Ivy kreischend.

»Das ist Show!«, erwiderte er, aber sie sah die sich in seinem

Gesicht ausbreitende Unsicherheit.

Wild schüttelte sie den Kopf. »Nein, verdammt! ER BRINGT SICH UM!!!«

Dave ergriff ihren Arm und zerrte sie auf die Bühne. Dann wandte er sich Jeff zu, der inzwischen am Boden lag. »Oh, Scheiße!«

»Er braucht einen Krankenwagen!«, rief Ivy und lief auf ihn zu. Ihre Kehle schmerzte vom Schreien. Kurzentschlossen schnappte sie sich die Klinge und zerschnitt sein Shirt. Mit den Fetzen band sie seine Pulsadern ab. Zum ersten Mal war sie erleichtert, als Ashes auftauchte.

»Oh mein Gott!«, las sie den Satz von seinen Lippen ab.

***

»Wie geht es ihm, Doktor?«, fragte Ivy, als sie von einem Arzt im Krankenhaus zu sich gewunken wurde. Alle waren versammelt: Ahes und die Bandmitglieder. Sie sahen sehr besorgt aus. Keiner hatte ein Wort gesprochen, seit sie auf den beigen Plastikstühlen im Krankenhausflur gesessen und auf eine Reaktion der Ärzte gewartet hatten.

»Wir konnten ihn soweit stabilisieren, Dr. Newman. Aber seine Gesamt-Konstitution gefällt mir nicht. Wir werden uns darauf konzentrieren müssen, ihn vollständig zu entgiften. Hinzu kommt, dass er sich in einer akut-depressiven Phase befindet und deswegen dringend in eine Psychotherapie müsste. Es gibt also mehrere Stellen, an denen anzupacken wäre. Wenn ich ihn richtig verstanden habe, sind Sie seine Lebensgefährtin?«

»Kann ich zu ihm?«, sagte Ivy.

»Sicher. Hier ist seine Akte mit den vorläufigen Ergebnissen. Wenn Sie hineinschauen wollen ...«

Sie nickte, nahm die schmale Mappe und las sich den Befund

durch. Als sie den Blick hob, nickte der Arzt ihr aufmunternd zu und sagte: »Dann kommen Sie hier entlang bitte …«

Mit einem hellgrünen Kittel bekleidet und Überziehern über den Schuhen passierte sie die Sicherheitsschleuse.

Eine Intensivstation schockierte sie schon lange nicht mehr. Es war für Ivy nichts anderes als ein Arbeitszimmer. Mit diesem Gedanken betrat sie den Raum, in dem Jeff lag. Die Jalousien waren herabgelassen und schufen so eine beinahe von Zeit und Raum losgelöste Atmosphäre. Das leise Piepen der Überwachungs-Monitore und das Rauschen des Beatmungsgeräts erfüllten das Zimmer.

Und zwischen diesen Maschinen lag Jeff. Eine unwirkliche Figur mit zurückgebundenem, schwarzem Haar. Dem unendlich weißen Gesicht. Die entblößte Brust war mit Elektroden verklebt und eine Atemmaske lag über seinem Mund.

Ivy zog sich einen Stuhl an das Bett und setzte sich. Ein Haar zog sich über Jeffs Stirn und Schläfe. Sacht schob sie es mit dem Zeigefinger beiseite. Wie ruhig er dalag.

»Wie lange wird es noch dauern, bis er wieder zu sich kommt?« Ihre Stimme klang ruhig und professionell, doch Ivy fühlte sich weiß Gott anders.

»Es dürfte nicht mehr lange dauern. Wir haben die Dosis auf ein Minimum reduziert. Ich lasse Sie jetzt allein. Wenn etwas ist, benutzen Sie einfach die Klingel Frau Kollegin.«

Ivys Blicke ruhten unverwandt auf dem Bewusstlosen. Plötzlich empfand sie unendliche Dankbarkeit. Es war eine wohlig-warme Woge, die in ihr aufstieg und sie umhüllte. Jeff hatte noch einmal eine Chance bekommen, sein Leben zu ändern. Vorsichtig beugte Ivy sich über sein Gesicht und küsste sacht seine Lippen.

Es fühlte sich wunderbar an, ihn so zu berühren. Ihm nahe zu sein. Sie hatte nicht mehr viel Zeit, um sich ganz auf das zu konzentrieren, was jetzt wichtig war. Die Entscheidung zu treffen, die notwendig war.

Ivy musste das Glück, das sie ob seiner Rettung empfand, zurückdrängen, um mit klarem Kopf nachzudenken. Denn da war noch etwas anderes als Glück: Unsicherheit. Unsicherheit, wie es weitergehen sollte.

In der Stille und Abgeschiedenheit der Intensivstation wurde ihr bewusst, dass die Ursache für ihre Trennung noch immer nicht geklärt war. Dass sie ihm nicht trauen konnte, weil er sich jede Frau nahm, die sich ihm anbot.

Trotzdem fühlte sie sich auf einmal schuldig. Sie hatte ihn im Stich gelassen. Und obwohl ihr all die schrecklichen Berichte über seinen Zustand und seine Selbstzerstörung bekannt waren, hatte sie keinen Kontakt zu ihm aufgenommen ...

Jeffs Lider flatterten und sie versicherte sich mit einem Blick auf die Anzeigen der Geräte, dass alles in Ordnung war. Ihre Augen wanderten zu seinem Gesicht, das noch immer von klassischer Schönheit war, trotz seiner Exzesse. Es waren die Züge einer antiken Statue. Ruhig, gefasst, stark. Aber Jeff war nicht stark.

Die Erkenntnis traf sie wie ein Fausthieb. Er war kein Achilles, schön und tapfer zugleich. Jeff war ein Mann, zerfressen von Selbstzweifeln, immer auf der Suche, nie zufrieden.

Sanft glitt ihre Fingerspitze über seinen Nasenrücken und hinab zu seinen Lippen. Würde sie mit solch einem Mann leben wollen? Leben können? Wäre sie bereit, stark für zwei zu sein?

Aber er musste ja nicht so bleiben. Dinge entwickelten und veränderten sich. Wenn sie den Rückhalt bot, den er brauchte, vielleicht würde er sich ja in seiner Einstellung tatsächlich ändern können. Und er hatte es ihr auch schon in den zurückliegenden Monaten bewiesen. Er hatte sie geliebt, er hatte sie gewollt und zu ihr gestanden ...

War er bereit, diesen Weg noch einmal zu gehen? Für immer?

Für Ivy war klar: Gemeinsam konnten sie es schaffen!

Sie ließ sich auf ihrem Stuhl so weit zurücksinken, dass sie seine Hand noch halten konnte. Sie betrachtete ihn lange. Ihre Augenlider senkten sich.

***

Ivy schreckte hoch. Sie war eingenickt. Sie blickte zu Jeff, denn sie hatte gespürt, dass er unruhig wurde. Seine Atmung wurde ungleichmäßiger, seine Lider zitterten, sein Kopf ruckte unruhig. Seine Lippen öffneten sich, als wolle er etwas sagen.

»Ich bin bei dir«, flüsterte Ivy.

Es waren Worte wie ein »Sesam-öffne-dich«. Und tatsächlich: Die Bewegung ließ nach und der unruhige Kampf in seinen Zügen legte sich.

»Alles wird gut«, murmelte sie und hatte zum ersten Mal in ihrem Leben als Ärztin nicht das Gefühl, eine notwendige Lüge auszusprechen.

»Das ist eine Unverschämtheit! Wissen Sie denn nicht, wer ich bin?«, drang es plötzlich gedämpft durch die Tür.

Woodrow!, dachte Ivy.

Sie küsste Jeffs Hand, streichelte noch einmal über seine Wange und ging dann zur Tür.

»Was ist denn los?«, zischte Ivy genervt.

»Kann ich Sie einen Moment sprechen?« Der Manager warf einen schnellen, beinahe gehetzten Blick auf Jeff.

»Hat das nicht Zeit? Er wird langsam wach ...«

»Es dauert nicht lange«, versetzte Ashes entschlossen und war bereits in einem kleinen Aufenthaltsraum verschwunden, der normalerweise den Schwestern vorbehalten war. Als sei er dort zu Hause, nahm er die Thermoskanne, die auf dem kleinen Tisch bei einem Stapel Zeitschriften stand, und goss zwei Tassen voll.

Ivy blieb an der Tür stehen. Sie hatte nicht vor, mehr Zeit mit ihm zu verbringen, als irgend nötig. »Nun, Mr Woodrow?«, versuchte sie, ihm Druck zu machen.

Ashes setzte sich auf einen Stuhl, dann blickte er Ivy an. »Sie halten mich für ein ziemliches Arschloch, nicht wahr?«

»Ja«, erwiderte Ivy knapp.

»Das mag sogar so sein. Aber erfolgreicher Manager und Menschenfreund – das passt nicht zusammen. Und ohne mich wären die Jungs nicht da, wo sie jetzt sind.«

Ivys Augen verengten sich zu Schlitzen. »Auf der Intensivstation?«, fragte sie mit zynischem Unterton.

Der Manager atmete tief durch. »Ich will mit Ihnen über Bones reden.«

»Dann sollten wir damit beginnen, dass wir ihn Jeff nennen ...«

Er nickte und drückte dabei seinen Bart gegen die Brust. »Ja, das kann ich akzeptieren«, erwiderte Woodrow in diplomatischem Tonfall. »Jeff konnte durch meine Hilfe das tun, wonach er sich am meisten in seinem Leben gesehnt hat: Musik machen! Und auch noch recht gut davon leben. Sie mögen es nicht glauben, Doc ... Aber ich mag den Kerl. Und es war für mich kaum zu ertragen, wie er sich ruiniert hat. Vor allem nach der Trennung von Ihnen.«

»So viel dazu. Und wieso wollten Sie mit mir sprechen?« Es ging ihr nicht aus dem Kopf, dass Jeff wach wurde und sie nicht an seiner Seite war, weil sie sich das Gerede des Managers anhörte.

»Ich bin verantwortlich für die Band. Deswegen muss ich Sie etwas fragen: Was bedeutet Jeff Ihnen? Wie wird es mit Ihnen beiden weitergehen?«

Ivy schwieg verblüfft. Sie wusste nicht, was sie sagen sollte. Ging es ihn überhaupt etwas an?

»Glauben Sie jetzt nicht, ich wollte mich in Ihre privaten Pläne mischen, aber ich denke mal, die Zukunft der Band hängt davon ab, ob Sie sich für oder gegen Jeff entscheiden.«

»Mr. Woodrow, Sie haben ihn doch bereits hinausgeworfen, wenn ich die Nachrichten richtig verstehe ...«

Er trank langsam von seinem dampfenden Tee. Nachdem er die Tasse wieder abgesetzt hatte, sagte er: »Sie müssen eins verstehen, Doktor Newman ... Ich musste ihm einen Schuss vor den Bug geben. Er hat nicht nur sich, sondern auch die Band ruiniert. Aber machen wir uns nichts vor: Ohne einen Bones gibt es auch keine Band. Das ist wie bei einem Organismus: Wenn Sie das Herz oder das Hirn entfernen, bleibt nur noch ein Haufen Gewebe. Jeff aber ist Herz und Hirn der Band. Heißt, wenn Sie sich endgültig von ihm trennen, wird auch die Band aufhören zu existieren.«

»Geben Sie etwa mir die Schuld am Zerbrechen der Gruppe?!«

Woodrow hob abwehrend die Hand. »Nein, nein, keineswegs. Es ist nur eine logische Schlussfolgerung. Deswegen frage ich Sie: Lieben Sie ihn?«

Erschrocken hielt sie die Luft an. Wie sie es auch drehte und wendete: Er hatte den Nagel auf den Kopf getroffen. Das war die Kernfrage. Ivy zögerte. Schließlich sagte sie: »Ich kann das so nicht beantworten.«

»Können oder ... wollen Sie nicht?«

Ivy wollte am liebsten davonlaufen. Sie schwieg.

»Also gut ...«, sagte Woodrow. Er blickte sich um wie ein entnervter Lehrer bei einem störrischen Schüler. »Dann sage ich es Ihnen: Sie lieben ihn. Sie haben nie damit aufgehört. Geradezu verrückt sind Sie nach ihm.«

Ivy wollte etwas einwerfen, doch er ließ sie nicht zu Wort kommen.

»Leugnen Sie nicht! Ich habe Sie gesehen, als Sie hinter die Bühne gestürzt kamen ... Bleich wie der Tod. In Todesangst um ihn. So sieht niemand aus, dem ein anderer gleichgültig ist.« Woodrow drehte den Teebecher zwischen den Händen und hinterließ dabei feuchte Kreise auf der Tischplatte. »Ich verhandle mit Ihnen, Dr. Newman. Denn das kann ich am besten. Ich will einen Deal mit Ihnen machen ...«

»Bitte?«, stieß sie hervor.

»Uns beiden ist daran gelegen, dass es Jeff gut geht. Aus unterschiedlichen Gründen vielleicht ... Also müssen wir zusammenhalten. Sie halten ihn vielleicht für einen eher schwachen Menschen. Aber das ist er nicht. Er wird es schaffen und er wird ein besserer Künstler sein, als er jemals war. Er ist in einer Krise und er wird sie meistern. Aber er braucht unsere Hilfe.«

»Sie braucht er allerdings nicht. Er kann für andere schreiben. Das hat er sowieso schon lange geplant«, versetzte Ivy trotzig.

Woodrow schnaubte kurz. »Humbug ... Wir werden ihm beide helfen. Ich hole ihn in die Band zurück und Sie helfen bei seiner mentalen Stabilisierung. Sie geben ihm die Liebe und das Vertrauen, das er braucht. Als ersten Schritt muss Jeff eine Entziehung machen und wegkommen vom Suff.«

Ivy nickte, Zustimmung signalisierend. »Und Sie, Mr Woodrow, geben ihm die notwendigen Pausen! Keine Höllenritte mehr!«

»Einverstanden. Ich sehe – wir ziehen an einem Strang.«

Doch da war noch etwas, das Ivy jetzt ansprechen musste. »Noch eins ...« Sie sammelte all ihre Kräfte.

Ihr Gegenüber blickte sie erwartungsvoll an.

»Die Fotos ... Das mit dieser Frau ... Hatte er ... oder hat er ... ein Verhältnis mit ihr?«

Woodrow leerte langsam seine Tasse und stellte sie dann in

das Spülbecken, was Ivy zutiefst verstörte. Suchte er jetzt nach einer geeigneten Lüge, die sie schlucken würde?

»Zu den Fotos ... Er hat sie gemacht, um einem Bandkumpel zu helfen. Um der ganzen Band zu helfen. Er hatte Angst davor. Deswegen hat er sich am Set volllaufen lassen. Er hat die Kontrolle verloren. Er wurde manipuliert. Ganz einfach. Und die Frau war Teil des Ganzen.« Woodrow stützte seine Hände auf der Stuhllehne ab und sah Ivy lange an. »Ich weiß, dass ich die Bilder niemals hätte erscheinen lassen dürfen, wenn ich nur einen Funken Anstand gehabt hätte. Aber den hatte ich nicht. Ich habe einen fetten Skandal gebraucht und ich habe ihn bekommen.«

Ivy bewegte fassungslos über diese Offenheit langsam den Kopf hin und her. »Und was aus unserer Beziehung werden würde, war Ihnen scheißegal.«

»Ich hatte gehofft, dass sie das aushalten würde.«

»Sie sind wirklich ein Arschloch!«

»Ziehen wir an einem Strang?«

Ivy holte tief Luft, dann blickte sie ihm fest in die Augen und sagte: »Ja.«

***

Ivy öffnete Jeffs Krankenzimmertür. Der behandelnde Arzt stand neben dem Bett und kontrollierte die Werte seines berühmtesten Patienten.

»Wie sieht's aus?«, fragte Ivy so ruhig wie möglich und versuchte damit, ihre Nervosität zu überdecken.

»Gut. Er ist über den Berg und in den nächsten Minuten müsste er wieder bei uns sein.« Er lächelte zuversichtlich und Ivy erwiderte sein Lächeln.

»Wie ruhig er wirkt ...«, sagte sie leise.

»Ja. Aber auch nur, weil er keine Ahnung hat, dass draußen die Hölle los ist.« Er legte den Klemmblock beiseite.

»Was?«

»Vor dem Gebäude haben sich ganze Heerscharen von Fans versammelt und halten Wache. Dazu Presse aus dem ganzen Land. Ich muss gleich noch mit Mr Woodrow sprechen. Wir müssen eine Pressekonferenz abhalten, damit die da draußen Ruhe geben.«

Jetzt musste sie schmunzeln. Der Alltag hatte ihren Liebsten wieder, auch wenn dieser es noch nicht wusste.

»Dann verlasse ich Sie mal ... Die erste Pressekonferenz meines Lebens«, sagte er lachend und tippte sich grüßend gegen die Schläfe.

Ivy setzte sich neben Jeff. Allein die paar Stunden medikamentös erzwungener Ruhe hatten bereits genügt, ihn frischer und ausgeruhter wirken zu lassen.

Der Arzt hatte ihm die Atemmaske abgenommen und die Tiefe mit der Jeff jetzt Luft holte, machte ihr deutlich, dass er jeden Moment die Augen öffnen würde. Schon flatterten seine Lider, drückten seine Finger ungleichmäßig ihre Hand.

Dann war er da und blickte sie an.

Ivys Herz begann zu galoppieren. Sie lächelte ihm zu und Tränen schossen in ihre Augen.

»Ivy?«, murmelte er mit belegter Stimme.

Sie konnte nicht sprechen, drängte die Tränen zurück.

»Du bist ... wieder da.« Seine Augen schlossen sich wieder, aber ein sanftes Lächeln legte sich auf seine Lippen.

»Ja«, sagte sie leise.

»Bist du auch noch da ... wenn ... ich wach werde?« Er öffnete mühsam die Augen.

Ivy nickte. »Ja. Das werde ich.«

»ExtraScharf«

Die Internet-Story

Mit dem Gutschein-Code

HC5TBJOKL

erhalten Sie auf

www.blue-panther-books.de

diese exklusive Zusatzgeschichte als PDF.
Registrieren Sie sich einfach online oder
schicken Sie uns die beiliegende
Postkarte ausgefüllt zurück!

Weitere erotische Geschichten:

Gina Summers

Der Tauchlehrer

Ein Urlaub
zwei Tauchlehrer
eine Liebe
und viel Sex ...

Sina erlebt in Thailand nicht nur ihren schönsten Urlaub, sondern auch erotische Massagen, aufregende Tauchgänge, romantische Nächte und hemmungslosen Sex mitzwei Tauchlehrern.

Doch wer ist der Richtige für sie?

LESEPROBE:

»ANWALTSHURE« VON HELEN CARTER

… Wir hatten das Menü beendet und waren mittlerweile beim Mocca angekommen. Ich war so aufgeregt, dass ich nicht mehr sagen konnte, was ich überhaupt gegessen hatte.

Lord Abershire lehnte sich entspannt zurück und schob seine Daumen hinter sein Revers. »Da ich gut gegessen habe, könnte ich jetzt auch einen guten Fick gebrauchen.«

Es war wie ein Startschuss in meine Überraschung hinein. Jane beugte sich plötzlich zu mir herüber und legte ihre Lippen auf meine. Ich erschrak so sehr, dass ich beinahe vom Stuhl gefallen wäre. Geistesgegenwärtig packte sie meinen Arm und hielt mich so in Position. Noch nie hatte ich eine Frau geküsst. Aber es fühlte sich überraschend gut an. Meine aufgerissenen Augen konnte ich entspannt schließen und anfangen zu genießen.

Nicht nur ihre Lippen waren weich, ihre ganze Mundpartie schmiegte sich ohne die winzigste Stoppel auf meine. Nicht dieses übliche Gekratze wie bei den Männern. Hinzu kam ihr herrlicher Duft, den ich tief einatmete und zugleich ihre zarte Berührung genoss. Keine Sekunde dachte ich mehr darüber nach, was ich da tat, sondern gab mich nur ihren Küssen und Berührungen hin.

»Oh, die Damen gehen schon zu Werke«, staunte Lord Abershire.

George nickte: »Ja, scheinbar brauchen sie uns nicht!«

»Dann lass uns doch zusehen, was sie miteinander anstellen ...«

Jane richtete sich auf und zog den Ausschnitt über ihre Brüste hinunter. »Fass mich an!«, wisperte sie in mein Ohr.

Ich war vollkommen fasziniert von den kleinen festen Brüsten, die nun in der Luft standen und mich anzulächeln schienen. Ihre Nippel waren wie kleine Kissen, die geschwollen auf hellen Puddinghügeln thronten. Ich beugte mich vor. Der Duft zog mich magisch an und ich wollte diese Nippel spüren.

Es gab seltsamerweise keine Barriere zu überwinden. Wo ich mich nie im Leben an den Körper einer anderen Frau herangewagt hätte, saß Jane aufrecht wie eine Statue und erwartete geradezu meine Liebkosung.

Genauso wie die Männer – unser williges Publikum.

Vorsichtig öffnete ich meine Lippen und legte die Zungenspitze auf ihre Brustwarze. Jane zog die Luft scharf zwischen den Zähnen ein. In diesem Moment hörte ich George sagen: »Sie können abräumen! Danke«, und merkte, wie ein Arm an mir vorbeigestreckt wurde.

Jane ignorierte den Kellner und ich starb! Wie sah ich jetzt aus? Vorgebeugt, meinen Mund auf der Brustwarze einer anderen Frau ... Mein Kopf glühte, mein Herz pochte, mein Blut sauste in den Ohren.

Doch die Kellner taten, als sähen sie hier nichts, was nicht vollkommen normal war. Nicht nur die halbnackte Jane, sondern auch, wie ich jetzt aus den Augenwinkeln erkannte, Lord Abershire, der seinen Penis aus der Hose gezogen hatte, und seinen Helm langsam und genüsslich polierte.

Im Handumdrehen hatten die Kellner den Tisch leer geräumt und waren wieder verschwunden. Ich war mir sicher, dass Georges üppiges Trinkgeld zu plötzlicher Erblindung führte.

Als wir wieder allein waren, intensivierte ich meine Liebkosung und saugte stärker und stärker an Janes Nippel, denn an ihrer Reaktion hatte ich gemerkt, dass sie das so richtig auf Touren brachte. Die Knospen einer Frau sind größer und irgendwie plastischer als die von Männern. Man kann sie leichter einsaugen. Sie sind herrlich im Mund, wenn man mit der Zungenspitze an ihnen lecken kann und sie sich langsam in kleinen Riffelchen zusammenziehen. Ich weiß nicht, ob ich die Nippel einer Frau lieber entspannt auf der Zunge spüre oder erigiert …

»Zieht euch aus!«, brummte es plötzlich hinter uns.

Jane erhob sich sehr majestätisch und schlüpfte elegant aus ihrem Jersey-Traum. Sie war tatsächlich splitternackt und ihr Körper atemberaubend. Zu ihren festen, kleinen Titten passte der flache, harttrainierte Bauch, dessen Leisten von zwei kleinen Rinnen betont wurden, die sich bis zum Schamhügel herabzogen. Ihre Muschi war rasiert. Wie sie so dastand, konnte man sogar den Kitzler erkennen, der weder von den Schamlippen noch von dem Schamhaar verdeckt wurde. Sie hätte perfekt in ein Foto von Helmut Newton gepasst.

Das Atmen fiel mir auf einmal schwer und als ich vorsichtig zu den Männern blickte, erkannte ich, dass ich nicht die einzige war, die Jane haben wollte.

»Na? Wer nimmt mich zuerst?«, fragte sie herausfordernd und ging ein paar Schritte umher. Ziellos. Einzig, um uns mit ihren langen Beinen, ihrem Arsch und ihren Titten aufzugeilen.

Ich wollte – und konnte – nicht mehr länger warten! Schnell schlüpfte ich aus meinen Sachen, auch in der unsinnigen Überzeugung, dass man im Moment alle Beachtung Jane schenkte. Doch gerade, als ich meine Finger in den Slip einhakte, um ihn herunterzuziehen, umfasste eine kräftige Männerhand mein Handgelenk. Lord Abershire!

»Ts-ts-ts …«, machte er und schüttelte den Kopf. Es war wie ein Schlag! Sie wollten sich Janes Anblick nicht von meinem nackten Körper verderben lassen … Tränen schossen in meine Augen und ich war kurz davor, davonzulaufen.

In dem Moment, als ich mich abwenden wollte, packte mich Lord Abershire und presste seine Lippen auf meine. Er tat es dermaßen hart und fordernd, dass ich fürchtete, keine Luft mehr zu bekommen. Er stieß seine Hand in meinen Slip und von dort ohne Umschweife in mein Loch. Mösensaft stürzte aus mir hervor. Ich hechelte. Aufgegeilt bis zur Besinnungslosigkeit. Er zerrte ein BH-Körbchen zur Seite und packte meine Brust.

Ja, so wollte ich genommen werden. Hart und direkt! So wie ich in der Buchhandlung gefickt worden war. Ein Schemen tauchte vor mir auf, verschwand wieder und hinterließ den Schatten von Sehnsucht.

Die Lippen Lord Abershires wanderten von meinem Mund zum Ohr, in das er mir, während sein Finger in meinem Saft badete, hauchte: »Ich will, dass du es dieser Nutte so richtig besorgst.«

Mein Hals war ausgetrocknet und ich griff zitternd nach meinem Weinglas. Jane hatte ein Bein auf eines der Designertischchen gestellt, mit einer Hand spreizte sie ihre Möse und mit der anderen bearbeitete sie ihren Lustknoten.

George lockerte seine Krawatte und legte sie dann ganz ab. Ich wollte ihn ausziehen. Er sollte das nicht allein tun, dachte ich. Verflucht, ich musste einfach seine Nippel ablecken. Doch nun galt nicht, was ich wollte, sondern was der Gast verlangte.

»Was ist los? Muss ich es mir allein besorgen?«, nörgelte Jane mit einer gewissen Atemlosigkeit, denn sie hatte sich selbst ziemlich auf Touren gebracht und ich wusste, dass es bis zu ihrem ersten Orgasmus nicht mehr lange dauern konnte.

Seine Lordschaft trat auf Jane zu und gab ihr einen Klaps auf die Pobacke. »Knie dich auf den Tisch!«

Jane strahlte erfreut und tat, was er wollte. »Verhau mir ruhig den Popo!«, verkündete sie vergnügt.

Dort, wo wir gerade noch all diese Delikatessen verspeist hatten, ragte jetzt die rasierte Möse der knienden Jane in die Luft und erwartete mich. Sofort stellte ich mich hinter sie und betrachtete eingehend ihren feuchten Spalt. Jane hatte eine herrliche, geschwollene Scheide, die sich mir derart appetitlich anbot, dass ich auf das Menu hätte verzichten können.

Ich biss kurz in ihre rechte Arschbacke und fuhr dann mit dem Zeigefinger die volle Länge ihrer Spalte nach. Von ihrer Rosette bis zu ihrem geschwollenen Kitzler. Als ich dort ankam, knickte sie leicht ein. Oh, ja! Sie war reif!

Also näherte sich mein Gesicht ihrer Lustzone. Ihr Duft war würzig und angenehm. Der Augenblick war gekommen, dass ich mich nicht mehr beherrschen konnte. Unter dem kritischen Blick Lord Abershires begann ich, ihren Spalt auszulecken. Sie bekam eine Gänsehaut, die meine Lippe kitzelte und ich wusste, dass ich ihre Säfte auf meiner Zunge schmecken wollte. Noch nie hatte ich von einer Frau gekostet, deshalb war ich unendlich neugierig.

Jane bewegte ihren Unterleib und stöhnte, denn sie mochte, wie ich meine Zunge durch ihre Falten rieb und dann den geschwollenen Kitzler fast zum Tanzen brachte. Sie stöhnte tief, was sehr sexy war.

Lord Abershire ließ jetzt Stück um Stück von seiner Kleidung fallen. Er hatte einen gut trainierten Körper mit leicht behaartem Brustbereich. Doch er musste aufpassen, sein Hang zu gutem Essen und Trinken würde ihm bald einen kleinen Bauch bescheren. Aber im Moment war er noch ein Mann in vollem Saft. Seinen Penis hatte ich ja schon gesehen. Er war dick und lang und versprach großes Vergnügen, wenn er erst einmal in mir steckte.

Jane war jetzt so weit, dass sie mir ihre Spalte förmlich ins Gesicht stieß. »Leck mich härter, verdammt! Jetzt! Ich brauche es. Ich will kommen. Und jemand muss meine Titten rannehmen! Los! Macht schon!«

George, ebenso nackt wie seine Lordschaft, trat vor Jane an die gegenüberliegende Seite des Tisches und steckte ihr seinen Penis in den Mund. Die Intensität der Stöße, die ich mit meinem Kopf abfangen musste, machte deutlich, dass George sie ziemlich heftig in den Mund vögelte. Dabei hielt er wohl ihre Brüste gepackt und knetete sie. Sicherlich dauerte es nicht mehr lange und der Lord würde mich entern. Doch bislang stand er nur da, polierte seinen Helm und sah uns zu.

Ich tat so, als wolle ich Luft holen, wobei ich die Mischung aus Speichel und Mösensaft von meinem Gesicht wischte und George beobachtete. Mit geschlossenen Augen hatte er den Kopf genießerisch in den Nacken gelegt und benutzte Janes Mund mit ruhigen, gleichmäßigen Stößen.

Er durfte auf keinen Fall in ihren Mund kommen, schoss es mir durch den Kopf. Ich wollte seinen Samen trinken!

Doch ich war voreilig gewesen. Jetzt trat nämlich Lord Abershire in Aktion. Plötzlich zog er mich von Janes Spalte weg und schob mich zum Esstisch. Dort drückte er meinen Oberkörper sanft auf die Tischplatte und gab George ein Zeichen. Dieser zog seine Erektion aus Janes Mund und platzierte Jane neben mir.

Jetzt, da sich Janes und mein Körper seitlich berührten, konnten wir uns ungehindert küssen. Unsere Zungen tanzten und unsere Säfte mischten sich. Ich spürte ihren Atem, der meine Lider überzog und auch die Hände der Männer, die meine Rückseite kosten, streichelten, kneteten und ungehindert in mich eindrangen, um mein Innerstes zu erkunden.

Es war eine unglaubliche Art, Sex zu haben. Meine Haut schien sich aufzulösen. Es gab keine Barriere mehr zwischen meinem Körper und der Luft, die mich umgab. ...